# 时光深处的爱

张榕珍/著

中国方正出版社有限公司

# 内 容 提 要

本书通过记述作者的人生经历、作者和家人的生活故事，再现了一个家庭勤劳朴实、自强自立的家风。全书语言朴实无华，却情感真挚，让人时而感动、时而欣喜。书中的故事虽平淡无奇，却饱含了浓浓的爱意，表达了作者对于外婆、婆婆、父母等亲人的深切怀念以及对事业的无限深爱。

## 图书在版编目（CIP）数据

时光深处的爱 / 张榕珍著. --北京：中国纺织出版社有限公司，2023.1

ISBN 978-7-5180-9960-3

Ⅰ.①时… Ⅱ.①张… Ⅲ.①长篇小说—中国—当代 Ⅳ.①I247.5

中国版本图书馆CIP数据核字（2022）第195290号

---

责任编辑：刘　丹　　　　特约编辑：符　芬
责任校对：高　涵　　　　责任印制：储志伟

---

中国纺织出版社有限公司出版发行
地址：北京市朝阳区百子湾东里 A407 号楼　邮政编码：100124
销售电话：010—67004422　传真：010—87155801
http：//www.c-textilep.com
中国纺织出版社天猫旗舰店
官方微博 http://weibo.com/2119887771
北京华联印刷有限公司　各地新华书店经销
2023 年 1 月第 1 版第 1 次印刷
开本：880×1230　1/32　印张：11
字数：176 千字　定价：128.00 元

---

## 情至深处为大爱

——为《时光深处的爱》作序

张老师于我，亦师亦友，至亲至善。我们从相识迄今，转瞬过了近三十年，张老师成书嘱我写序，我深感荣幸之至，一则我对张老师一直仰慕，她的博雅，她的爱心，她的敬业，她对教育的一片赤诚之心，尤让我深为感动，她对教育的情怀，随着岁月的流逝反而变得愈来愈浓；二则张老师能想到我这个小辈，平日对我多有指导和勉励，实有提携之意。故虽自感不才，也慨然受之，不揣冒昧领命写序。

张老师是一个极为重情厚义之人，我认识她，当追溯到1994年暑期，我从乡村学校借调到当时东阳市最有名的初中——吴宁镇中。记得第一次到镇中报到，我一个懵懵懂懂的毛头小伙，直接闯入正在开校务会的办公室，当一屋子人诧异地看着我时，我觉得甚为忐忑和莽撞，尴尬之余，不知所措。我记得一个中年女教师，微笑着示意我不要紧张，慢慢说，这顿时让我感到一种家的感觉，我感受到了家人的温暖。后来，张老师因工作各方面出色，被组织上调到东阳市教育局工作，在更大的教育平台施展其才华，这使得她在德育、学生管理、家委会建设方面颇有建树，声名远扬。此外，张老师不但辅导学生竞赛成绩十分优异，她的女儿也深受影响，成为中国申请发明专利最年轻的一位小学生，为此受到党和国家领导人的亲切接见，一时传为美谈，由此，我愈加对张老师心生崇拜。后来，在我去白云初中当校长时，忽一日，传达室师傅送来一套来自北京的书，打开一看为朱永新的《我的教育理想》，彼时恰好东阳市进入全国新教育实验区，从此开启新教育的实践，张老师远在首都北京，心系家乡教育，这让我无比的激动，这是一个老教育工作者的一份情怀，一个希望，一种寄托。这让我产生无限的动力，我所在学校的新教育实验也开展得风生水起，成为东阳市新教育"师生共写随笔"盟主学校，到了吴宁一中后，"家校合作共育"盟主学校又如火如荼地开展起来，此后我又接待了来自新教育发源地江苏省的七十多位校长和教育局领导，这一切成绩的取得都与张老师的勉励分不开，必须要感谢张老师！

张老师对教育情有独钟远非于此，她常说"岗位变迁，情怀永恒"，她不但对吴宁镇中贡献颇多，还对我这个时任校长有莫大的帮助。她虽离开教育岗位二十多年，却依然时刻心系教育，在北京仍热衷于参加外孙女学校的一些教育活动，对北京时下教育很用心去观察和思考。2018 年 11 月 22 日，在和我的微信交流中，她对当下学校教育的关切以及先进的教育理念、教育管理见解让我颇受教益。在新冠肺炎疫情非常时期，学生心理发生诸多变化，张老师及时送来了《心理医生》等心理教育书籍供师生阅读，一个真真切切的"教育人"让人深表敬佩。尤其值得一提的是，现吴宁一中为原老东阳中学旧址，这里走出了严济慈、潘建伟等 8 位院士，在知名校友的关注下，校舍因年久破旧的问题得到了上级领导的高度重视，由此拉开了校容校貌提升改造工程的大幕。根据上级的要求，需征求原东阳中学知名校友的意见，潘建伟院士既是吴宁一中的初中时校友，又是东阳中学高中时的校友，张老师是潘建伟院士敬重的物理启蒙老师，她得知此事后，主动配合联系，帮助我完成工作。张老师时刻关注着东阳教育，关注着曾经工作过的学校——吴宁一中，对于学校师生取得的每一点成绩，她的欣喜之情，都溢于言表，这些事迹无不彰显她内心深处的仁心大爱！

　　基于以上的缘由，我一口气拜读张老师情真意切之十余万言书稿，从内心深处油然而生一种愈加浓烈的崇敬之情。我在其书稿的字里行间分明看见一颗跃动着的火热之心，一份浓浓之情，一份深深之爱。"平平淡淡最为真，真真切切最有情"，张老师很少说豪言壮语，有些篇章如一位老者的絮叨，娓娓道来，如话家常，让人感到如家的温馨，亲人的叮咛。在这里我们读到了老家"十三间里"留下的家长里短，这些家长里短之所以萦绕于张老师的心间，挥之不去，那是因为那是"深埋在泥土里的根"，无论身在何方，都要"心系故土不忘根"，这是一种朴素的情怀、真挚的情感，而深处则是人间大爱；在这里我们又读出了一位仁者的倾诉，无论对头脑灵活、有知识才能、聪明精干、为国家建设做出贡献、"聚少离多"的父亲有多少微词，张老师来到永安父亲生前工作过的地方，依然会"仰望天空，从内心深处深情地呼唤着父亲"。每读至此，让人不觉泪光盈盈。而对任劳任怨，勤勉一生，宽厚仁爱的母亲的怀念，张老师可谓用心在述说，这是怎样一位母亲？不知丈夫"逃丁"在何处，"母亲十一年如一日对家的坚守"，这让张老师对母亲的一种深深崇敬之情深埋心底，这是一种无与伦比的超越亲人情感的东西，是弥足珍贵的大爱。张老师更是位智者，她用笔记下了自己和亲人的点滴琐事，从中告诉后人一些道理，予人以启迪。张老师从命运多舛的母亲那里学到了许多，"对于坚强的人来说，不幸就像铁犁一样，开垦着她内心的大地，虽然痛，却可以播种""国家之重大于家"，这是位虽为文盲却崇尚文明而深明大义的母亲。掩卷而思，我们又何尝不从张老师身上学到了许多，每当"遇到重大困难时，从不认输，从不认命的品格，无论怎样的绝境，人都要勇敢面对，依靠自己的双手改变命运"，这是留给后人最为宝贵的精神财富。张老师不为消遣时光而书，而为启迪后人所写，笔触之处皆是情，凡间世事都有爱，我想，这正是这本书的"内核"，诚如张老师所说，"心中积蓄的情感要表达出来，这世界是有爱心和善良的"，更可贵的是张老师把一个"小家之爱"，拓展为"大家之爱"，升华为"社会大爱"，她要告诉大家"爱会让人类社会更加美好""回忆是盏灯，让你照亮心房，看清未来"，我想，这就是这本书的意义所在！

全书共分五章，第一章叙述的是生我养我的父亲和母亲，张老师以浓墨重彩，淋漓尽致地描绘和细致入微地刻画，表达了对父母、双亲的深切怀念。第二章里有外婆家快乐的时光，洋溢着温馨的父爱，也有张老师为追求知识和真理的执着和坚定，洋溢青春年华的朝气。生命之花为读书绽放，这里孕育了作者"滴水之恩，涌泉相报"的感恩之情，才有了在首都北京热情宴请来自故乡众相邻老者的义举。第三章叙述了张老师从大学时期埋下的教育情节，她倾心教育，以苦为乐，虽岗位变迁，但情怀永恒，这何尝不是报效桑梓，回馈社会之举？第四章中我们可以看见张老师和她的家人们最为温馨的一面，这是张老师言传身教，身体力行，自然营造的温馨画面。第五章中我们可见张老师也有着五彩缤纷的世界，她一向崇尚真善美，自然会在平凡的生活中有许多闪光的"特写"，个中也不乏真知灼见。

历史车轮滚滚向前，时代脚步永不停息。《大戴礼记·保傅》中有言："往古者，所以知今也"，过往的历史也许对当下年轻人很难想象，但无论如何也不能割舍，会留给后人启迪和警醒。记得一位名人在其回忆录中说过："当历史不再照耀未来，心灵就会在茫然中游荡"。本书虽没有刻画出卷帙浩繁的历史画卷，却也折射出一个波澜壮阔的时代缩影，虽有时平淡直叙，然不时把家常里事，世态人性，置身于历史大背景下，既有对个人品行的诠释，也有对家国大事的考量；既有对琐碎生活的叙说，又有对教育大计的思考。

这本书留给我们的还有很多，很多……

是为序。

徐海金

2022 年 9 月写于婺之望县东阳江畔

（徐海金：曾任东阳市白云初中、吴宁一中书记、校长，教授级正高教师，浙江师范大学浙派名师研究员、湖南邵阳学院"国培"授课专家，先后获得浙江省"春蚕奖"、浙江省教科研先进个人、教育部级"优课"、金华市教改实验先锋校长、金华市担当作为好支书等二十余项荣誉。）

# 自序

　　我出生的年代，我成长的家庭环境，让我拥有了很多人所没有的经历，也给了我很多的人生历练。在经历和历练中有对人间真情的强烈渴望，也有被爱包围的瞬间的深深感动，更有铭刻在生命中无比真切的悲伤、痛苦和幸福。

　　丰富的社会阅历，也丰富了我的思想感情。我常常有这样的念头，就是用笔把生命中那些刻骨铭心的经历记录下来，把历练中的体会写出来，将内心中积蓄的情感表达出来。不为别的，就为了告诉大家，这个世界是充满爱心和善良的，爱会让人类社会更加美好。只是前些年一直为工作、生活奔忙着，虽然断断续续地写了一些文章，有的文章还被浙江的地方日报及相关刊物刊登，但是毕竟没有编撰成书，所以，越上年纪，用一本书来记录我人生经历的念头就越是强烈。

这种强烈的念头促使我在 2021 年将其列入了我的工作日程，除了忙家务事和参加一些社会活动外，我把其余时间都用在了写作上。

在写作过程中，我脑海中时常会浮现出当年的情景，某月某天发生的某件事会真切地出现在我的眼前，常让我有一种恍如隔世的感觉。沉浸在这种感觉里，有时像吃酒心巧克力，又甜又有味，给我能量，让我兴奋；有时像服中药，又苦又涩，苦涩得泪水涌眶，然而，情绪平复之后静心细想，如果没有这些苦涩，或许就长不成后来的我。这个创作经历让我内心悸动，仿佛又重新经历了一次人生。

原本我认为自己笔拙，不敢奢望真能够出书，是一位名作家的一句话给我壮了胆，"写作，真文是第一，美文是其次"。我想我写的都是真人真事，人和事又都是那个时代的凝结，是历史的见证，因此，哪怕文笔不够巧思，但因为情是真的，那么"意"也就自然"真切"了。

在写作的过程中，为了解早时的父亲，我去了莫干山，去了福州，走访了几个与父亲一起工作过或了解父亲的人（张义田、黄正阳、赵新潭、张跃进等，早在我在杭州读书时，就曾向与父亲同时期在莫干山做建筑而后在杭州工作的同村人有法阿公了解过莫干山时期的父亲）。"余虽不敏，然余诚矣"。有了文章的本色——真实，便让我有了写作的底气。

没想到创作过程中我患的老年性眼疾不断加重，影响了我写作的速度，我不得不放慢写作的节奏。这时，身边人劝我是否暂时搁笔，但是母亲的精神在激励着我，我选择继续写下去。我想，说出来，写出来，也是我当下的人生使命，最终还是把所有的畏难情绪化作了写作的思绪和动力。

当值得我一生回忆、一生纪念的人和事，经过手指在电脑键盘上一个字一个字地敲打成一篇篇文章，汇集成一本十余万字的书稿时，我深深地喘了口气。在古稀之年，终于完成了一件我早已想完成的事，我的精神得到了莫大的慰藉。我心疼母亲辛劳一生而未曾享过多少福而导致的心灵缺口，也似乎得到了一些弥补。

为岁月写真，为爱留痕，愿我的一缕情怀，能成为我的孩子们的宝贵财富，也能引起阅读者的兴趣、共鸣和感应。

最后，关于书稿成书，我首先要感谢好朋友董志龙对做这件事给我最初的勉励和鼓劲。感谢丈夫，是他多次鼓动我，把埋藏在心中多年的"母亲"写出来，并且在写作过程中，自始至终给予我鼓励和支持。感谢女儿、女婿、外孙女，在我使用现代化书写工具遇到问题时，不厌其烦地指导我、动手帮我解决，使我的书稿得以如期完成。

张榕珍

2022 年 7 月于北京

# 目录

## 第一章　怀念我的父亲母亲

# 附　录

# 楔子：一个家族就像一座老屋

　　在浙江省东阳市横店镇下莲塘村 ❶ 的东边，矗立着一幢有 90 年楼龄的砖瓦房，这便是我们张氏家族的祖宅。血脉同源的四兄弟曾在这里建立家庭，繁衍生息，过着乡村人家的平常生活。

◀ 建于二十世纪三十年代初期的"十三间"，摄于2019年

爷爷名叫张尚兴，生于 19 世纪 70 年代初，是五马张氏

---

❶ 下莲塘村原来叫莲塘村，是个历史悠久的自然村，20世纪90年代后国家推行自然村改行政村，行政登记时发现有同名村了，因此莲塘村改名为下莲塘村。

族谱❶的始公张九龄的第 29 代孙。爷爷的祖辈都是以种地为生的农民，没人中过举、当过官。直到爷爷的儿子们在村东头建了这幢砖瓦房后，爷爷家在村里才有了点名气。爷爷没上过学，一辈子以务农养家糊口。年轻时娶了横店横山村翁家之女翁于凤为妻，婚后他们共生育了 6 个孩子（5 男 1 女）。爷爷去世距今已有一百多年，所以，对我来说，爷爷也只是一个概念性的称呼，想了解他已很难。

我也未曾见过奶奶，只是在母亲经常的念叨中，我对奶奶有了些了解。母亲说奶奶有做婆婆的范儿。一家十来口人的生活以及造房子时的杂事，奶奶常常不畏辛苦、身先士卒，以不露声色的矜持和中庸之道维持了大家庭的安稳。造房子时，大伯他们从外地运来很多木料，堆放在村祠堂前的晒场上。为防止木料被偷，奶奶养了一只名叫"小犬"的狗，培训其看管木料。这只狗很通人性，并且与奶奶特别亲，只有奶奶唤它回家吃饭，它才会离开看守木料的岗位。后来，"小犬"不知被谁毒死了，在好长一段时间里，奶奶想起"小犬"就心痛得流泪。"小犬"不在了，奶奶要多操

---

❶五马张氏族谱：是浙江东阳籍张氏后代，于2006年发现祖传原版家谱后续补写的。古代家谱对家族的支系会有各种称谓，五马就是张姓一个支系的名称。

心，经常会半夜三更起床提着灯笼去晒场上看看木料。

而该奶奶关心的事，她毫不含糊。母亲生我姐姐时，父亲逃壮丁在外杳无音信，住在老房子的奶奶，为照顾产后身体虚弱的母亲，她搬来铺盖与我母亲同住一间，细心料理母亲的月子生活。奶奶不识字，但思想却不封建。父亲几年未归家，奶奶理解母亲的痛苦，反复跟母亲说，她这个儿子可能不在了，让母亲趁年轻改嫁。母亲虽然没有听奶奶的话，但是心里还是感激奶奶的。

奶奶的 5 个儿子中，有 3 个在我未出生时就已经去世了。大伯、三伯是因病去世的，小叔是为逃避抓壮丁自残致死，去世前已定亲未成婚。三伯母在三伯去世后改嫁到外村，中年便因病去世，我也未曾与她谋面，这些人都是我在遐想中思念的长辈。二伯是兄弟 5 个中最长寿的一位，活到 80 多岁去世。他个子中等，面目慈善，是个敏于劳作而讷于言辞的人。年轻时娶了一位邻村的漂亮女子为妻，二伯母身形修长、五官端正，村里人都叫她"香烟佛❶"。二伯非常宠爱自己的妻子，田里的活全是他自己揽着干，甚至农闲时，二伯会偷偷地躲在房间里缝补衣服。二伯母也是个知宠

---

❶ 即像香烟盒上模特一样美丽的女人，从前香烟厂商往往在烟盒上印制美女肖像。

的人，在家里烧饭、喂猪、洗衣、纺纱、做鞋等，从没她闲着的时候。

记得小时候除夕晚上，母亲烧好年夜饭，完成了传统祭祀程序后，总会让我们去请二伯来先动筷，尝尝我们家这顿难得的除夕大餐。当时我不明白，我们想吃得口水直往肚子里咽了，为什么非要去请过二伯才能吃呢？后来才渐渐明白，父亲不在了，家里唯一的亲伯是张家家族的最高长辈，也是母亲的精神依靠。再说我们家平时有些事需要二伯帮助时，如建猪圈、砌灶等，他便会带着工具主动来帮忙。所以，在大的传统节日里我们理应对二伯表示尊重和感谢。

小时候我渴望父爱，父亲去世后，我渴望家族亲情。记得二伯家的儿子结婚时，二伯、二伯母以及堂哥一致推选我做伴娘❶，让我作为张家人，随迎亲队伍去新嫂子娘家，接新嫂子进张家门。这厚重的亲情，至今想起仍是无比的美好和兴奋。粮食困难时期，大伯家的大女儿回娘家，目睹了我家生活的不易，便请母亲农闲时带着妹妹去他们家帮助织布。堂姐家家底不错，劳动力也好，开荒种地多，母亲和妹妹在她们家吃饱饭是不成问题的。如此省下家中粮食，我和姐姐

---

❶伴娘并非西式婚礼特有，中国传统婚礼也有伴娘，但中式婚礼伴娘往往只限一名。

在家就可以少吃糠咽菜了。母亲去世时，二伯母和堂哥、堂嫂把母亲的丧事当作自家的事办……这些都是我一生的美好记忆，是值得我永远珍藏的家族亲情。

父亲的妹妹嫁到了邻村，农闲时常常会来娘家的几个哥嫂家做客。见姑姑来，我很想她来我家坐坐，可是我的想法大多是不如愿的。母亲说，姑姑从小上有父母宠，下有 5 个哥哥护着，惯得她不擅长做家务和持家，因此常常被丈夫数落。姑姑来我家时母亲为她好，会直言不讳地给她指出，但姑姑觉得逆耳，不愿与母亲多接触。那年二伯家的儿子结婚，姑姑过来帮忙，在我家睡了两个晚上，每晚躺在床上与母亲聊至深夜，从此，姑姑与母亲的关系好了很多。可惜姑姑在一次劳动中时不慎跌入池塘，没有被人及时发现，溺水身亡，去世时不到 80 岁。张家闻讯，一大家子人全都赶去，协助姑姑的儿子、儿媳、女儿，给姑姑举办了一场体面的出殡仪式。

爷爷家世代是农民，一年四季靠种几分田地生活，孩子多，爷爷又去世早，奶奶带着 6 个孩子挤在两间窄小的房子里，吃、住、穿都很紧张。是大儿子穷则思变，刚进入而立之年，就带领小学刚毕业的四弟也就是我的父亲出门闯荡，最后在莫干山闯出了一片天地。他们从普通的泥水匠开始做起，之后开设了营造厂。兄弟俩经过几年艰苦不懈的努力，积累了一笔可观的资金后，回家置地建房，为全家人盖起了一幢十三间二层楼的砖瓦房，使全家人住上了宽敞明亮的楼房。

这幢楼房整体呈"凹"字形，有"廿"字弄堂，东西南北共建有七扇台门，冬暖夏凉。"凹"字形中间是 100 平方米的方正院子，边上有宽敞的走廊，走廊上方的横梁以及二楼架横栅的牛腿❶上都雕刻着精美的人物、花鸟。房子建成后成了当时村里的标志性建筑，村里村外人都称呼这幢楼为"十三间"。

▲ "十三间"雕刻精美，用料粗硕的牛腿与横梁

但遗憾的是十三间建好不久，大伯便积劳成疾，过早地

---

❶ 中国古代建筑中对房檐下梁托的别称，作用是承托屋檐、梁枋。

离开了人世。而父亲又一直在外工作，因此，为建房付出心血最多的两个人，特别是大伯，都没有在十三间住过多长时间。

▲ 大伯张孝银，约摄于20世纪30年代末

说父辈们能干，是因为建造了这样一幢有广泛影响的十三间，而十三间的女人们也不是等闲之辈。她们对社会的热心，丰富了十三间的生活气息，为十三间赢得了不少口碑。

大伯母、二伯母和母亲虽然没有文化，却都是热心肠。20世纪50～70年代，农村住房普遍紧张。有的从外地回村落户一时无住处，有的因家庭人口增加而拥挤不堪，有的房屋倒塌，有的拆建一时无处可住……两位伯母和母亲见状，及时伸出援助之手，几次腾房，提供无偿帮助，使这些家庭渡过住房困难的难关。

十三间的几个妯娌各有特长。大伯母擅长给刚出生的婴儿点穴、扎针以预防疾病；二伯母擅长用针疗法治红眼病；母亲擅长手工活，织布、剪鞋样、缝制婴儿兔子帽、织各种款式的毛衣等，村里不少妇女会来十三间求教于母亲。我姐是最早被评为公社优秀赤脚医生的人，于是这时的十三间又成了邻近几村的小卫生所。不仅我们村的村民，还有附近村子的一些村民，有点小痛小伤小毛病的，都会来十三间找我姐诊治，直至我姐出嫁。

十三间也曾经为村里人带来开心。小时候，每到农闲或过年过节，村里人有戏看时，就会说：这是十三间带来的眼福。因为十三间解决了县婺剧团、越剧团来我村演出时村里无法解决的住宿问题。他们吃住都在十三间，楼上睡觉，楼下腾出厨房给他们烧饭。一早听他们"咿咿呀呀"地练声，开饭了"叮叮当当"的盆碗声又为十三间增添了几分热闹。由于十三间给他们提供了无偿住宿，所以，我们也得到了看戏不用买票这让人羡慕的回报。

十三间东西南北有弄堂，通风好，朝南的走廊又宽敞，是一幢名副其实的冬暖夏凉宅子。每到炎热的夏天，生产队劳动休工吃午饭时，周围的邻居都会端碗饭聚坐在弄堂的条石上，边吃边享受着十三间四方来风的清凉。碗里的饭吃完了，有的端着空碗还坐在那里聊天，有的干脆打会儿瞌睡再离开。

十三间带给我最大的快乐是有一年父亲从福州回来过春节。除夕前，十三间所有的门上都贴了春联；大年初一，一家人齐聚在十三间正中的堂屋内，向老祖宗的画像磕拜、在院里放鞭炮、上坟祭祖；后来几天，在父亲的带领下，去爷爷奶奶辈的亲戚家拜年，同时，也有不少亲戚和族人来十三间串门做客，真让我有一种父亲归来，十三间荣光无限的感觉。只可惜因为种种原因，父亲此后再没有和我们一起在十三间过年，这一次也就成了父亲回老家过年的唯一记忆。

后来，我们姐妹几个出嫁后陆续离开了十三间，但是每到过年过节的时候，我们依然会回到十三间，在母亲身边享受节日欢聚的快乐。此时，舅舅一家也会过来相聚。人多床不够怎么办？于是我们也学剧团人的做法，在宽敞的二楼楼板上垫些稻草当褥子，上面铺几条草席，宽大的楼板床就成了任人打滚翻跟斗的"游乐场"。

随着岁月的流逝，我的祖辈已成为历史，父辈的人已相继驾鹤西去，我这一代也都垂垂老矣。十三间的年轻一辈多数受过高等教育，活跃在社会的各行各业，有老师、国企高管、公务员、医生等；有的继承了祖父辈的工匠精神，成了地方小有名气的建筑技工；有的勤劳致富、经商有道，成了村里不错的人家。父亲带去身边工作的大哥儿子的子女，他们虽然在成长期时失去父亲，却早早懂事，秉承了十三间的优良传统，学会自强自立，四兄妹都成了改革开放初期的大学毕业生，有的在 20 世纪 90 年代就在深圳创办了高新技术服务公司，将国外先进检验技术及方法应用到国内，现在已发展成了集团公司。

这些年，家人们渐渐搬离了这里，十三间显得冷清了许多。横店镇搞旅游开发时，曾建议把"十三间"搬迁到横店的"古民居"群内，以供游客游览，但因"十三间"产权人意见不一致而未搬成。后来，又有人牵头要对十三间进行修复，以恢复它的原始样貌，但也因为意见不一致而不了了之了。

一个家族就像一棵不断生长的大树，十三间就是深埋在泥土里的根，整个家族从这里走来，家族的未来在四方，起点却永远在这里。今天的十三间依然矗立在莲塘村的东边，过往的人们在感慨这幢老屋与周围的现代楼房格格不入的时候，必然不会知道这幢老屋和它主人的家族故事。

▲ 十三间的石臼和长梯（这架长梯曾经为全村人的生活提供很多的方便）

第一章

怀念我的父亲母亲

## 聪明精干的父亲

◀ 父亲和母亲，1951年10
月摄于福州市东南照相馆

　　我的父亲张孝熙，1915年出生在东阳横店莲塘村，是一个贫苦农民家庭的第四个孩子，在他的上面有三个哥哥，下面还有一个弟弟和一个妹妹。大概是因为家里太过贫穷，这六个孩子中只有我父亲完整地读过书，但也仅仅是读完了小学。

　　父亲留给我的印象是中等身材，衣着得体，举手投足间显得沉着而有度。最令我常常回忆的是，父亲高高的额头下有一双炯炯有神的眼睛，我无法知道父亲曾经历过多少苦难，但这双眼睛告诉我，父亲从来没有向苦难低过头。

在物质丰富的家庭，五六个孩子是一种幸福，但对于失去顶梁柱的奶奶家来说，孩子多，吃穿住都是问题。因此，尽管内心有千万个不舍得，奶奶还是决定让兄弟几个出外谋生，就这样，小学刚毕业的父亲背起行李，和长兄前往距离家乡二百多公里之外的莫干山打工谋生。

莫干山位于美丽富饶的沪宁杭"金三角"中心地带，是我国近代四大避暑胜地之一，20世纪初就已经驰名中外。父亲到莫干山时，正是各种社会名流在莫干山兴建别墅的风潮开始盛行的时候。随着这股风潮，莫干山的营造业也得到了空前的发展，在莫干山避暑会❶的管理下，由中国工匠成立的营造厂不断出现，山上修路筑屋的工程也随之增多，这也就给了父亲和大伯打工赚钱的机会。

就像创业需要本钱一样，打工也是需要本钱的。虽然父亲的哥哥是个通过自学和实践琢磨而成的泥水匠，干建筑活有他的一技之长，但对于没有本钱的父亲来说，他当时唯

---

❶成立于1898年，是当时在莫干山购置别墅避暑的中外名流成立的聚会组织，后更名为莫干山管理局。

一的资本就是力气。因此，还是个孩子的父亲只能跟着哥哥从最辛苦的泥水工做起，在劳累的建筑业里一天一天地学本领、攒"本事"。

幸运的是父亲有长兄在身边，有大伯的庇护，父亲少受了很多生活上的委屈，也避免了被人欺负。所以，虽然父亲打工辛苦，但是毕竟还能感受到手足相依的温暖。

我的大伯比父亲年长十几岁，他从小学的泥水活，如砌墙、粉刷等都会，因此，他有做建筑的技术和经验。他为人勤快，又忠厚老实，所以做了一段时间后，深得当时工地老板的信赖。

在莫干山，大伯一方面作为长兄庇护着我的父亲，另一方面，又像师傅般地教给我父亲有关于建筑业的经验。而父亲经验越来越丰富之后，他读过书、上过学的经历就显得可贵了。

头脑灵活、有知识的父亲发现建筑行业有很多事情是一通百通的，因而慢慢地总结出了经验，他发现别人可以组织大家一起干活，为什么哥哥就不可以拥有自己的工队呢？

于是经过深思熟虑，兄弟俩决定自己单干，因为之前大伯已获得了不少好口碑，所以，当兄弟二人单干之后，很快便获得一些小工程。靠着大伯的带领和父亲心领神会的配合，这些小工程总能做得让雇主满意，慢慢地，兄弟俩的事业渐渐做大，不久便办起了自己的公司——张记营造厂。

"张记营造厂"在莫干山东北角的屋脊头置办了土地，建起了集办公、食堂、住宿为一体的"伙房"，可惜该房屋在20世纪70年代倒塌了，我无法再去当年父亲奋斗过的地方凭吊他的青春岁月。营造厂成立后，父亲成了大伯的助手及副理，虽然只有小学毕业，可是在当初的"张记营造厂"里算是有文化的人。营造厂里的写写算算由他来担当，再是父亲的脑子灵活、胆大，口才和应对能力也不错，大伯与建筑业主商谈业务时，父亲总是相伴左右。

那时，很多建筑材料要从上海运来，有的甚至是从海外运到上海，再从上海运到莫干山。当时承接的工程绝大多数是包工包料，因此，父亲为建筑材料、为工程款去上海、杭州是常有的事。初来乍到，父亲对大城市的一切都感兴趣。早些年，听村里一位与父亲曾经在莫干山一起共事过的长辈说过这样一件事。

一次父亲去上海结算一笔工程款，经不住大上海百乐门的诱惑，进去逛了一个晚上，花了工程款中的钱。大伯发现后，严厉地批评了父亲，父亲为了把钱补上，不得已把一件新买的长袍拿去典当把钱补上。

对青春懵懂、脑子活络的父亲来说，有这样一位像严父慈母一样的大哥在身边关心他，规范他的生活行为，是他的造化。更可贵的是大伯对我父亲学习建筑业务知识也十分重视，创造一些条件、寻找一些机会让我父亲学习。

大伯找人指导父亲学习工程款结算，学看设计图，甚至学制图。在大伯的关心下，父亲有了与我国早期建筑设计师陈植等行业名人接触、讨教、学习的机会。

新中国成立后，父亲能成为新中国的第一代建筑工人，后来成为福建省第一建筑公司技术科科长，与莫干山的这段工作经历是分不开的。

对经营建筑，大伯和父亲有着非常朴素的理念：土佬造洋房，一定要造好。因此，他们建造出的建筑必然是质量过关的，"张记营造厂"在莫干山不但站住了脚，而且参与了不少有名望的建筑业主的建筑工程。

这里还需要提到另外一个人，那就是我外公的三弟赵昭松。他是早期到莫干山做建筑的东阳人，也是较早在莫干山开办营造厂且比较成功的一家。20世纪30年代初，"赵记营造厂"在莫干山已赢得一定的声誉。据说，"赵记营造厂"承建了黄郛❶在莫干山芦花荡509号别墅的辅房（门卫）的加建

---

❶民国名人，同盟会会员，曾任上海特别市首任市长、外交总长、教育总长。

和改建工程，以及陈叔通❶、汪夷白❷等名人的别墅建造工程。

◀ 大伯和父亲曾参与建造过的陈叔通在莫干山屋脊头的别墅（信息提供：赵新潭）

因为同是东阳人，之前也有过小规模的合作，四外公逐渐开始将部分业务转承包给"张记营造厂"。四外公严把工程质量关，大伯和父亲加以配合，这些别墅建成后一直保留着优质工程的称号，是当年莫干山建筑的代表作，足以载入莫干山建筑史册。

"张记营造厂"开办几年后就初具规模。正是靠着这个营造厂，大伯和父亲赚到了家族的第一桶金，他们回到东阳置地建房，盖起了一幢敞亮的砖瓦房，将奶奶和兄弟的住房

---

❶ 民国名人，爱国民主人士，浙江杭州人。清末翰林。参加过戊戌维新、辛亥革命，曾任第一届国会众议院议员。新中国成立后，曾担任第一、二、三届全国人大常委会副委员长，第一、二、三、四届全国政协副主席，1966 年病逝。

❷ 民国名人，上海富商，古币收藏家。

安顿好，这个原本因为爷爷去世而变得更贫困的家庭，成了村里的住房富裕户。

　　大伯和父亲的经历使我想到，无论在怎样的绝境下，人都要勇敢，依靠自己的双手改变命运，即便在最苦难的时候，也要时刻保持头脑的清醒，努力去发现改变命运的机会。大伯和父亲的早年经历，也成了整个家族和我的精神财富，永远激励着我做一个自强的人。

## 生在八面山脚下的母亲

▲ 有中国"小富士山"之称的八面山

因为外公的早逝，我的外婆一生只养育了两个儿女，母亲便是她唯一的女儿。

母亲赵桂娥生于 1918 年，那一年的北方正经历着无休止的军阀混战，西北正闹灾荒，可谓是祖国的多事之秋。但是对母亲的故乡东阳横店夏厉墅来说，战乱的痕迹不是很明显。

小的时候，母亲听得最多的是八面山肚脐里金水牛的故事，看得最多的是夏厉墅家家户户的纺纱织布，因为夏厉墅人多地少，很多人寄命于纺织买卖。

母亲是家里的长女，与她唯一的弟弟相差八岁。我外公身材魁梧，是个守本分又能干的庄稼人，拽耙扶犁都不错，而且还是个业余建筑工匠。农忙时在家收割耕种，农闲时去金华、兰溪一带揽建筑活，曾参与过金华最早的一座耶稣堂的建造。外婆治家有方，行事沉稳，有心智。因此，当年外公家在夏厉墅村是家道比较殷实的人家。在我舅舅未出生前，母亲的童年应该是幸福的。

母亲的幸运不仅来自地域和家庭，还来自时代。虽然母亲出生时封建制度已经覆灭，但深受古板传统文化影响的农村却依然保留着很多旧社会的恶俗，裹脚就是其中之一。外婆深受时代的影响，难免会认为裹脚是正常的行为，不给女儿裹脚反倒是家长不负责任的表现，所以，她也就早早做好了给小小年纪的母亲裹脚的准备。

但幸运的是，在母亲的裹脚布刚刚缠上时，新文化运动的风潮终于从首都、大城市渗透到了乡村，政府的禁止裹脚令一下，千万农村女子终于摆脱了封建制度加在她们肢体上的束缚，而此时，母亲的裹脚时间不长，仅仅痛苦了几天之后，母亲就和那摧残人性的裹脚布说再见了。

然而，政府虽然用命令制止了裹脚对女孩子的摧残，却没有用命令让农村的女子走进学堂。因此，母亲虽说在物质上可能没有受到过困扰，但在旧社会的农村，母亲还是与读书无缘。

现实使母亲不得不放弃读书的念想，跟着父母一心一意学干活。一家人在有序的生活中迎来了第二个孩子的降生，凑成一个"好"字，外公外婆脸上绽放的尽是笑容，母亲也多了一份升级做姐姐的自豪。可是，天有不测风云，舅舅出生才八个月，外婆还在哺乳期，外公去田里干活遭遇毒虫叮咬，因为麻痹而没有及时就医，导致中毒身亡。身强力壮的外公突然离世，让快乐幸福的家，一下子就变成了孤儿寡母。从这一天开始，母亲的童年就彻底结束了，九岁的母亲必须像一个大人一样面对生活，必须迅速成长起来，扮演好女儿和外婆帮手这两个角色。

因为家境还算殷实，所以，外公去世带来的物质痛苦并没有像精神痛苦那么严重。但家里毕竟失去了主要的劳动力，母亲就必须要帮外婆分担更多的家务活。照顾舅舅、洗衣做饭、打草喂猪，这些活母亲都必须要做，农忙时还得跟帮工去田里劳动（小脚外婆干不了田里的农活），母亲每天过得很劳累。

如果日子就这样过下去，母亲虽然辛苦，生活的境况也总是会一天天改善的。但屋漏偏逢连夜雨，一场意外的火灾，让外婆和母亲陷入更大的困境中。

那是外公去世两年后的一个冬天，当时，外婆养的母猪生了十多只猪仔，猪仔养得快可以出售了。一天夜里，外婆听见楼下猪圈里的猪仔们"呢唉呢唉"地叫个不停。兵荒马乱的年月，盗贼多，外婆想猪仔如此不停地叫，是否遭了贼？要是猪仔被贼偷了去，一家人将失去很大一部分的生活经济来源。外婆想要下楼去看一看，可又不放心睡在身边的儿子，自外公去世后，儿子就是她的命根子。于是，外婆就叫母亲下楼去查看。母亲听外婆的吩咐，胆战心惊地往楼下走。她一手拿着菜油灯，一手抓着披在肩上的衣服，下楼慌忙一看，觉得没事，便赶紧想往楼上奔。

　　谁知，外婆又怀疑猪仔可能被偷走，于是又让母亲清点一下猪仔数。母亲本来就害怕，顾不了周围有什么东西，走进猪圈举起灯就数。结果，菜油灯引燃了挂在猪圈边上的蓑衣，蓑衣又引燃了放在猪圈上方的稻草。一见火光，母亲顿时慌张得不知如何是好，她只是一个劲儿地哭喊，希望外婆赶快来灭火。然而外婆却误会了，以为家里真遇到了贼，一骨碌坐起来，由于紧张再加上黑灯瞎火的，外婆一时摸不着衣服，等摸到衣服拿上手穿时，火光已映红了楼梯口。

　　此时，楼上已经听到"噼里啪啦"的稻草燃烧声了，外婆顿知不好，楼下应该是失火了。她连忙转身抱起舅舅，顾不得给他穿衣服，用被子一裹就跑下楼，把舅舅交给了我母亲，让她赶快往外跑，自己则边喊邻居救火，边往屋里奔，赶在火势蔓延开来之前，抢出了藏有金银首饰及重要文书的百宝箱，还有外公外婆多年积攒的一小木盒银圆。

　　大火发生在深夜，村里人闻讯纷纷赶来救火，帮外婆抢搬屋里的财物，终因救火不及时和救火工具太落后，只能眼睁睁地看着一幢五间二层砖木结构的房子被大火吞噬了。

　　大火是母亲不小心引燃的，母亲心里有说不出的难受，失去了栖身之所的外婆沉浸在无比的痛苦之中。就这样，在经历了外公去世的悲痛之后，外婆和母亲又陷入被火灾夺去房屋和财产的痛苦之中。唯一让他们感到欣慰的是，外婆家的房子是独立的一幢，大火没有殃及其他人家。

这场火灾虽然是一场意外，但意外毕竟是由母亲亲手造成的，所以，火灾后母亲内心有多大的痛苦就可想而知了。内疚、自责加上委屈、悲伤，如此沉重的心理负担即便是一个成年人也很难承受，母亲却只能一个人慢慢熬过。成年之后，我发现母亲的性格中有一种顽强的倔强，每当遇到重大的困难时，母亲的这种倔强性格就会不经意显露出来，表现出一种不认输、不服输、不认命的品格。我想母亲的这个性格，一定与童年的这一连串遭遇是分不开的。

大火烧毁了房屋，但生活还要继续下去，好在贵重物品都抢救了出来。后来，她们在亲朋好友的帮助下，又重新盖起了房子，家又回来了。

为了营造好这个家，母亲除了不知疲倦地学干农活，跟外婆学操持家务外，还秉承了夏历墅女子农闲时善于纺纱织布的传统，用自己的辛勤和努力填补了火灾落下的亏空，为外婆分担苦楚。

在外婆和母亲的努力下，日子渐渐好转，母亲也渐渐长大，长成了大姑娘，最终，外婆把母亲许配给了父亲。定了终身，母亲对生活又充满了期待。她把希望织进布里，每一梭都有她的念想：她要一梭梭织出一套体面的嫁妆，一寸寸织出她进夫家门的光彩……希望为人妻后，幸福的生活像她织的布一样厚实靓丽，让人羡慕。外婆也是个爱面子的人，既然收了聘金，就要给女儿办一套像样的嫁妆，况且女儿从小懂事听话，勤劳能干，一定要让她风风光光出嫁。然而，正当母亲卖力地赶制嫁衣和嫁妆时，命运又一次打击了她。

▲ 母亲姑娘时绣的花

一个深夜，邻居家不知何故失火了，火势蔓延过来，外婆家也很快起了火。当外婆家起火的时候，邻里邻村的人其实都已经赶出来救火了，但奈何火势太大，大火扑灭时，外婆家又一次损失惨重。

多年以后，母亲回忆这场火灾的时候，除了感慨命运的无情之外，还讲了发生在救火现场的两个小故事。

外婆的小弟由于年小，被熊熊大火吓得没了魂似的，跟人上楼不知道该搬什么好，拿起装有米、面、豆的坛子就往下扔，扔一个破一个，撒了一地粮食，经人家提醒反应过来时，大火已经逼着他下楼了。

外婆的大弟有经验，先救出会不断产生经济效益的老母猪和一窝小猪，何况这毕竟是十几条生命。当他去赶猪圈里的母猪时，却无论怎么赶，老母猪就是不肯逃离猪圈，听着外面的呼喊声和熊熊大火的燃烧声，外婆的大弟急得不知如何是好。

这时有人提醒他抓住母猪的后腿把它拖出来，外婆的弟弟正当年轻力壮，他一把抓住母猪后腿就往外拖，谁知到外面一放手，这母猪就又疯了一样蹿回到猪圈。这时有人突然感悟：要先把小猪仔全部赶出来，要不然母猪还会扑回去的。于是大家七手八脚赶的赶、抱的抱，把小猪仔全部弄到了安全地段。果真，小猪仔一出来，母猪也叫着紧随其后，然后与小猪仔相拥在一起，慢慢地安定下来。这只爱孩子不惜命的老母猪成了这场大火中的"英雄"，被人传来传去传成了一个感人的故事。在此后的岁月中，这个故事经常被当时经历过的人提起，也算是对母亲童年苦难生活的一段注脚。

因为大火是邻家蔓延过来的，外婆家还有一定的时间抢救财物，于是东西抢出了不少，可是，外婆和母亲辛苦精心准备的嫁妆被大火焚毁了不少，母亲日常用的织布机也在大火中化为灰烬。但外婆和母亲的坚韧不是一场火灾能够摧垮的，在火灾之后，外婆居然想到用火后余存的椽、桁、梁等木料，请木匠给母亲重新打造了一架布机。有了织布机，母亲对生活又有了信心。

此后的一段时间里，母亲仿佛像是和命运赌气一样，下决心要织出一套比大火焚毁前更精美的嫁衣，用织布产生的效益，让外婆再补办一套嫁妆。有了这个信念，母亲更加勤奋，半夜熄灯五更起，不是田里干活就是上布机持梭织布。

母亲坚韧的性格，娴熟的织法，最终换来了良好的收益，母亲织的布细腻厚实，花型新时，不用赶集叫卖，常常是买主找上门。就这样，外婆纺纱养猪，母亲织布，同时又管理着几分田地。母亲织出了自己的嫁衣，外婆如期为母亲又置办了一套嫁妆。

后来母亲出嫁时，这套嫁妆果然为外婆和母亲争得不少风光，有这套嫁妆的摆设，更让村里人认为外婆家虽然频遭事故，但家道依然殷实，以至于在后来生活真正遇到困难时，往往得不到一些人的理解，这也算是一种无法说得清楚的委屈了。

## 父母亲没有恋爱的婚姻

年长之后，每次与母亲谈到她与父亲的婚姻，总能听到这样的话："现在自由恋爱好，可以事先了解对方，这样结成的夫妻容易同心同德、家庭生活稳定，不像我们那个代……"母亲的话语中流露出的是唏嘘和无奈，而话外之意便是母亲对于自己的婚姻生活并不满意。

母亲与父亲的结合源自父亲兄弟在莫干山的事业成功。当时，"张记营造厂"在莫干山建筑业谋得了一席之地，获得了前辈赵昭松的提携，承接了"赵记营造厂"承接的一些工程。

赵昭松是我外公的三弟，也就是我母亲的三叔，我的嫡亲四外公，他是东阳人中较早到莫干山从事建筑行业的，在当时已经有了一定的声望和积累。

双方在合作的时候，四外公对于父亲和大伯的人品十分认可，双方关系日渐熟络，他与我的大伯便渐渐成了好朋友。

因为我外公早逝，他的几个弟弟有的便主动承担起了照顾孤儿寡母的责任，为我母亲选择一门婚事自然成了他们的心头事之一。

此时的大伯已经成家，热心的大伯母在闲话家常中了解到我的母亲，便提出为父亲联姻。我的四外公早就看中了我父亲这个人，觉得小伙子精明能干，而且会说会写会算，如果真能为我母亲成就这一段姻缘，赵家也就有了一个不错的女婿，于是回到夏厉墅便和我外婆说父亲和母亲的婚事。

外婆对四外公无比信任，听闻四外公的几次介绍，外婆就爽快地同意了这门亲事，于是父亲经四外公介绍认识了母亲。刚开始因为父亲母亲年龄还小，以及父亲忙于莫干山的生意，而母亲也要在家做好出嫁前的一切准备，虽然定了亲却没有急于成婚。在这个过程中，父母双方是否有过短暂的相处我不得而知，但父亲与母亲应该是见过面的，虽然东阳距离莫干山有百里之遥，但两人的家乡毕竟离得很近，父亲在回家探亲的时候，不可能不去看一看自己未过门的妻子。不过，想来父亲每一次去看望母亲可能会有媒人陪同，还有老观念深重的外婆挡着女儿接待，父亲和母亲必然是见面也难得有交流的。父亲匆匆而来、匆匆而去。这样，在婚前对彼此没有充分的了解，也确实是造成母亲婚姻不幸的一个原因。然而这毕竟是时代的悲剧，因为像父母这样的结合方式，在那个年代实在是太常见了。

不过，当时母亲并不知道自己未来会经历什么，她只是沉浸在要告别外婆家而成为另一个家的妻子的忐忑、紧张和悸动的情绪中以及对美好生活的期待中。不久，母亲的期待很快便成了现实。1937 年，抗日战争全面爆发。11 月 12 日莫干山地区沦陷，大量中外人士相继逃离莫干山，避暑地的建筑活动戛然而止。父亲无奈也离开莫干山回到了老家。

回到老家之后，父亲想索性把婚事办了，将未过门的妻子娶进家门。于是，一顶花轿，将我的母亲迎进了张家门。因为父亲在莫干山做建筑积累了不少的家资，而母亲也因为要强为自己准备了靓丽的嫁妆，所以，在国事愁云惨淡的时候，父母的结婚仪式给沉寂的乡村增添了几分热闹和喜气。

父母婚后的生活算是平静了一段时间，正是在这段时间，母亲怀了我的大姐。当父亲正沉浸在喜悦中时，一个不幸的消息传到了这个刚刚组建的家庭。因为时局纷乱，各处势力在东阳地区纠葛，抓农民为壮丁的事情时有发生。父亲早就听说被抓壮丁之后，生活的苦累还是其次，更重要的还有生命危险。因此，在得知自己已被列入抓壮丁的名册后，父亲踌躇再三还是决定连夜出逃，离开了家乡和即将临盆的妻子。

任谁也没有想到，父亲这一走就是十一年。新中国成立，父亲从外地捎信回家乡，我的父母团圆，又开始在一起生活，那时二人的感情却是另外一番景象了。在二人中间，时间已经造成了太多的疏离，且这时的父亲也有了其他心思。

父亲的行为对于一直坚守在家的母亲来说是不公平的，然而木已成舟，一场没有恋爱、中断十一年的婚姻，于母亲来说绝对是难以定义为幸福的。我那不幸福的母亲，也只好将全部精力放在对我们子女的教育上，或许在我们一个个长大成人之后，母亲才终于尝到了幸福的味道。

## 父亲逃丁在外的颠沛流离

父亲的出逃发生在 1940 年，当时东阳国共合作形势逆转，日寇在浙江实施残酷的细菌战，还有投靠日本的汉奸伪军，犬牙交错，形势非常紧张。在这样的日子里，老百姓每天担惊受怕，害怕一不小心就会成为战争下的亡魂。而到了父母这里，除了严守家门不离开家乡之外，还多了一样担心，那就是抓壮丁。

所谓抓壮丁就是民国政府强征青壮年男子当兵服劳役，被抓的壮丁送入国民党军队后，生活上常受虐待，工作上是冒生命危险当炮灰或干苦力的事。这些事情传至乡村后，适龄青壮年更加畏惧。

父亲家兄弟多，壮丁被抽中完全是有可能的，所以，当父亲闻讯打算出逃时，奶奶和母亲也是十分支持的，原因就是出逃在外好歹还有可能留下一条命。

逃离家乡的时候，父亲刚年满 25 岁，以现在青年人来说，25 岁是大学毕业走上社会工作不久、憧憬美好生活的年龄。但是，那个时候的父亲，他考虑的却是如何能够活下去的问题。离开家后，父亲一路南下，边打工边寻找落脚点，途中经历的千辛万苦自然是不必言说了，而内心中对家人的惦记、对人生前途的迷茫就不是我们局外人所能够体会的了。

最后，父亲一路颠沛流离到达了福建，在福州的一个营造厂里，父亲找到了栖身之所，不用再担惊受怕地过日子了。

当时，福州这家营造厂的老板是位台湾人，他见父亲不仅有手艺、有灵活的脑子，而且干活尽心尽力从不偷懒，因此很器重父亲，他为父亲办理了在福州的身份，并提拔父亲，让父亲从一位手艺人渐渐变成了专业的建筑技术人员。

父亲的生活有了着落自然是可喜的，但与此同时，他想回老家的愿望也就不那么强烈了。一是自己还在壮丁的名册上，怕回老家再遇上抓壮丁；二是有了莫干山的经历，父亲的特长在福州的营造厂又可以得到发挥，所以不再愿意回乡当一名农民。

就这样，父亲在福州的营造厂里一做就是十年，直到新中国成立，父亲由私企的打工者成了国家的建设行业技术人员，继而一步步成为福建省建筑公司的干部。

对于父亲在福州营造厂里的工作，母亲曾经跟我说过这样一件事：福州刚解放时，台湾老板派我父亲和一名工程师出差去台湾。我父亲办完事随即返回了福州，而那名工程师因工作需要还得在台湾滞留几天，结果遇到了台湾海峡封锁。从此，一湾海水把工程师和他的妻子还有三个儿子隔在了海峡两岸。而福州这边，因为老板等不来工程师，就让我父亲承担了这位工程师的部分工作。由此可见当时台湾老板对我父亲工作的信任。

　　然而对于这一切，当时的母亲却是一无所知的，父亲现在在哪里？有没有逃掉壮丁？在逃壮丁的路上有没有遭遇不测？这些问题没有人能够给母亲答案，她每天只能在担忧和期待中度过，没想到，母亲这一等就是整整十一年。

## 母亲十一年如一日对家的坚守

◀母亲，摄于1975年4月

　　按常理来说，人漂泊在外面越久，对家乡就会越想念，就越渴望知道家乡亲人的消息。然而，父亲却似乎并不是这样。父亲在福州安身之后，不知出于什么原因，始终没有联系过家里人。

父亲不在家的日子里，家庭的重担都落在了母亲一个人的肩上。白天，母亲干农活、忙耕织，照顾婆婆、和睦妯娌、教育女儿，再苦再累在人前绝不抱怨。到了晚上，当孩子和老人安然睡去之后，母亲一个人坐在孤灯前，想到自己的丈夫不知在何处，此生不知是否还能团聚，才会任由痛苦的泪水流下来。将心中的委屈发泄之后，母亲擦干泪水，又会坚强地出现在家人面前，仿佛这一切都从未发生过一样。

虽然母亲尽力隐瞒自己的痛苦，但奶奶也是过来人，对于母亲的所有付出，她都看在眼里。能遇到这样尽心尽职的儿媳妇，奶奶也非常知足，而将心比心，她也不想看母亲再这样痛苦操劳下去了。于是，奶奶开始劝母亲改嫁。劝自己的儿媳妇改嫁，这对于旧社会的中国女人来说是非常难得的，然而更难得的是，母亲却拒绝了奶奶的心意，她想既然嫁入了张家，她就是张家的儿媳妇，父亲在，她就要跟父亲从一而终，守妻子的本分；父亲不在，她就代父亲为奶奶尽孝，尽儿媳妇的职责。

此后的很长时间里，婆媳二人的日子就是在这样的你孝顺我、我体谅你中度过的，日子虽然苦，但母亲还是感受到了家人的关怀。奶奶为儿子多年无音信不知流了多少泪，去世前再次劝我母亲改嫁，劝我母亲不要为一个可能已经不在世的人浪费自己的好年华。

然而，我的母亲却总对父亲有一线期盼，她觉得父亲没有遭遇不测，一定在某个地方等待着自己。因此，母亲就这样执着地守候着，奶奶去世后，她的身边只有一个女儿，她依然在守候着，她守候着父亲从远方发来的消息，并坚信早晚有一天自己还可以和丈夫团聚。

很难想象等待父亲的十一年，母亲是怎么熬过来的。"孤灯暖不明，寒饥晓犹织，零泪向谁道，鸡鸣徒叹息。"沈约 ❶ 的诗句也许就是母亲当时的生活写照。母亲确实如诗句中所写的，在与布机的相伴中，度过了一个又一个难以入眠的夜晚。


## 一家人终获团圆的喜悦


1950 年的冬天，母亲终于盼来了父亲的来信，得知父亲尚在人世，母亲喜极而泣。之后，父亲又汇来了钱，不

---

❶ 南北朝著名文人，南朝梁的开国功臣。

久，又把母亲和姐姐接去福州。到了福州之后，母亲渐渐
了解了这些年父亲的去向，她明白此时的父亲已经不是那个
十一年前逃壮丁的青年了，而是变得更加深沉老练有风度。
但父亲怎样对于母亲来说都不重要，重要的是父亲还活着，
自己为他辛辛苦苦支撑的家，终于团圆了。

　　这时的父亲已是营造厂的一位技术管理人员，经济收
入、生活条件都不错。母亲和姐姐未到福州，他便早已为她
们安排好一切，吃住等都选福州不错的，包括姐姐读书的学
校也提前打好了招呼。也许父亲觉得亏欠母亲的太多了，在
此后的一段时间里，他总是陪在母亲的身边，不是陪母亲逛
街、上商店购物、上菜场买菜；就是在家陪母亲唠嗑，教母
亲学讲普通话，学做闽菜；还请人教母亲织毛衣……我想，
父亲有如此举动，一部分是出于对家人的爱，另一部分则是
出于对母亲的补偿。

◀ 父亲，摄于1957年春节

　　而得到了这些的母亲呢？她自然是感到无比幸福。从未离开乡下的母亲，到了福州仿佛突然进了一个新世界，一切都是新的，一切从头学起。父亲的好，让她觉得多少年的委屈总算得到了舒展；多少年的冰凉，总算有了温暖；多少年的等待，总算有了回报，这是母亲一生中最为幸福的一段时光。

　　然而，父母双方毕竟已经分别十一年之久，这十一年里双方连通信都没有，彼此不熟悉对方的情况，更不了解对方待人做事的习惯和想法，再加上双方生活环境的不同导致生活习惯也不一样，因而日子久了，父母亲的矛盾便开始出现了。

　　在城市待久了的父亲喜欢时尚，而母亲则力求朴素。母亲刚到福州，父亲就忙着陪母亲去商店买衣服、买皮鞋、买布订制旗袍等，他希望母亲像他那样着装有地域和时代气息。很有个性的母亲，此时还顺从父亲的想法，脱去保守的大襟袄，穿上旗袍，换上高跟鞋，然后跟父亲去照相馆拍照。但母亲多数时间还是认为穿着整洁、舒服、不太过时就行，不一定要花很多钱去赶时髦，把父亲给她买衣服的钱能省则省，没有父亲在旁付钱时，就买廉价的衣服穿。父亲喜欢抽烟，母亲买来卷烟纸、烟丝，建议父亲在家时抽她卷的烟。父亲有时会这样，但是大多时间还是买盒烟抽。看父亲常去理发店修理胡子，母亲就去买来剃须刀，学着给他刮胡子。父亲却觉得这点钱没必要省，让母亲过了回刮胡子瘾后，还是照常去理发店修理。节假日父亲喜欢邀请朋友来家聚餐，母亲买菜时，在数量和档次上总要算计一番，而父亲则认为母亲这样做太累。

母亲用钱精打细算，能省二分钱时绝不省一分，特别是在她自己身上用钱搜肠刮肚地省。她这样做是怕父亲的工资用亏空，更重要的是她想把福州的家营造好，又想把老家房子未完缮的楼板、隔间，急需翻修的房顶等尽快修缮好，为父亲撑门面。而对老家观念日渐淡薄的父亲来说，老家的房子已并不重要了。

分离了多年的父亲母亲在家庭生活上有这样那样的不一致，母亲觉得并不奇怪，只要夫妻相爱，经过一定时间的磨合是会相互适应的。母亲认为只要一家人团团圆圆，能在一起生活就是最好的。

父亲与家人的团圆，还有一次是在老家，这一次可谓是张氏家族的大团圆，那是 1957 年的春节。在前一年的年底，在老家的我们接到了父亲的来信，父亲在信中告诉母亲自己要回老家过年。接到父亲的信后，母亲就忙碌了起来，打扫房子，整理居室，置办年货……每一件事都做得格外认真。我们一家等啊、盼啊，终于在除夕前的两天父亲回来了。父亲的到来似乎给老家添了一景：只见他理着时尚的发型，脚蹬锃亮的皮鞋，身着带毛领的真皮夹克衫，怀中揣着一条金色链吊着的怀表，皮夹克的上衣口袋里还插了两支钢笔（这是当时的时尚），手提一只小皮箱。父亲这身装扮放到今天也依然很得体，更不要说在那时的东阳农村了。据父亲的二哥说，父亲这派头便是当年从莫干山学来的。

难得回一趟老家，父亲当然要尽一尽一家之主的责任，要表示一下对老家亲属的关心，以及他久未归至的歉意。我记得到家的第二天，父亲就带着姐姐和几个侄儿去村供销店里购买了一大堆年货，有过年用的、有拜年用的、有祭祖用的。这一年的春节，在父亲的策划下，整幢院子楼上楼下大大小小的门都贴上了红红的春联，堂屋正中挂上了太公太婆（也就是张家的老祖宗）的画像，一大家子人沉浸在红红火火的过年气氛中。

到了大年初一，在父亲的召集下，张家齐聚堂屋，按辈分大小轮流向堂屋正中的祖宗像磕拜，然后，父亲一一地给小辈们分压岁钱。接着父亲叫他的二哥带他去爷爷奶奶的墓地祭奠父母，全家老小拎着蜡烛、香、纸钱、鞭炮紧随其后。父亲到了奶奶的墓地时，亲自动手点香烛磕拜，低头长跪不起，我想这真诚的磕拜可能是父亲在表示多年未归，未能在母亲跟前尽孝的忏悔吧！大年初一就在这热热闹闹、忙忙碌碌的氛围中过去了。后来的几天，父亲按照家乡的风俗带领全家，向健在的爷爷奶奶的同辈拜年。不惑之年的父亲最喜欢的就是山鸣谷应，一大家子人屁颠屁颠地跟在他后面，听他指挥，是最让他得意和满足的。

谁知，这竟是父亲与张氏家族的最后一次团圆，后来父亲再也没有回过老家，直至 1962 年生病去世。

## 投身国家建设的父亲

人生是个充满矛盾的旅程，没有谁能够用简简单单的好或坏、对或错来完全概括一个人的人生，父亲的人生也是如此。

在婚姻上，父亲是有过于人的，感情上的游离给母亲带来不少伤害，被扰乱的家庭氛围也曾灼伤了我们幼小的心灵。然而，我们还得感恩父亲，因为在那个一穷二白、百废待兴的岁月，父亲给了我们很多其他人无法得到的东西，而这些如果只依靠母亲的力量，我们是无法得到的。

父亲在婚姻和爱情上的谬误，使他一直备受煎熬，他心软而又犹豫，如同行走在一个痛苦的圆环中，始终无法摆脱内心的矛盾。在这种情形下，父亲唯有将更多的精力投入工作中，才能使受煎熬的内心暂时冲破自造的樊篱，享受一些自由的快乐。

我们到福州与父亲团聚不久，一场轰轰烈烈的私有制改造在全国展开。资本主义工商业的社会主义改造，就是用赎买的方式，将私人的生产资料转为集体所有制，也就是我们常说的公私合营。父亲所在的那家营造厂自然也不例外，而因为这家营造厂实力雄厚，就挂牌成了福建省第一建筑公司，而父亲也作为这家公司的技术骨干，随同公司一起光荣地成了新中国的第一代建筑工人。

新中国百废待兴，而建设活动又是当务之急的事情，再加上当时参加社会主义建设是最光荣的事情。因此，已过而立之年的父亲便义无反顾地投身到社会主义建设中。鉴于父亲的实际建筑技术水平和各方面的能力，他很快就被上级任命为福建省第一建筑公司的技术科科长。不过，虽然有第一建筑公司之实，但因为当时的中国百废待兴，建筑队伍也不完善，懂得建筑技术的研究人员更是奇缺，父亲这样的技术骨干便成了救急的人，几乎是哪里需要就往哪里调，因此，父亲的工作流动性很大。

1955 年，父亲服从国家的需要，离开了生活条件优越的福州市，有很长一段时间在福建省宁德市古田县搞建设。当时在建的古田大型水库需要相关方面的专业人士，父亲作为建筑方面的专业技术人员，到现场负责施工，参与有关设计，为古田的水利建设投入了很大的精力。父亲参与红色圣地建设，在国家的项目建设中辛勤付出，这是值得父亲和我们自豪的。

然而，也正是在古田县这段时间，因为父亲来回奔波于各施工点，风餐露宿，生活缺少规律，他得了严重的胃病，父亲的身体健康也就是从这时开始慢慢走下坡路。古田的建设任务顺利完成了，父亲却没有得到休养的机会，因为下一个项目还在等着他，那就是永安市区的建设。

作为技术骨干，父亲参与了永安市区的建筑规划和建设❶。在永安期间，又是因为国家需要，经组织考察政审，父亲被抽调去参加离永安约 100 公里的连城军用机场的初建工作。

除了做好自己的本职工作，这期间父亲还干了另外一件事，那就是把他大哥的儿子带来身边，并将其培养成了一名建筑系统的优秀骨干。大伯英年早逝，留下了孤儿寡母，但

---

❶ 抗战时期，为躲避战火，福建省省会曾迁往永安。

好在他的儿子聪明能干，父亲于是将他带来永安，就像当年大伯关心他一样关心这个侄儿。后来，大伯的儿子果然不负父亲的期望，学习努力，工作积极求上进，来到建筑公司不久就转为正式职工。后来，堂兄更因为表现突出入了党，组织上选派他去相关的大专院校进修，还破例让他妻子、儿女的农业户口转为居民户口，这在当时来说是非常让人羡慕的一件事。如果父亲能看到这一切的话，他一定会为回报当年大哥倾情提携他的愿望得以圆满实现而高兴。

◀ 父亲（前排左一）与同事及父亲带去身边工作的大哥的儿子（后排右一）合影，约摄于20世纪50年代末

父亲只活到了四十八岁，这个年龄正是为国家事业施展才能的最佳时期，父亲却病了，而且一病不起，带着对工作的无限眷恋离开了人世。

## 聚少离多的家

1951年，母亲搬去福州与父亲团聚，第二年我在福州出生。然而，这个时期，我家开始出现裂痕，父亲对母亲的感情渐渐不如以前，与母亲拌嘴、冷落母亲的情况也多了起来。

在中国新旧文化交替时代，有许多名留青史的文人，走出家庭后都会不顾一切地谈一场惊天动地、荡气回肠的爱情，然后在爱情中得到重生。当时在莫干山打工的正处于青少年时期的父亲，不可能没有听说过，也不可能没有受到影响。因为民国时期的莫干山是许多达官贵人的避暑胜地，是政治、经济、文化等多维度的"秀场"，生活在此环境中的父亲耳闻目染，思想上必定会产生很大的变化。因逃壮丁只身在外多年的父亲，不可能没有与异性接触的机会。因此，当遇上让他心动的人时，在莫干山时便已学得开放的父亲，定会有与之深度交流的理由和胆量。这一交流也许在父亲的脑子里已经印上了别人的模样，就算是想忘记，事实是存在的。可是对父亲始终忠贞不渝的母亲，对父亲的这些想法和表现是绝对接受不了的。

初到福州，母亲由于没有文化，一时也学不会普通话，更听不懂闽南话，因而不可能去外面找一份工作来消遣内心的孤独和苦闷，母亲的性子又刚烈，是那种凡事想依靠自己的人。没有文化加上这样的性格，母亲便会做出一些缺乏理智的事来。

有一次，父亲的行为深深刺痛了母亲的心。一个女人最痛苦的泪水不是为自己所遭受的苦难而流，而是为背叛而流。刚强的母亲再也挺不住了，她想到了死，幸亏被父亲及时发现。父亲怕出人命，发电报请舅舅来福州接母亲回外婆家平静一段时间。舅舅的内心对父亲是有想法的，但是怕母亲在福州再发生类似的事情，于是劝母亲回老家住一段时间。

此后的几年时间里，父亲先在福州后又在永安上班；姐姐先在福州上学，后相继在东阳、金华读书；我和母亲则一段时间在东阳，一段时间在身处福建的父亲的身边。每次来到父亲身边，我期待的是父爱，期待的是家的快乐和幸福，然而常常是这样的期待刚有了点感受时，父亲又离开了我们。尤其是参加连城军用机场初建工作不能带家属，因此，临走前父亲把我安排进了公司的幼儿园，然后又给我们留下了几斤粮票。

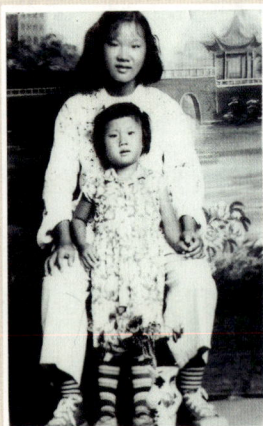

◀ 作者小时与姐姐的合影，摄于1956年

那时候国家粮食供应已趋向紧张，由于我和母亲的户口不在永安，无粮票可分配，吃饭的事得自己想办法解决。父亲去了连城机场后，可能是因为工作忙，居然把我们吃饭这件事给忘记了，父亲走时留下的几斤粮票，无论母亲怎样省着吃，还是很快用完了。我虽然在幼儿园吃中餐，可多少也得交点粮票和钱。举目无亲又无其他经济来源的母亲只好到处开荒种菜，可是毕竟不能解决燃眉之急，母亲实在有点儿支撑不住了，她怕我饿坏，于是不得不托人把我带去父亲那儿生活一段时间。如果是在以往，我是绝对不肯离开母亲

的，可是听说父亲那儿有饭吃，我就乖乖地跟人去了。

父亲在军用机场工作，制度比较严格，要向机场管理部门提出申请，经同意后我才能住下，而且只能住在机场的外围处。这样也好，父亲把我安排在了守卫机场和参加机场建设的部队解放军居住的一幢民房里。我住的那间小楼房，边上都住着解放军，即使父亲不能常和我在一起，我也不会感到寂寞和害怕。白天看解放军操练、站岗；看他们背着铲、镐等工具，排着整齐的队伍出发去机场劳动；晚上看他们学习，听他们唱歌。解放军对小孩子特别友好，他们自由活动时，有的来逗我玩，有的教我唱歌，有的还送我玩具……让我最开心的是，在这里真的不用挨饿，父亲把我的伙食费交给部队食堂后，我就可以和解放军同吃一锅饭，同吃一样菜，而且可以放开肚子吃，只是吃饭时我不能混到他们中间去。

在连城机场，记忆深刻的是每天的"方便"。

那个年代生活条件普遍较差，我们住的房间没有室内卫生间，要"方便"就得上外面偏僻处的裸厕。所谓裸厕，就是附近农民埋在地里，露出半截的一个个大小不一的圆口缸。

"狗不吃屎——假文雅"是平时常听说的一句话，可是在饥荒的年代，狗无论如何优雅不了，那时人还没到粪缸边，狗便在注视了，所以经常是人开始"方便"，狗立马跑过来绕着粪缸转。开始我怕屁股被狗咬，狗一跑过来，我就惊慌得立马提裤子起立，后来想想实在没有办法，怕也得"方便"，就这样我慢慢地适应了这种形式的"方便"。

在父亲身边住了一段时间后，因特殊原因，连城军用机场的管理更严了，父亲不得不把我送回在永安的母亲身边，结束了我在连城父亲身边的快乐生活。

1959 年的春节，父亲需要去厦门出差，便安排我们和公司留守职工在食堂一起过年。那个时候，母亲又怀了妹妹。父亲不回来和我们一起过年，我自然是感到失望，但怀孕的母亲却表现得很豁达。她认为毕竟是国家的安排，自己再重要也比不过国家重要。

除夕那天，母亲挺了个大肚子早早地去食堂帮厨，布置餐厅。食堂的司务长是个福建人，他的妻子也在食堂工作，年龄和母亲差不多。两个人没有孩子，在和母亲聊得多了，知道我们家的情况后，吃年夜饭时，司务长认真地对我母亲说："我们很喜欢你的孩子，把她送给我们做女儿吧！"母亲笑着点头表示同意，这可把我急坏了，本来食堂丰盛的年夜饭让我吃得很开心，听母亲这么一回答，我兴味顿失，满腹疑惑地想："难道母亲真的要把我送给别人了？"回到家里，母亲知道我的心事，她叹了口气说："你真的做了他们的女儿，就不用受苦了。可是你是妈妈亲生的，我再苦也不会把你送给别人。"听了母亲的话我才松了口气。后来，这位司务长就这件事又问了父亲，父亲不知为何倾向同意，但母亲很坚决地打消了父亲的这一念头。

过了春节，妹妹出生了，按当时的政策，妹妹的户口便落在了永安，成了永安的居民，享有国家的粮食供应。三年困难时期，粮食无比紧张，供应给父亲和妹妹的那点粮票要匀出来给我和母亲吃，母亲不忍心，况且也不是长久之计。为了家庭和我以后的入学，母亲考虑再三，决定回老家把我们俩的户口迁来永安（此时，姐姐已经考上金华一中高中部，户口在就读中学，国家供应粮食）。母亲和父亲商量后，父亲给母亲准备了一些相关资料，母亲带着几个月大的妹妹回了老家，把刚上小学的我留在了永安。

回老家迁移户口的母亲，最终因被人为耽误了时间而功亏一篑。而留在永安的我，也因为父亲的粗心大意，过了好一阵困顿的生活。母亲回老家没几天，父亲又一次被组织抽调到连城机场工作。去连城之前，父亲给了我一张印有很多小方格的纸，他对我说："你拿着这张纸去食堂打饭菜就行了，饭菜钱都已交，打饭时食堂师傅会用铁钉帽蘸印泥，吃一两饭印一格。"说完又吩咐了几句便离开了。听着父亲远去的脚步声，我感到异常孤独，我更加想念远在老家的母亲。想着想着，我就哭了，而且越哭越伤心，怎么也止不住。哭声惊动了住在隔壁的一位老太，老太是山东人，非常热心，她看我可怜，就让我去跟她的孙女睡。此后的一段时间里我得到了她不间断的照顾，这位好心的山东老太至今让我深深地怀念。

过了一段时间，父亲还没回来，可是他给我的这张纸已印满格了，继续在食堂吃就得交粮票交钱了，怎么办呢？幸亏有几个像山东老太那样关心我的好心邻居，帮我去父亲公司食堂赊餐。可是赊的餐数多了，我自己都觉得不好意思，而且那时国家正困难，邻居们的粮食也很紧张，不可能抠粮帮我渡过难关。此时我不得不把从母亲那儿学的一些挖野菜的本事用上。我们住的地方依山傍水，饥饿难耐时我就上山找野果，下地采野菜，下渠摸螺捡贝。采来的野货放在几户人家共用一间厨房的小炉灶上，锅里放点母亲走时剩下的盐，用清水一煮就吃。那段时间，我成了没人管的野孩子。

终于，有一天，母亲带着妹妹从老家回到永安，刚好与从山上采野果回来的我迎面而遇。当母亲看到我又黑又瘦、蓬头垢面的样子，顿时语噎，我张嘴说话，母亲又看到我因吃野果而被染紫了的舌头时，不轻易流泪的母亲，此时泪水再也止不住地流了下来，过了一会儿，母亲擦干眼泪，一字一顿地说："咱们回老家，妈不再让你受苦！"就这样，我们再一次与父亲分开回到了东阳老家。

时间一晃就到了 1961 年，当时父母的感情有了一些好转。1961 年底，父亲来信说要回家过年，不过要先去一趟上海。父亲去上海是公私兼顾，办完公事，顺便在上海置办点年货，给母亲和我们姐妹买几件过年穿的衣服。母亲知道后特别高兴，说父亲多年没有这样的行动了。从接到信开始，我们就掰着指头算时间。盼啊，盼啊，盼到了腊月廿八，还不见父亲归来。那年腊月廿九是除夕，一大早母亲就叫姐姐去离村四公里左右的车站接父亲，她认为今天是除夕，既然回来过年，那肯定该到了。可是，姐姐在车站等到末班车开走也不见父亲的踪影，姐姐最终失望而归。除夕的年夜饭吃得特别憋闷，全家心情不快是因为父亲没有回来过年，没能穿上上海买的衣服，过年缺了体面、缺了热闹。母亲也是一言不发，满脸疑惑，我猜她是在想：是父亲身体不佳，还是遇上了单位有特殊工作任务而走不开？抑或是有什么特殊情况？父亲没有如期归来，母亲比我们不知要焦急多少，可是那个通信落后的年代，我们一时无法获得确切的消息。

## 父亲留下的终生遗憾

1962 年，我永远地失去了父亲。

1961 年底，我们盼星星盼月亮等着父亲回来过年，父亲最终没有出现，这让我们都非常失望。到了 1962 年的元宵节，父亲从福建寄来了信，信上说过年之所以没有回家主要是身体不舒服，行动不便，等身体好些了，自然是要回一趟老家的。于是，我们本来已经落空的期待又开始复燃起来。我记得那时去上学或在田间劳作，总是幻想父亲回来了，正在家里等我们……可是，正月刚出头，我的幻想就破灭了。

母亲接到一封来自父亲单位的加急电报，电报上说父亲已去世，让母亲速去办理后事。这封电报对母亲犹如一场晴天霹雳，母亲不敢相信自己的眼睛，也不愿意接受这个事实，然而悲剧毕竟已经发生了。之后，母亲只好边流泪边整理行李，然后带上休学在家的姐姐还有年幼的妹妹，匆匆出发去了永安。母亲之所以带着姐姐，是因为姐姐有文化，遇到大小事情可以给母亲做个帮手，而带上妹妹是因为妹妹当时才三岁，母亲不放心将她一个人留在家里。而我因为正在读小学，母亲怕我落课影响学习，所以才没让我去永安，这也成了我的一个终生遗憾。

母亲去了永安，在医院的太平间见了父亲最后一面，单位给父亲举行了追悼会后，父亲就在当地下葬了。不用整理任何遗物，父亲的遗物都已被人收拾了，母亲带回老家的只有父亲单位发的一笔抚恤金。因为父亲去得匆忙，时至今日，我们身边唯一的一件属于父亲的遗物，便是他在莫干山工作时穿过的一件羊羔长袍，父亲离家时未曾将它带去福建，这件长袍我们珍藏至今。

父亲走了，没有留下只言片语，留给我的是无尽的思念。当这种思念随着时间而慢慢积累、发酵，我有时就会出现幻想。在幻想时，我经常会问：假如当初父亲不逃壮丁，也许他和母亲会是一对男耕女织的好夫妻，在老家过着安安静静的生活，父亲的生命也许不会这么短暂。假如父亲当时像那位工程师同事一样，被封锁在海峡的另一边，则父亲不得不断了该断的情，少了许多说不出的情感纠结，这样一来，父亲或许能和母亲一起颐养天年。假如……

但父亲毕竟已经走了，再多的假如也都不会发生了。父亲去世后，母亲对福建那边已经别无挂念，但唯一让她牵挂的是父亲的遗骨还在永安，到时总该让他回家的。可惜当时受经济等条件的限制，我一直未能去实现母亲的这一心愿。

20世纪90年代初，我终于踏上了去福建永安的路，去完成母亲和我们姐妹三人共同的夙愿——把父亲的遗骨接回老家，使父亲魂归故里。

遗憾的是，在永安我没有找到父亲的坟茔，后来经过多方打听、寻找，得知父亲下葬的那片墓地，由于农业学大寨时改天换地土地变迁，父亲的坟墓已不复存在，因此遗骨也无法找到。

我站在永安的土地上，仰望天空，心里一遍遍呼唤："父亲，您在哪里？女儿来接您回家了！"泪水模糊中，我和父母在永安生活的日子又浮现在了眼前，又想起了在老家，母亲带我们艰难度日时，心里不知多少次幻想着父亲出现……如今千里迢迢而来，一心想接父亲回家，可是就连这最后一点愿望，命运都不肯让我去实现……

　　归来的途中，我一直为完成不了愿望而自责、懊悔。一路在想如何弥补这一缺憾，给在天之灵的父亲一个交代。20世纪90年代中期，家乡东阳实行了殡葬制度改革，我们将母亲的墓地迁到了横店第二公墓区，我们姐妹三人在那里选了一个双穴位的坟冢，一穴放着母亲的遗骨，一穴放着一张父亲的照片。在盖穴前，我们面向福建，心中轻轻呼唤着："父亲，魂兮归来！"我想，还在永安上空飘荡的父亲的魂灵，应该听到了我们的呼喊。

　　父亲回家了，又回到了母亲的身边，我们又有了父亲，想到此处，我们姐妹仨的心里得到了莫大的慰藉。

　　其实，母亲生前只是希望我们把父亲的遗骨迁回老家，能够落叶归根，这也是她作为一个妻子想要对婆家尽的义务。但从内心讲，母亲却并不希望与父亲合葬，因为她受父亲的伤害太深了。但是，我们做子女的却希望父亲母亲生不能同道，九泉之下能携手同行！母亲，我们是最爱您的，相信您也会理解女儿的心！

# 布机是母亲一生的陪伴

母亲曾对我说过，父亲逃壮丁在外的日子里，给她最好陪伴的就是娘家陪嫁的那架布机。寂静的夜晚，空荡荡的房子，只有在织布声响起时，母亲的内心才少了些孤灯静夜的寂寞，一梭梭地来回编织中，母亲憧憬着未来的生活，少了些惆怅，多了些盼头。也许这就是当年支撑母亲度过十一年"活寡妇"生活的精神支柱吧！她不仅通过织布排遣寂寥的时间，更以此贴补家用，靠织布赚的钱侍奉婆婆、抚养姐姐，勉强撑起了这个没有男人的家的门面。

在外婆家第一次遭遇火灾时，母亲的身高刚够得上坐布机，因生活所迫，她学会了织布，小小年纪成了村里人人口中的"织布囡"；外婆家第二次遭遇火灾，家产损失严重，是织布机燃起了母亲对生活的希望，她用双手在编织中实现了自己的期盼；父亲去世后，母亲要独自抚养我们仨姐妹，又赶上连年困难时期，农村生活异常艰辛，于是布机又成了母亲依仗的生活来源。当时农民可以耕种一点自留地，母亲种庄稼是可以的，但犁田这种力气活就没办法了，于是她就利用织布的技能与别人家换工，她帮别人织布，别人帮她犁田，因此，我们家自留地的庄稼播种就从来没有误过时节。

公社集体化时，村里按人头分粮食，人人有份。分到粮食之后要用工分抵粮款，如果工分够多，抵够了粮款还有结余，那就再分一些钱，当时叫作分余粮款。但也有工分不够抵的，那就需要向生产队交粮款了。我家没有男劳动力，所以工分总是不够，就要经常交出粮款，那么粮款从哪里来呢？除了有一部分养猪的收入外，剩下的就是靠母亲织布赚来的钱。因为母亲有织布的好手艺，因此在我的记忆中，除了三年困难时期，我们基本没有遭遇过严重的缺衣少食，也没有在青黄不接时提篮借米的尴尬。

后来，随着国家经济形势好转，人民生活也开始好转，母亲便又自己种棉（有时也有买棉的）纺纱织布。当时，我们身上穿的衣，床上盖的被，都是用母亲织的土布做的，我们非但没有觉得不如人，反而觉得母亲种的棉、织的布，穿在身上是最美的，穿着母亲织的土布衣，走在人群中是最自豪的。

母亲确实值得我们骄傲，说起织布，村里没有人不想起她的。特别是"耕布"（是我老家的叫法，有时也叫"经布"，专业术语为"整经"），"唧唧复唧唧，木兰当户织"，很多人认识了织布，对于"耕布"一词就陌生了。其实，出品一匹布有"耕"和"织"。耕布就是布经线，是织布前的一道工序，如同造房子时的打地基定框架。耕布的过程较繁琐，而且又有一定的技术含量，所以会织布的女子未必会耕布。

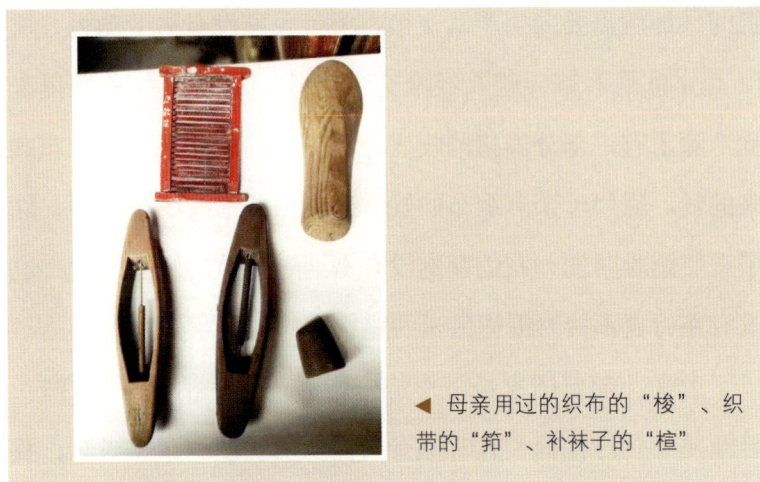

◀ 母亲用过的织布的"梭"、织带的"筘"、补袜子的"楦"

母亲是村里人耕布时必邀请的师傅。那时谁家要耕布，这家的主妇就会提前上门征求母亲意见：他们家有多少斤棉纱线，织什么样的花型，耕布的时间……并请母亲计算这匹布可织的长度和要染的各种色线的比例，然后便是让母亲替她们规划耕布需要的工具和耕布的地点，等等，以便提前准备。

　　而到了耕布那天，母亲需要亲自上阵。十几个线筒一字排开，母亲拉着十几根经线像变魔术似的来回跑着，边跑边把经线套在相隔一定距离的两个"山"字形的线架上。把一束束经线绕成团，母亲边走边绕，线团跟着她的手上下运动，极像一个在练拳脚的人；手举竹丝帚"唰—唰—唰"梳理经线，母亲又像个乐队指挥；上千根经线——穿过狭小的筘缝、——挂上开口棕框时，母亲又像个耐心细致的绣花女，动作快得像鸡啄米。耕布是件开心的事，这份开心，在经线缠绕到布机轱辘上时，得到了充分表现，"耕"这个字用在此时也最为妥当。

　　一头由两三个壮男紧紧拽住一把经线，像拔河比赛一样，双脚抵地身子往后挺，另一头则是母亲和耕布家的主妇，握着布机轱辘上的把手，把那几个壮男拉紧的经线扎扎实实地缠绕在布机的轱辘上，边绕边把这几个拽经线的壮男拖近布机。要织的布匹越长，这样反复的次数就越多。有时母亲她们转着转着，会突然感觉轱辘转不动了，母亲知道，这是几个壮男在与她俩比试力量，于是她们干脆突然松一下手，这几个壮男即刻摔了个仰八叉，"哈哈哈……"满场是开心的笑声。耕布工序完成，可以满机动弹了，耕布的一家人有新衣在望，这是一件令人兴奋的事情，置身在他人兴奋中的母亲，脸上也总是挂满了笑容。

母亲是从旧时代过来的人，她的脑子里最多的就是中国妇女几千年来勤劳、节俭的传统价值观。妹妹成家后，国家已开始实行改革开放，农村分田到户。妹妹不忍心让上了年纪的母亲再去田里劳动，可是母亲根本闲不住，不去田里劳动，不用帮着带孩子，母亲就又想起了心爱的布机。不知母亲从哪里收集来许多纯棉的棉纱头，这些一团团的棉纱头，在别人眼里是抹布，母亲却把它们当宝贝。她说拿它织布可以省去种棉纺纱的成本和时间，而且这机纺的棉纱线粗细均匀，织成的布一定细腻好看。于是，闲不住的母亲，以她的毅力和耐心，从一团团杂乱无序的棉纱中理出数以万计的棉纱线头，这数万根线头经母亲这双巧手的多道操作便上了布机，再经过母亲一梭梭地编织，一匹多色相间可以与机织布相媲美的彩色格子布出品了。

哪位织布娘的作品创作过程是这样的呢？我可以骄傲地回答，只有我母亲！这样的作品人见人夸，大家夸的不仅是母亲高超的织布技能，更多的是母亲的精神和毅力。这一匹布是母亲的得意之作，后来，母亲身体每况愈下，这匹布也就成了母亲织布生涯的收山之作，由于宝贵，至今妹妹还细心地保存着。

◀ 母亲织的布和带

　　也许母亲生来没想过要做织布女，可是生活将她引上了织布女的道路，并让她做成了一个卓尔不群的织布女。织布是母亲一辈子的爱好，布机是她大半辈子的情感寄托。尽管后来年纪大了，体力已经不允许母亲再操作布机，可是母亲仍念念不忘归整在楼上的布机。若是上楼，她一定要去看看布机，看看布机上方的瓦片是否漏水？绕着布机转一转，看看有没有少件……看着看着，母亲便对着布机发呆。

　　布机承载了母亲太多的记忆，母亲怎么舍得离开布机！现在母亲离开这个世界已有三十六个年头了，而陪伴母亲一生的布机仍完好无损地静立在楼上，依然散发着光彩。宝贵的布机，我们一定继续保存好，让母亲和布机的故事一代代传下去。

## 母亲有泪不轻弹

在我的印象里，母亲生性刚强、率直，一是一，二是二，爱是爱，恨是恨，从不绕着弯子说话。即便生活再苦、再难、再委屈，精神再痛苦，她也绝不表现出柔弱的一面，而是始终有着与不公命运的抗争劲，对生活热爱的坚韧，母亲就像诗人艾青写的《礁石》："一个浪，一个浪，无休止地扑过来，每一个浪在它的脚下，被打成碎沫、散开……它的脸上和身上，像刀砍过一样，但它依然站在那里，含着微笑，看着海洋……"

然而在夜深人静孤灯伴眠时，母亲想起自己坎坷的命运、日常遭遇的那些不幸，她还是会忍不住地叹息甚至落泪。

最使母亲黯然伤心的便是婚姻的不幸。

父亲逃壮丁在外十一年，母亲对父亲忠贞不渝，全心全意替父亲支撑着这个家，心心念念的是等待与父亲的团聚。虽然母亲的等待没有落空，父亲归来了。但是，归来的父亲已有深爱他的人，虽然父亲经过挣扎最终选择了母亲，但是心已有所变，就是这样的夫妻生活也仅仅只过了十年。

然而无论是"守活寡"耗了青春年华，或是团聚后母亲对父亲的许多期望落空，还是后来漫长艰难的"寡妇"日子，母亲从不倚门对天垂泪，很少有蔫巴巴、沉默寡语走不到人前的自卑。而总是硬朗着身子，尽心尽责地守好父亲的这个家。

还有让母亲神伤的是没有文化的痛苦。

因为外公去世得早，也因为外婆的重男轻女，母亲小时没有得到过读书的机会。女子不读书这在旧社会是很常见的，但遇到了一些大事后，母亲终于尝到了没文化的苦。

在父亲还没有去世的时候，母亲曾办理过迁户口的事。因为那个年代，城市的生活毕竟要比农村生活好很多，再说户口迁到父亲所在的城市，有利于一家人的生活，也有利于我们上学读书。

父亲已把接收粮户关系的部门联系好，母亲想，回老家迁户口的事很快会办成。谁知，这个过程花费了不少的财力和时间。母亲第一次去村经办人那里办理时，经办人说我家欠队里的钱，交了钱才能办迁户口的事。母亲听罢倾其家中所有的现金，数凑足了，去办时，经办人一看账本又说上次算错了，还得交多少。母亲已拿不出现金，只得变卖部分外婆家陪嫁过来的布草，交钱时，经办人又说按政策规定还有一笔钱得补交。母亲没文化，政策、账本放在她面前也看不懂。无奈，母亲只得肩背我年幼的妹妹去参加队里的劳动，以劳动所得的工分抵经办人说的那部分钱。劳动了一段时间总算按经办人要求交完了钱，户口终于从村里迁出，结果去粮站转粮食关系时，国家"精简城镇户口"文件下达，停止办理"农转非"手续，母亲的满怀希望成了不可能，处境艰难的母亲顿时瘫了，因为我们需要去父亲身边生活。可是木已成舟，母亲只怪自己没有文化。如果有文化，母亲对国家的政策就会有一定的了解和保持敏感度，就不会不计时间地用一天天去队里劳动挣工分的办法来抵钱。如果母亲有文化，遇到需要一而再，再而三交钱的事，可以马上动笔写信告诉父亲，让父亲一起来解决，这样迁户口的事就不会被人为地贻误了时机。

后来父亲去世，母亲在农村抚养三个女孩，生活无比艰难，于是就老想起迁户口的事，想着城乡差别之大的许多事实，想着想着便懊恼无比、心口发疼。

对于没有文化的痛苦，母亲觉得流泪不能弥补，只有自己不惜付出，再苦再难也要让女儿上学读书，不再走她的路，才是最好的。母亲的心思和心血没有白费，我姐和我都成了当时村里同龄女性中难得有文化的人，我们姐妹仨相继走出农村，实现了母亲的愿望。

再让母亲感到痛苦的是在农村孤女寡母生活的艰辛。

在今天的社会上，一个"寡妇"带着孩子过日子尚且少不了风言风语，少不了被他人欺侮，在母亲那个年代就更是如此了。

农村集体经济年代，村民们干农活，没有像现在这样独立自由。整个生产队的人同时出工，同时收工，同分队里收获的东西。白天大家在田里一起劳动，晚上集中在队室中看记工员给每位出工的人记工分，听生产队长分派第二天的活。那时村民与村民之间关联的事实在是太多了，所以矛盾也会比较多。当矛盾出现时，有个主外的男人为家撑起一个安全的空间，内当家就会省力或少受些委屈。可是我母亲呢，所有的矛盾都得她自己面对。

队里分粮食、分柴火、分这分那，得凭具体操作人的良心，善良的人心怀公正公平，势利的人欺软怕硬、拜高踩低。分同样东西质量有差异，评工分有高低等，全是些关系每家每户切身利益的事。特别是一年一次的评劳动底分（一个劳动力劳动一天可得的基本分，农忙时以基本分为底，按百分比加工分），事关一整年的劳动报酬，谁都不愿意被评成低等底分。可是队里有惯例，评劳动底分男女高、中、低各有一定的比例，那谁该低呢？每到这时母亲便满腹的担忧。为能争取不被评入低等底分的行列，平时母亲以最卖力的表现参加生产队的劳动，轻松的活认真干，繁重的活拼尽力气干。尽管如此，评底分时，母亲还得用自己的嘴巴为自己应得的劳动报酬发声。

看着别家女人有丈夫或儿子站在身边，不用发声也能得个高（中）底分，想想自己……辛酸的泪禁不住要涌出眼眶，可是坚强的母亲硬是把这酸苦的泪水往肚子里咽。用眼泪换取别人的怜悯，这不是母亲的性格。

不过，母亲也有落泪时。村里那个星火大叔是母亲一直感念的人，他憨厚淳朴，身为大队长（相当于现在村主任）却善于体贴人、尊重人。他胆小不太敢扛事，可是母亲遇上憋屈的事，找上门与他说时，星火叔从不回避，总是耐心倾听。能帮母亲解决的他尽力，无能为力解决的，他便会引用佛家学说的因果报应观念，慢声细语地劝母亲，把大肚能容难容之人的许多好处讲给母亲听。星火叔知道对母亲的最大帮助就是让母亲学会忍。星火叔善意的体恤之举，常让母亲的眼里涌出泪花。母亲说他是村里难得一辈子尊重她的人。

还有那个有大家风范的杜福娟大妈，她是母亲难得的好邻居。福娟大妈家境较好，有当中医师的丈夫，六个子女中有当村干部的；有被当选为全国人大代表、评为全国劳模的；有在大学当领导的；有在国企当工程师的。难得的是福娟大妈从不因此而傲气。她温柔敦厚，善解人意。她见我母亲受人欺凌，委屈难受时，总会放下手中的家务活，关切地询问，体贴地安慰，有时安慰到母亲的心坎上时，母亲的愤慨便慢慢变成了淡定，变成了感动的泪水，母亲心里的郁闷也因此而消去了不少。

母亲活着时常对我说：做女人要向福娟大妈学习。


## 崇尚文明的文盲母亲


母亲没有文化，但却有着许多人所没有的经历和见识。

与母亲同辈的绝大多数女性是脑后梳螺髻的小脚女人，而母亲却是上剪短发，下有一双"解放脚"，那时外婆和母亲应该是比较早接受"五四"思想的一批人。这种新思想也成了她们的精神食粮，也在日后滋养了我们。

母亲在福州生活时，有过脚蹬皮鞋、身穿掐腰旗袍的时髦装扮。当农村很多人不知道汽车、火车什么模样时，母亲已是多次单独乘汽车、坐火车来往于浙闽之间。20 世纪 50 年代中期，母亲从福州回到了老家生活，对于很多新潮的事物都能够很快接受。母亲回村时，村里正在成立农业合作社，有人在徘徊是入还是不入，母亲却是毫不犹豫地带着农具入了社。

后来，国家号召兴修水利，母亲也积极参与其中，她把我和姐姐托付给外婆，自己则与村里的许多男劳动力一起去了 30 多公里外的工地，参加建造省级大型水库。那时的母亲和没外出闯荡过的村民们相比，在村里应该算得上是个见过世面的人了，所以，除了思想开化，在物质生活上，母亲也紧随现代文明的潮流。年轻的母亲留着齐耳短发，头发紧紧捋在耳廓后，露出一张五官端正的国字脸。农闲或外出做客时，在冬天母亲常常是里边穿一件大襟棉袄，外套一件列宁装呢大衣；春秋时里边是大襟凡士林布衫，外套一件自己织的酱红色无领开衫毛衣。母亲这样的着装，真可以写进当时农村妇女的时尚潮流图鉴。

生活中，母亲心灵手巧又热心，那时村里经常有很多女性上门跟母亲学习一些手工活，如织毛衣、剪解放鞋鞋样、用小毛巾缝制婴儿兔子帽等。有时母亲也会拆旧衣，利用旧布料裁制幼儿连裤肚兜，送给孩子多、生活困难的人家。正因如此，我们家耕种自留地遇到困难时，也常会得到别人的一些帮助。

在我们很小的时候，农村刷牙的人可以说是寥寥无几的，如果有人见我们在刷牙，便会投来诧异的目光。我们是农村中刷牙的稀罕人，这也是因为母亲。也许生活在城市的那些日子里，母亲认识到了刷牙的重要性，所以一直督促我们刷牙，当经济困难买不起牙膏时，母亲便要我们用盐来替代。一把牙刷用得像小刺猬似的，母亲仍不许我们以此为由不刷牙，实在不能用了，又买不起牙刷，母亲就要求我们早晚漱口。至今我没患过牙病，这应该得益于母亲从小培养我们刷牙的习惯。

父亲因病去世时，正是国家三年困难时期，母亲的生活压力瞬间变大，精神上的痛苦也接踵而来。曾经是农村"时尚"女性的母亲渐渐变了模样，她变土了、变老了……但是，不管怎样，模样如何变化，母亲要强的禀性却始终没有改变。母亲经常对我们说："生活再困难，人不能邋遢，特别是寡妇的女儿不能让人瞧不起。"过年过节买不起洋布做衣服，母亲就翻出樟木箱里她曾经穿过的旗袍，再舍不得也把它改制成盘扣夹袄，给我和姐姐穿。这不仅帮助我们抵御了冬天的寒冷，还成了别具一格的节日服装，引来不少羡慕的目光，我和姐姐的心里满是得意。无论多旧的衣服被母亲拾掇后，都会变得整洁光亮，让周围人感觉我们家总是穿得不错。

守好父亲留下的家，也是母亲始终坚守着的初心。我们家二十多年没有粉刷过的空斗砖墙，若再不粉刷，估计会经不起风吹雨打而倒塌。可是，哪来钱用来粉刷呢？有一天，母亲看见村里几个有文化的人在墙上刷写毛主席语录，母亲突然眼睛一亮，马上与写语录的人商量，让他们选一段最长的语录，写到我们家的"人"字墙（也叫"金"字墙）上。我们家位于村主干道边上，写语录的人觉得地段不错，宣传效果好，而且在砖墙上刷写省时、省料，便赞同了母亲的说法。他们架起梯子，先用石灰浆在"人"字墙上刷了一大块白的，然后写上一段长长的、红红的、字大大的毛主席语录。事后，母亲问我们："你们知道吗？我为什么建议他们把最长的语录写到咱们家的墙上？"我们当然回答不上来。母亲说："写的语录长了，墙被粉刷的面积就大了。"这时我和姐姐才恍然大悟，原来聪明的母亲是用刷墙写语录这一举两得的办法，来缓解她对墙倒塌的担忧。

不寻常的生活经历，使母亲的精神世界有着现代文明所推崇的新思想：女性的社会价值、打破传统的性别规则等，虽然没有深刻的理论认识，母亲却有许多明确的实际行动。

改革开放前，农村集体劳动，绝大多数地区没做到男女同工同酬，这是中国农村的通病。为此，全国第一届至第十三届人大代表申纪兰，为实现农村男女同工同酬努力了一辈子。男女同工不同酬，成了理所当然，就会滋生出一些不应该发生的事来。例如，出工时间长、体力劳动繁重的农忙季节，尤其是炎热夏天的"双抢"劳动，队里派活绝不会漏过一个女劳动力。而农闲农活轻松时，队里却时常只安排男劳动力出工。农村是靠工分吃饭的，不挣工分就得交钱买粮，如果这样，没有男劳动力的家庭，就只能在农活忙时挣工分，这显然是很不合理的。母亲从开始激烈地抗争，到放平心态一次次找队长说理，队长还是个讲理的人，最终同意：无论是农忙农闲，男女都可以有同等挣工分的机会。

在温饱没有解决的年代，农村的道路建设是无从谈起的，每逢下雨天，道路泥泞难行是普遍现象，我们村也不例外。南方春节期间雨天较多，村干部为了方便大家出行，每年春节前，都会动员每户人家派一名男劳动力参加村里的义务劳动——挑沙铺路。我们家没有男劳动力，还要去参加吗？母亲说："去！否则少了争取男女平等的底气。"母亲言行一致，凡是村里的义务劳动，我们家从不缺席，不是母亲参加就是姐姐参加。

送公粮是 20 世纪农民的一项光荣任务。那时送公粮有用肩挑的，有用独轮车推的（劳动力多、经济条件好的人家才拥有一辆独轮车）。在"丰收不忘共产党""积极上交爱国粮"等口号的感召下，农民们首批收割晒干后的稻谷，便先用来交公粮。送粮任务分派到户后，送粮时间由生产队长定。到那天，一大早各家各户拿着麻袋或箩筐，去生产队的粮库装粮、过磅，然后肩挑的挑、车推的推，陆陆续续向粮站出发。我们村到屏山粮站单趟路程约为 3 公里，且去时上坡路段多。粮食送到粮站先过验收关，再过磅，然后还要搬粮入库。搬粮入库特别累，里边高高的谷堆像座小山，人要扛着粮，沿着铺在谷堆上窄窄的木板，小心翼翼地往上爬，爬到谷堆顶才能翻筐倒粮。

送粮的过程真是个繁重的体力劳动，我们家没有男劳动力，母亲本可以请人代送，只要把送粮所得的工分从我们家划出记给代送人就是，而且劳动力好的人家也是愿意干的，但母亲一定要自己送。送粮大多在炎热的夏季，我们放暑假在家，刚好可以帮上母亲的忙。

送粮时，母亲挑着装有八九十斤稻谷的大箩筐，一手握着搭柱（用来分担主力肩压力，想歇口气时，用其拄着挑箩筐的扁担，站着休息即可），一手把着横在肩上的扁担，"哼哧、哼哧"地挑着走在我们前面，姐姐挑着装满稻谷的小箩筐，我挑的是比小箩筐还小的斗篮跟在母亲后面。由于我们耐力不够，挑着挑着就落后了，有时母亲会停下来等我们，可是等多了，怕完不成当天的送粮任务，母亲就叫我们慢慢来，说着便把搭柱交叉在扁担上，又"哼哧、哼哧"地赶路了。望着汗水湿透衣背的母亲，望着她迈着沉重步伐的背影，看着男性居多的送粮队伍，我和姐姐的心里禁不住泛起一阵酸楚。然而，母亲倒是没怎么悲叹和自卑，每次送公粮她总是很开心，母亲说："送粮虽然很累，她也怕，可是送公粮既光荣又可以挣工分，而且是男女平等挣工分，这在平时是很难得的，这样的送粮还有什么不高兴呢？"

其实，还有让母亲高兴的是，在送粮中她有与男人并肩而立的自豪。

# 母亲留下的宝贵财富

1985 年 4 月 9 日，母亲因病抢救无效在东阳市人民医院去世，享年 68 岁。母亲的一生是坎坷艰难的一生，却也是奋发有为的一生。

◀ 母亲的夕阳照，摄于1983年春节

母亲九岁丧父，在娘家时遭遇了两场火灾。结婚不久，父亲逃壮丁，母亲守了十一年活寡。与父亲团聚后，只过了十年聚少离多的夫妻生活，父亲又走了，而且永远地走了，留下三个女儿，四十三岁的母亲独自承担养育责任。但是，无论生活多么艰难，母亲始终坚强面对。命运不济时她不抱怨，始终坚信勤劳勇敢可以把苦难化为美好。母亲离去已多年，女儿我也年逾古稀，但是，我还是要向母亲再次深深鞠躬，再次表达我对母亲的钦佩和感恩。感恩母亲，在最美好的年龄里，牺牲自我，选择守在我们的身边，让我们有了温暖和依靠；感恩母亲，用心血和汗水把我们养大，以良好的品行引导我们做事和做人；感恩母亲，为家为女儿为甥辈们，孜孜不息地付出，直到闭上双眼……

每一次回忆母亲似乎都会产生一次新的认识。母亲不仅是对女儿、女婿、外孙、外孙女不惜一切地付出，对亲朋好友和邻居，母亲同样体现了一个传统女性的奉献精神和爱心。

我大学毕业后在乡下学校工作不久，组织上就调我到城区工作。母亲帮我带孩子，也随我进了城。因为城区学校住房紧张，我们只能想办法租住房管局的居民宿舍，一幢二层半开式的筒子楼住着不同单位工作的七户居民。在城区生活，母亲把乡下的邻里精神带到了城里。邻居老黄家的儿子患有严重的中耳炎，用了不少药都未得到根治，一家人为此很是烦恼。母亲知道后，马上想起她有个治中耳炎的偏方，不顾劳累，特意为此回了一趟乡下。在乡下的田野山坳里，找来草药烘干，碾成粉，配上药店买来的冰片，剪来一段段干净的麦秆管，回到城里教老黄夫妇如何用麦秆管把药粉吹进儿子的耳道。用了一段时间的药，老黄家小儿子的中耳炎治好了，老黄一家人非常感激我母亲。

母亲病重住院期间，虽然人已是迷迷糊糊，但是心底里固有的那份无我的善良之心始终不变。亲戚朋友提着礼品来看望她，她会不断提醒我们别忘了回礼。有一次，我准备打开一个荔枝罐头，她马上示意我别打开，她说："好点的这几样东西留给你婆婆，听说你婆婆最近身体不太好，你们代我看看她。"边上的人听了，无不为母亲说的话而感动。

小时候家里缺少劳动力，别人能来帮一下忙，母亲便觉得很得力，很感激。母亲有这样的体会，她也就常常想着如何帮助别人。一年夏天的一个下午，雷声隆隆、电光闪闪，眼看大雨将临，许多在田间劳动的人纷纷扔下手中活，奔向山坡，抢收各自晒的稻草。我正以最快的速度和母亲一起，把拖在一起的稻草叠成尖顶帐篷型时，母亲突然看见边上的孝法气喘吁吁，一人在紧张地抢收着，母亲说："你快去帮孝法的忙，他家的稻草已晒干，淋湿了可惜，咱们家的不要紧，才晒了一会儿，还潮湿着。"听了母亲的话，我立马奔了过去。孝法有我的帮忙，大雨来临之前，完成了抢收稻草的任务。他对我再三说谢谢时，心里一定在感谢母亲。这是一件小事，母亲说的话也不是什么豪言壮语，可是在精神上鼓励了我一辈子。

母亲总是顾着别人、想着感恩。她多次对我说："咱们家寡母孤女无权无势，能来帮咱们一把的都是善良的人，你们要记住，要学会感恩，即使帮我们说过一句话的也不能忘记。"我牢记母亲的教诲，对曾经给予我们家帮助的人，我回村时总要去看看他们，若他们有什么困难，我一定不遗余力想办法帮助。村里有人来城里治病求医，或有人升学找工作等来找我商量时，我也一定尽力而为。

母亲的人性光辉一直照耀着我前行的路，直至我退休，住到了女儿女婿身边，我仍没有辜负母亲的期待。2015年5月，母亲村子的老年协会组织五十来位六十岁以上的老人来北京旅游，我和丈夫知道后，马上联系了品位不错的辽宁饭店，在灯火辉煌的宴会大厅里，我们全家人热情地接待，和这五十多位乡亲们开心地聚了一餐。因为这些老人中有曾经同情、关心和帮助过母亲的人，何况又是千里迢迢来京的家乡亲人，接待他们是我们的心愿，也是母亲的心愿。晚餐结束话别时，他们对我说的最多一句话是："如果你母亲在的话，不知她有多高兴！"

母亲在世时，因为家里缺主外的保护层，好话和难听的话都得母亲自己去说，红脸、黑脸、白脸都得母亲自己一个人扮演。母亲被人欺侮时，不可能保持好脾气，这样难免会让有些人不舒服，觉得母亲话多、事多。所以母亲活着时，似乎不觉得什么，而听到她去世的消息时，很多人都想起了母亲曾经的不容易，想起了母亲活着时的那些好。

母亲去世，灵柩停放了五天六夜（那时没提倡火化）。这五天六夜里，我不只是沉浸在失去母亲的悲痛中，也有很多的感慨和感动。想不到平凡的母亲，每天会有这么多人来她的灵前上香磕拜，最想不到的是村里那个既不沾亲又不带故的糊涂哑巴，他白天干活，晚上就过来和我们一起守灵，而且有时要坚持守到天亮，我们几次要送他回家，他却"阿吧、阿吧"地直摇头，表示不同意。过来关心我们的老生产队长文忠叔说："别看他糊涂，其实他心里明白，你母亲活着时对他好，他舍不得你母亲离去。"

那几天，我们不管是在给母亲守灵，还是出门，只要碰上村里人，就会听他们说母亲的好。建水库而移民到我们村的李谷修说：她生儿子时，幸亏有我母亲。那天她在田里劳动，感觉要生产了而赶忙跑回家，怎么也想不到，一到家就把儿子产在了地上，一时不知如何是好。幸亏她跑回家时，被在池塘边洗衣服的我母亲发觉，母亲立刻扔下手里的活，随即来到谷修家。见谷修产在地上的儿子，母亲连忙拿了一件衣服裹起，然后把她们母子俩安顿到床上，等谷修丈夫接来的接生婆把一切处理妥当，母亲才离开。谷修说："虽然不是大冷天，但儿子产在冰凉的地上，时间久了也会冻坏的。我儿子有今天，首先要感谢你母亲。"

那个瘸腿的仁考叔，来到母亲灵前对我们说："纸香我不烧了，给你母亲磕个头，说你母亲几句好。你母亲是剪刀嘴豆腐心，平时你母亲与我虽然常拌嘴，但是她对我们家的困难总是给予同情和关心（他的老婆以及两个女儿都是智力障碍者，是村里的特困户），给我们家送衣送裤（其实是我们穿过的旧衣旧裤）。夏天她从你们家带来一小盒清凉油，即刻就送给我们家孩子用。"他还说："早时在外做手艺的海阿公、张正荣两个鳏夫回村落户无房住，都是你母亲腾出你们家的房子，给他们住到有落脚地方为止。你母亲是好人，可惜好人不在世了！"

平时不善言语的永义叔说，有一次，他老婆挺了个大肚子，把一担稻谷从田里挑回家时，遇上了去地里采摘蔬菜的我母亲，母亲立刻放下手中的篮子说："你是快生孩子的人了，怎么能挑这么重的一担谷，万一把孩子挑下来怎么办？"说着母亲一定要帮她把这担稻谷挑回家。母亲体弱又上年纪了，他们是知道的，所以，母亲做的这件事虽小，时间也过去很久了，可是永义夫妇一直记在心里。永义叔说："像你母亲这样的人难得啊，为人正直，待人热心，别人需要她时，她总会不顾一切地给予帮忙。"

乡邻们真实不虚的朴实话语让我感动，面对母亲的遗像，我不由得眼眶里又是泪水盈盈。真想不到，到了今天，女儿还能听到关于母亲的许多新故事，听到许多赞美母亲的声音。那几天，我对着母亲的遗像，一次次感叹："渺小"的母亲，您竟然有那么多伟大之处！

母亲活着的时候是个开朗要强的人，若上天有灵，应该让母亲知道有那么多人记着她、尊重她，为她送行。老支书为她组织开追悼会，虽然很简单，却是村里从来没有过的，母亲是第一个。

作家梁衡说："他活着已经将自己的生命转化为另一样东西，他死了，这东西永恒地存在。"是的，母亲虽然长眠于地下了，但是，母亲的那些故事会陪伴我们到永远，是可以一代代传下去的宝贵财富。

# 第二章

## 时光深处的爱

## 外婆家的快乐童年时光

外婆是一个身材瘦小的老太太，浓黑的眉毛下闪着一双永远有神的眼睛，脑后梳着顺顺溜溜的螺髻，显示出干练和利落。外婆是一个典型的旧式老太，外公去世后，她秉承着对家庭和丈夫的责任，把母亲和舅舅抚养长大，培养了他们坚韧、独立的人品，更是供养舅舅读书，使舅舅成了外公外婆家第一个有文化的人。中华人民共和国成立前，舅舅受先进思想的影响，参加了中国共产党领导的东阳山区剿匪。因为怕外婆担心，舅舅没有将这件事告诉外婆，然而当外婆从别人口中知道这件事后，非但没有埋怨、责怪，反而肯定了舅舅投身革命事业的精神，并在行动上给予很大的支持。虽然一个母亲肯定放心不下儿子，但外婆在这件事上体现了一个中国母亲的博大胸怀，确实令人钦佩。

外婆住在夏厉墅村，我的童年生活中的很多幸福片段都与这里有关。

◀ 外婆，蔡凑莲，摄于1956年

夏厉墅村有一条贯穿厉宅、马宅、赵宅三个自然村，长约五百米的长街。长街的两边有许多饱含岁月沧桑的木结构楼房，中间间隔着几幢华厅大堂，黑瓦灰墙、飞檐斗拱显得古老厚重。其中有多个原始手工作坊，有弹棉坊、打铁铺等。夏厉墅村人多地少，农闲时人们做点纺纱、织布的买卖，以此换钱兑粮是这个村历来的传统。因此，长街上听到最多的就是"叽唧、叽唧"的织布声；沿街还有多台手摇绞棉籽机，发出"吱嘎、吱嘎"的绞棉籽声；还有村西那座具有八百多年历史的禹阳小学传来的钟声，都让我觉得夏厉墅处处充满生机。

每次跟外婆从村东出发沿长街去村西的杂货店买东西时，我经常会情不自禁地放慢脚步，欣赏长街的风景。外婆看我对长街感兴趣，便做谜语给我猜，例如，"叽里勾喽，爬上凳头，只吃猪油，不吃骨头""放进黑，拿出红，不打不能用""一条无底小船，中间穿个线团，小船来回游，线团变没有"等。谜底分别是：绞棉籽、打铁、织布的梭。这些谜语谜面描述得十分形象，而且谜底都是我不陌生的东西，再是外婆用恰当的手势启发，让我不用多少时间便能够猜中。外婆看着我猜中时的开心，她布满皱纹的脸上也挤满了笑容。

除了长街，外婆家房子前面的大园子也是我童年时的兴趣所在。这个园子虽然是四外公和小外公两家共建的，但是，与外婆家的房子连通，我可以自由出入，进园子里与四外公、小外公的孙儿们玩耍。

四外公和小外公在中华人民共和国成立前曾经在莫干山做过建筑，开办过营造厂，与洋人打过交道，给名人造过别墅，是见过大世面的人。因此，这个园子的设计和打理都非同一般。园子很大，园子的围墙分别建有"八字台门"和"水门"。八字台门外面有一座石板桥，过了石板桥就是通往横店的路。从八面山脚流过来的小溪水绕着园子南边的围墙自东往西流，因此，打开水门便可见"哗哗哗"的小溪水。我们几家单独在这里取水、洗衣洗菜，与外界隔绝无争，同时，也方便了孩子们在这里玩水。炎热的夏天，我们经常偷偷地打开水门，扑腾到溪里捉鱼逮虾、翻石捉蟹、打水仗……经常玩得忘了归家，待大人手拿一根细竹枝来叫我们时，才一个个赶忙穿上鞋、放下裤腿，然后像被赶鸭子似的被大人赶进园子里，听到大人把水门"啪"地一下闩上，大家才放开脚步死心塌地地回家。

如果大人不让我们去园外的小溪里玩水，园内也有我们无限的乐趣。园内有四外公和小外公种的各种花卉和树种，有蔷薇、牡丹、菊花、蜡梅花、桂花、月季花、鸡冠花、紫竹、石榴树、枇杷树、柚子树等。春天，我和表兄妹们在园子里赏花、挖笋，帮大人除草、浇水；夏天，可以上树捉蝉、下地扑蝗虫，和表兄妹们在树荫下做游戏；秋天，品尝四外公、小外公收获的各种果实，无聊时可以取根竹枝穿落叶；冬天，下雪时可以在园子里堆雪人、捉麻雀、打雪仗。

不过，童年最快乐的时光还是和外婆在一起。外婆会珠算，特别是快速用算盘打三十六（1+2+3+，…，+36=666），每一次外婆表演给我看时，都让年幼的我惊讶佩服无比。夏天的夜晚，有时我会搬条小凳子，坐在院子里看满天的星星。这时候，外婆总会摇着蒲扇来到我身边，让我依偎在她的身旁，给仰着小脑袋的我讲故事。外婆曾对我说那满天的星星是盘古撒下的盐，还让我看着天上的星星念一句"一束七粒星，念到七遍会聪明"，如果能一口气把这两句话念七遍，就会越长越聪明。外婆说的就如天上闪烁的星星一样让我感兴趣，于是我便认真地练，为了变聪明甚至会一口气念八遍、十遍。外婆听了后总会笑眯眯地对我说："嗯，我家囡囡真聪明！"长大后我慢慢知道，外婆其实并不是在让我练头脑，而是在让我练肺活量，让我成长得更健康。

外婆还会讲很多故事，例如"盘古开天地""牛郎织女""孟姜女哭长城""嫦娥奔月""陈世美与秦香莲"等。其中，我最感兴趣也是外婆讲得最多的是"八面山和金水牛"的故事。外婆说："你看见八面山山腰的那个大凹坑了吗？"这几乎是我天天见的，我当然点点头。"这个大凹坑是八面山的'肚脐'，里面住着一头金水牛，人们拿存放千年的稻草去引，金水牛就会出来。有一次，金水牛被引出一半身子时，有些贪心的人纷纷向前争着去牵，结果金水牛又躲了回去。"每次听完，我都很想让外婆带我去看看"肚脐"里究竟是什么样的，有没有金水牛的影子，也许不用存放千年的稻草也能把金水牛引出来呢！可是外婆的那双三寸金莲走不了崎岖的山路，我也就只能望着八面山的"肚脐"做着种种猜测和幻想。

外婆家走廊的房梁上有一个燕子窝，每到春天的早上，燕子就会"叽里喏里"地叫着飞进飞出，给空荡荡的大房子带来了热闹。我最喜欢看燕子妈妈给小燕子喂食，很想在燕子窝上方的楼板上钻个洞，看看小燕子一家是怎样生活的。但这是外婆绝不会让我干的事。有一次雷雨过后，其他孩子都到溪坑里捉鱼，我也想去，但外婆怕我出意外，就是不同意我去。我对着外婆又哭又闹，外婆哄我说："你听，燕子'叽哩喏哩'地叫，意思是'不借米不借衣，借间屋住住'，你不听话再哭，燕子明年就不来这里借屋住了。"听外婆这么一说，我停止了哭闹，乖乖地坐下陪外婆纺棉线。

外婆边纺棉线，边会把外面听来的新鲜事加工一番，然后说给我听。有一个故事直到今天我依然记忆犹新。

外婆说："前几天晚上，后面三阿婆家发生了一件好笑的事。她家小孙子白天在床上玩的丝瓜，三阿婆没有及时整理掉，晚上三阿婆的儿媳上床睡觉时，碰到被单下凉凉的、软软的丝瓜，以为是蛇，吓得一骨碌跳下床，一个劲地喊：'床上有蛇，床上有蛇！'叫得全家人赶忙起床点灯，拿棍操棒靠近那张床，防备蛇出动。结果大家屏声息气等了好一会，也不见被单下有蛇的动静，他们小心翼翼掀开被单，一看原来是一条被玩蔫了的丝瓜。"

这实在是件好笑的事，外婆却认真地对我说：如果三阿婆在睡觉前及时整理了床上给孙子玩的丝瓜，全家人就不会如此虚惊一场。

外婆讲的故事真实不虚，不懂教育理论的外婆，却经常会用这样的故事吸引并教育我，希望我从小学会懂道理，生活不邋遢，学会做人和做事。外婆将她对儿孙的爱隐藏在平凡的生活细节中。外婆不会想到，几十年后的今天，当初身边的那个孩子依然会对这样的故事感兴趣。

后来，我渐渐长大，陪伴外婆的时间也越来越少。在我七岁那年，外婆突发脑溢血去世，永远地离开了我们。每个人都会死亡，虽然当时的我无法接受外婆的去世，但外婆毕竟已经离去，我所做的只能是在心中一遍一遍回味与外婆相处的时光，以此来缅怀外婆。长大之后我听说脑溢血突然去世的人是没有痛苦的，我想这可能算是对于一辈子坎坷的外婆的最后一点微不足道的安慰吧。

外婆离世后，我和母亲远赴福建生活，后来我又外出求学，夏厉墅村的童年生活便离我越来越遥远了。外婆、园子，还有那条古老的长街只能藏匿在我的思念深处，梦里相见了。如今外婆离世已有六十多年，夏厉墅村也经过了几番新农村建设，我小时日日玩耍的园子、承载了无数童年记忆的古老的长街都没有了。但是，慈祥的外婆，还有那些可爱的小玩伴们，以及充满情趣的园子和长街始终定格在了我五彩的童年里。

# 记忆中温馨的父爱

在我的童年记忆中，父亲留下的背影并不是很多，正因如此，每一次与父亲在一起的经历，都成了我最弥足珍贵的人生回忆。

除去幼儿时那种朦朦胧胧的记忆，我记忆中第一次出现的完整的与父亲在一起的经历是在 1957 年的春节，那时我年仅 6 岁。

记得这一年春节，因为父亲回老家过年，整幢房子里，爷爷的后辈们都活跃了起来，有的听从父亲的指挥写春联、贴春联，有的应父亲要求准备祭祀的祭品……我们家来来往往的人也多了起来，我顿时觉得家有父亲的感觉真好。

对于父亲来说，我这个女儿是陌生的，因为我虽生在福州，但之后随同母亲回了老家，和父亲一起生活的时间太少了。因此，这次过年，我是经历了一段与父亲从陌生到熟悉的过程。

我记得有一天，父亲从口袋里取出一包烟，让我看清楚之后给了我一些钱，然后叫我去村供销店里买一包同样的烟。不一会儿，我圆满地完成了任务，父亲看我真的会给他买烟了，高兴地夸我聪明能干。得到了既陌生又熟悉的父亲的夸赞，我高兴得又蹦又跳兴奋了好一会儿，想着，我能经常给父亲买烟那该多好啊！

父亲难得回一趟老家，于是母亲要给父亲补过四十岁生日，其实当时父亲是四十一岁。因为东阳的风俗是"四十不贺"，所以生日没有请客，母亲只是煮了一锅面和几个鸡蛋。

那时虽然不是困难时期，但是粮食并不富余。因此，母亲在面条里放了很多青菜。母亲对我和姐姐说："今天是给你爸爸过生日，他碗里的面条多些，有两个鸡蛋，你们碗里面条青菜掺半，只有一个鸡蛋，你们可不能不高兴。"

我们点点头，都表示理解，于是坐下来开始吃（母亲总是最后一个吃的）。吃着吃着，父亲发现了他碗里的面条比我们多，顿时明白了，于是立马站了起来要夹些给我们。

我牢记母亲的吩咐，马上说："我不要面条，我喜欢吃青菜！"父亲听了摸摸我的头说："珍啊（父亲总是喜欢这样称呼我），你真懂事！"一边说，一边把面条放到了我的碗里。

在幼小的我的眼睛里，父亲是一个何等尊贵的人物，他这样叫我、夸我、疼爱我，让我感到父亲在身边的无比快乐和幸福。

不幸的是，记忆中这是我一生仅有的一次和父亲在一起过年过生日，也是父亲最后一次回老家过年。

在这个春节之外，我关于父亲的快乐记忆还有一件小事，那是在福建的连城机场。父亲在我的印象中总是有些忧郁，但那一次，父亲却和我一样，开心得像一个孩子。

在连城机场的某一天，父亲不知从哪弄来了一辆旧自行车，他很开心地对我说："珍啊，今天爸爸用自行车带你逛一圈机场。"说着他扶我上了自行车后座。

等我坐好之后，父亲边上自行车边叫我抓住，之后便绕着机场骑了起来。

自行车的车轮在父亲的脚蹬下飞快地滚动了起来，风在我的耳边呼呼掠过，我顿时觉得凉风习习，但心里却感到无比的温暖。父亲就这样骑啊、骑啊，我看到身边的景物快速地向后退去，真是既兴奋又害怕。

骑着骑着，突然自行车一蹦一落，我抓在自行车座下的手被车座下的弹簧压了一下，我瞬间感到钻心的疼，但我却不敢吱声，生怕扫了父亲的兴。但不知道怎么还是让父亲感觉到了，他回过头对我说："你手别抓在坐垫下面，抱着我的腰。"于是，我脸贴在父亲的背上，双手搂着他的腰。

就这样，父亲带着我在宽大的场地上边转圈边跟我说："这部分机场还没建好，路不平，那边的机场已经建好了，但不能随便进去。等全部建好了，你就可以在边上看飞机是怎么上天怎么降落的……"听着父亲的介绍，我心里暖洋洋的，觉得自己是世界上最幸福的人。这是我一生中父亲和我贴得最近的一次，也是我感受父爱最深的一次。

父亲已经故去很多年了，我也早已告别那个懵懂的孩童，随着岁月而变成了今天的老人。然而，父亲四十多岁时的壮年形象和他曾经带给我的快乐记忆，却永远地埋藏在我的内心里。

## 生命之花为读书而绽放

如果说父亲的爱对我来说是稀有而珍贵的，那么，母亲的爱对我来说则像江河一样延绵不绝，滋润着我的童年、青年乃至中年。

上小学时，没文化的母亲遇上了个糊涂先生。在福建永安读完小学一年级的我，转学浙江老家的村校，明明可以升小学二年级，可是村校的先生说，福建和浙江的教材不一样，最好重读一年级。就这样，六年的小学我读了七年。小学毕业那年，由于当时特殊的历史原因，中学暂停招生。我待在家里没学上、没书读，当时脑子一片茫然，心想我这一辈子有可能没机会上学读书了。然而，一心想让我通过读书改变命运的母亲却不放弃希望。有一天，母亲从闷热的楼上找出一堆姐姐上中学时读过的书，对我说道："你整理一下，挑几本看看。"我本就喜欢看书，之前舅舅送给我的一本宋振苏写的《我的弟弟小萝卜头》，翻来覆去不知看了多少遍，后来为了借看一本《嫦娥奔月》的连环画，我用割了半天才得到的一筐草去跟人家换。此时，听母亲这么说，我心里当然十分高兴。母亲还嘱咐我说："虽然学校停课了，但是你想有本事就要多读书！"小小年纪的我多想自己有本事，这样有的人就不敢欺侮我们孤儿寡母了。于是我立马动手在这堆书中飞快地翻找想看的书，扒拉了好久，除了一些看不懂的中学课本外，终于找到了几本可以看的书。这些书是《王若飞在狱中》《钢铁是怎样炼成的》《可爱的中国》

《把一切献给党》……这些红色经典也许是姐姐读高中时的课外阅读本，但对于当时的我来说，却觉得兴味索然。不过想想也没有别的可看，于是便又拿起了这几本书开始读。就是在这个过程中，我慢慢认识了方志敏、王若飞、吴运铎、保尔·柯察金等或真实或虚构的英雄人物。读着英雄们在艰苦卓绝的环境中，以顽强的毅力和意志与敌斗争、与困难斗争、与命运抗争的故事，我不知不觉被感染了。于是，我对于这些书的兴趣越来越浓厚，读得也就越来越深入。在这些书中，我特别喜欢保尔·柯察金的故事：战场上的搏杀，感情上的波折，工地上的磨炼，伤病夺走健康时不向命运屈服的精神……一个个精彩的片段，使我常常耽误了完成母亲布置的事情。

由此，我终于领会到了文学之美，进而渴望继续有这样的书看，可是书在哪儿呢？正在我幻想着有书"从天而降"时，村里一位张姓青年给我送来了《红岩》和《林海雪原》，他对我说："这两本书你喜欢就抓紧看，过几天我要还人的。"我渴望读到这两本书已经很久了，今天突然得到了，我自然无比兴奋。然而他为什么会突然送书给我看呢？我问母亲。

原来，有一天张青年去水渠边割草，脚不小心被水蛇啄了一下，他害怕自己中蛇毒，吓得不知如何是好，惊慌失措地跑回家求救。在路上，他刚好遇上母亲，母亲听他说了这件事后转身跑回家，拿了舅舅买来给我们备用的"季德胜蛇药"送到他家。母亲帮他清洗了伤口，敷上了药，因为水蛇毒性不大，药敷了两三次后，被蛇咬处的红肿就彻底消了，这省去了上医院的时间和钱。张青年因此非常感激母亲。

母亲知道张青年一直喜欢看书，手里流转的书一定比较多，于是就对他说："不用谢了，你多借几本书给我们家二女儿看看就是了。"听完母亲的叙述，我终于明白自己能得到《红岩》《林海雪原》的阅读权，全是母亲花了心思换来的。从那以后在张青年手上流转的书，也基本上流转到了我的手里。在灶膛前，在母亲织布时挂在吊钩上的煤油灯下，我读着《青春之歌》《三家巷》《艳阳天》《欧阳海之歌》《苦菜花》《战斗的青春》《野火春风斗古城》《沸腾的群山》……对于当时的我来说，看这些书是莫大的享受。有书看，生活的苦涩、日子的茫然似乎都不觉得了，捧起书，看着看着，我的情绪就会情不自禁地跟着书中的故事打转，有时忍俊不禁，有时热泪盈眶。时而热血沸腾，时而悲愤难抑。

记得当时母亲总是在去田里劳动的时候布置我做饭，看书着了迷的我边做饭边看书，沉浸在故事中的我不是把饭烧焦了，就是把菜烧烂了，或是把粥烧潽得一塌糊涂，这样既浪费了柴粮，又差了口感，母亲当然是要批评我的。母亲的批评是严厉的，但是不识字的母亲，对于看书这件事依然还是无条件支持，并不因为烧坏了饭菜而剥夺我看书的权利。集父母职责于一身的母亲，给女儿方方面面立的规矩是严格的，唯有在阅读上，母亲给了我彻底的自主权和"放纵"，有时她甚至宁愿自己多干活，也要腾出时间让我读书。

小学毕业之后在家的两年，正是求知的黄金年龄，因为有明事理的母亲，我虽然没有能够接受学校教育，却依然有书读，这让精神干涸期的我获得了一定的滋养，让苦难的日子开出了朵朵纤细的小花。

两年后，中学恢复招生，由于国家办学思想有所改变，初中下伸到了距离我们村两里远的公社所在地，学校没条件提供住校，而且当时几乎没什么升学压力也无须住校。这样省去了家里的一些开销，也让我多了些帮母亲干活的机会。但是，上高中就完全不一样了，学校离我们家二十里地，要上学读书就得住校，这对我来说是个非常纠结的事。如果我继续升学读书，家里就少了个挣工分的人，体弱的母亲少了个干活帮手。当时的我真的是无比矛盾，最终我的这种矛盾被母亲毫不犹豫解决了。母亲听说恢复高中招生，她是村里第一个给我报名的人，后经推荐加考试（特殊年代的招生方法），我跨进了高中的大门。

可是我继续求学让母亲受了不少苦。因为高中阶段是我们家最缺劳动力时期，母亲必须一个人挑起一家的劳动重担。长年累月的操劳，使得体弱的母亲患上贫血和支气管炎。小我七岁的妹妹上小学，大我十二岁的姐姐有了自己的家，上有年迈的公公下有两个孩子，姐夫是个读书出身的教书先生，因此，他们都不可能来帮母亲干田里的活，可是姐夫体贴母亲，常常在经济上来弥补体力上的所不能及。这样，田里家里的活只有母亲自己独当一面。

冬天，朔风凌厉，母亲手上裂开一道道口子，为了减少干活时裂口受到刺激带来的疼痛而影响做事效率，有时她不得不去村里的药店师傅那里，要一点他们做膏药时剩下的药膏，然后像泥水匠用石灰泥补墙缝那样，把黑乎乎的药膏施按到裂开的口子上。夏天顾不得烈日当空，甚至是骤雨浇身，除了每天努力挣工分外，还得管理自留地的庄稼，喂猪喂鸡，还得把生产队分的这样那样的东西挑回家。特别是分在田里那一堆堆的稻草，一摊摊用作猪饲料的草子（也叫紫云英）之类的，生产队犁田需要马上搬出田间时，母亲不得不拼命，挑得动挑不动都得赶时间挑。母亲有时干得晕倒在田边，村邻们把她搀扶（有时背）回家，缓过气来后，母亲又背锄挑筐劳作在田间。此时的母亲就像一头行走在茫茫沙漠上的骆驼，只有负重前行，没有喘息的机会，而且再苦再累再委屈，枕边也没有个听她诉苦说心思的人。

村里人见母亲如此操劳辛苦，纷纷劝说母亲："读书有什么用？劳动力好的人家孩子都不读书了，何况你们家如此缺劳力，这么大的女儿不读书在家帮帮你多好……"对于邻里乡亲们的关心，母亲会表示由衷的感谢，但支持我们读书的事，母亲却始终坚定不移。

母亲不惜自己，为子女甘于付出一切的精神，教我和妹妹学会懂事。我虽然在离家二十里地的地方上学，可是心里老惦记着体弱多病的母亲，等不到周末放学，就匆匆往家里赶，为的是帮母亲多干点活，为家里多挣点工分。住校生一般都是周日下午返校，而农忙时，我常常是周一起大早走二十里地返校赶上课。而且在每周返校前，我必定给母亲挑满两大缸水，一缸是喂猪用的池塘水，一缸是人饮用的井水。读小学的妹妹每天放学回家，不是去割猪草，就是烧晚饭、喂猪。

母亲为了供女儿读书已经忘了自己的一切，甚至生命。在我面对大学抉择时，遇上了个别不怀好意人的重重设障，这让母亲非常气愤和着急。

　　母亲是把读书的希望寄托在我和我姐姐身上（妹妹太小）。可是，我姐以优异成绩考上重点高中金华一中后，读了一年多点，也许是学习压力太大，得了严重的神经衰弱症，不得不休学在家疗养一段时间。可怜的姐姐在休学期间遇上父亲去世，母亲为处理父亲的后事在浙闽来回奔波，再是父亲突然去世对母亲的身心打击太大，母亲病倒了，而且一时起不了床。那时我读小学二年级，妹妹才三岁，姐姐不得不挑起家庭生活的重担。后来母亲身体好点了，姐姐的脚又意外受伤，脚踝严重骨折，因为错过了最佳治疗时间，骨折处发炎化脓，治疗了一年多，因此，姐姐又一次失去了复学机会。从此，母亲把读书的希望寄托在我的身上。如果我又重复了母亲迁户口时的悲剧，那对母亲的打击何止是沉重！

◀ 作者（后左一）和姐姐（前）妹妹（后右一）的合影，摄于1991年

　　母亲心事沉重时，常常会想到她唯一的弟弟，我的舅舅。大学招生期间的某一天，母亲放弃了半天时间的田里劳动，步行了三十多里路，去城里找在招飞办工作的舅舅，与他说说心事，想得到舅舅的一些点拨和安慰。谁知事不凑巧，舅舅出差去了外地，母亲只得叹气而归。离开舅舅的办公室时天已将黑，母亲舍不得花几毛钱的旅馆费，也舍不得第二天落工分，天黑仍往回家的路上赶。

　　开始在公路上行走，身边有三三两两汽车驶过给母亲壮胆，随着夜深，公路上行驶的车辆越来越少，还有就是公路两边村庄稀疏，连绵起伏的山峦居多，母亲真是越走越害怕。特别是离开公路，走在那条满是石块、凹凸不平、三里多长的狭窄山路上时，母亲听着一阵阵松涛声，看着路两边一个个凸起的坟包，想起曾经有土匪在此被枪决……想象幻化出无边的恐惧，让母亲毛骨悚然，母亲一颗心提到嗓子眼，呼吸急促，心也怦怦直跳。母亲唯恐被什么撞上，把去时为挡太阳戴在头上的斗笠摘下，捂在胸前。胆战心惊、又渴又饥的母亲，再不敢走，再没力气走，也还得继续走。

　　母亲回到家时已是半夜三更，听到敲门声，我真不敢相信是母亲回来了，我赶紧起床点灯开门。只见母亲脸如土色，一身疲惫，她跨进门长叹一声，便一屁股坐在凳上，半饷说不出话来，只见泪水从她清瘦的脸颊上"唰唰唰"地流下。坚强的母亲，吃糠咽菜不流泪，累死累活不流泪，今天流泪了，这是母亲孤零零的苦和冤屈实在扛不住的泪！这是母亲为女儿读书而遭罪的泪，想到此，我的泪水再也噙不住了。母亲的眼泪和我的眼泪拌合在一起，也许成了一种力量，母亲突然站了起来，坚定地对我说："不哭了，我们身正不怕人家造谣，只要你有大学上，我就是被鬼吃了也心甘！"每每想起那天晚上的母亲，我的心就会隐隐作痛，感恩母亲的泪水总会止不住地涌出眼眶。

在党组织的关怀下，在村干部群众的支持下，我最终被大学录取了。在我上大学前的那个晚上，母亲兴奋得几乎一夜没睡，深夜还在煤油灯下给我缝被单，一大早起来为我烧早饭。母亲说好不送我去车站的，临行时母亲又改变了主意，帮我挑上行李，陪我步行十里路到横店车站。上车临别时，母亲又摸出身上所有的钱塞了给我，叮嘱我在学校不要太节约，吃饱才能把书读好……捏着留有母亲体温的纸币，望着车窗外不舍却高兴的母亲，我的眼里噙满泪水。在我后来读到朱自清先生的《背影》时，煤油灯下母亲躬腰给我缝被单的背影，送我上学时车窗外母亲瘦弱的身影，在我的记忆中更是分外明显，至今难以磨灭。

　　没有文化的痛苦似乎已深入母亲的骨髓，她希望自己的女儿是读书人，也希望其他的年轻女子都能识字读书。我高中毕业回乡务农时，刚好遇上农村掀起新一轮扫盲运动，村村办夜校，要求不识字的年轻村民人人上扫盲班学习，摘除文盲帽子。村党支书想让我负责组建扫盲班，负责扫盲班学习，担任扫盲班的义务教员，母亲知道后很高兴，要我赶快向党支书表态同意义务承担此工作（母亲不知道我已表态）。为扫盲班扫盲率达标，就必须抽时间上门动员不来听课的几位年轻的文盲村民，有的我动员不了，母亲便利用在田里劳动休息时间帮我动员。母亲目不识丁，却是出去见过世面的人，她以身说教有理有据，说得那几个家务缠身的年轻妇女的思想认识大大提高，最终，她们克服困难挤出时间进了扫盲班学习。

　　那时农村没有电，在村校的教室里上课，仅凭几盏学员带的煤油灯，光线暗淡。为了增加黑板上的亮度，提高扫盲班学员们的学习效果，母亲找来几个小玻璃瓶和一些棉纱线帮我做煤油灯。最终，我们村的扫盲工作被评为公社、区、县先进，我还出席了"东阳县扫盲工作经验交流会"，并在会上做了交流发言。母亲知道后高兴得满脸是甜蜜的笑容。

　　亲历过许许多多没文化的痛苦，母亲比一般人多了些对读书重要性的认识和体会，在艰难困苦的环境中，母亲又多了一份特有的坚韧和坚持。所以，在我们家十分缺劳动力、生活中十分需要我帮母亲一把的情况下，我还有书读，还能帮别人识字读书。此刻，最能表达我心境的是高尔基的那句话：世界上的一切光荣和骄傲，都来自母亲。

## 贵人助我圆大学梦

忆起尘封往事，总是心有戚戚，尤其是上大学前的那段经历。

在我成长的年代，城乡差别很大，农村的孩子想成为城市居民，最大的机会就是通过读书考上大学或专科学校。可是在我高中毕业时，上大学不纯粹是通过考试选拔，而是必须经过两年以上的劳动锻炼，然后由村党组织及群众推荐，再是公社、区、县党组织批准（其中也有适当的文化考试），体检合格，再经招生办审核，招生学校复审，才有可能进大学的门。

大学是我从小向往的地方，母亲也希望我通过读书上大学，可是大学招生方式变了，我的向往也不能再单一了。受当时特殊历史原因的影响，我觉得只要认识正确，只要勤奋、努力，无论干什么都可以体现自我价值。

我是 20 世纪 70 年代首届高中毕业生，这一称呼让我自豪，也让我多了一份激情和决心——"广阔天地炼红心，为建设社会主义新农村奉献青春……"毕业离校那天，在班主任陈荣献老师的安排下，我们肩挑住校时的全部家当，不是先回家，而是肩挑着担、怀揣着一份决心书，先向户籍所在地的公社报到。全公社二十来位首届高中毕业生集中在公社会议室，每人从怀中取出决心书，恭恭敬敬交给公社党委书记，然后纷纷发言向公社党委表决心。那充满青春气息的表情，那激情飞扬的语言，深深感染了在座的公社干部，党委书记张烈水激动地说："你们是有知识、有抱负的一代青年，按你们自己的决心去做，一定能实现你们的人生理想……"学校老师的教导、公社党委的鼓励，还有全村送我上高中的情怀（我们这届高中招生是先由村党组织推荐，再经文化考试后按成绩录取），回乡想为村、为革命事业有所作为的决心更大了。

回乡不久，村里按国家"农村要扫除青壮年文盲"的要求，准备办夜校开展扫盲工作，我眼一亮心一热，认为我有作为的机会来了。凑巧老支书张昌丁也想到了我，于是我就利用晚上的时间，义务承担了这份工作。有村干部的关心和鼓励，有母亲时时的支持，我们村的扫盲班办得很成功，扫盲率超过了有关部门的要求，扫盲经验被县里认可，并要求我在县召开的扫盲工作会议上介绍。这一结果，让村干部满意和高兴。

那时也有关心农村妇女健康的措施。公社计划生育卫生员定期下村了解计划生育情况，排查妇女病等。那一年，这项工作在我村开展时，正赶上村妇女主任产期休假。老支书让我代替一下妇女主任的工作。我排除对做这项工作的难为情，很好地配合公社计划生育卫生员，完成全村的计划生育摸底工作及妇女病的登记工作。

力量虽然渺小，但力所能及的事情我可以做好。妇女主任文化程度不高，对当时上级要求的"节约用粮——瓜菜代"理论性的认识不是很到位，我从公社妇联主任那儿找来相关资料，帮她在社员大会上宣传，后来我们村这项工作做得好，公社妇联就让我们村派代表参加区政府组织的有关学习交流会。

当年，我们村的工作也像现在一样，做得不错值得宣传报道。那时无论是春播、还是"双抢"进度，还有送公粮、办文宣队等，都不落后于其他村，有的甚至是先进。我在村里劳动的那两年，几个村干部都是四十多岁的壮年汉子，有创新意识，有想改变村面貌的热情和干劲。他们动员全村社员挑塘泥到黄土坡，把杂草丛生的黄土高坡建成了苹果园，后又在苹果园边上办起了养兔场。再是组织村里有关人员参观义乌廿三里鸡毛厂，然后从义乌请来师傅办起了全公社首个村办企业"鸡毛掸厂"等，对于改革开放前的 20 世纪 70 年代初，农村能开展这样的多种经营是不多的。为了提高社员收入，改变农村落后面貌，村干部不怕辛苦、实干创新的精神，常常让我钦佩和感动。

劳动虽繁重，生活也艰苦，可是思想不贫穷，总有想讴歌这片土地的冲动。然而白天忙田里干活，晚上歇工已是累得脚没洗就想上床睡觉，何况农村没电，煤油都要省着用。要写出好文章，得用时间磨。可是时间呢？还好在夏天"双抢"季节，我常常被队长安排割稻子，割稻子很累，特别是收工回家吃饭时，已饿得肚皮贴着背，还得与一起劳动的男劳力一样挑两筐满满的稻谷到生产队的堆谷场。

队长为了收种进度，常常把割稻子的活包给年轻人干，十个年青人搭配一部脚踩打稻机，只要完成队长当天规定的收割亩数就可以歇工。队长的这一安排调动了年轻人的积极性，大家想法一致，努力干加油干，完成任务早歇工。于是，天未亮就出工，干得再累中间也不休息，这样常常是干到下午三点左右就完成了队长规定的任务。下午三点后最炎热的时间段可以在家休息了。所以，割稻子的活再累，大家也愿意承包。我比他们高兴的是：白天有时间在家写东西了。

我写村民们为赶季节，无畏"双抢"的辛苦，奋战在田头的故事；写自己在艰苦劳动中锻炼成长的体会；我写的"妇女能顶半边天"的报道，其中麦收时村里的妇女们为了让队里的麦子颗粒归仓，顾不得劳累辛苦，赶晴天抢时间打晒麦子的事例，被公社党委书记在全公社干部大会上表扬。我写的稿有不少被公社和县广播站采用。

我的努力得到了村党组织和群众的认可，高中毕业回乡一年多后，村党支部培养我入党，公社党委培养我担任公社团委副书记。我的高中班主任陈荣献老师知道了我毕业回乡后的表现，请我回校给他带的毕业班同学介绍回乡劳动锻炼的体会。组织的培养，母校老师的关注，给了我继续努力的动力。

1974 年 9 月，我被村党组织和群众推荐，经各级党组织批准，县、地区、省招生办筛选，再是学校复审，实现了我的大学梦，跨进了大学的校门。说是这么简单，可是其过程却是无比复杂和曲折的。

能上大学，村里人都为我高兴，可是对我母亲甚至是对我父亲对我姐有成见的人，还有个别嫉妒心特强的人心里就不舒服了。他们失去了理智，给我父母亲戴帽子，乱贴标签，再是有板有眼制造男女作风谣言，企图阻止我上大学的同时，还想断了我今后的前途，一辈子不得清白做人。

举头三尺有神明。人不是生活在真空中，父亲的单位，与母亲一起经历过来的人，都给出了有力的证明，还了我父母亲的清白。再是辩解不清的作风问题，可以借助医学检验。机关算尽太聪明，反误了卿卿生命。个别人做得过分了，反而激起了更多人的同情和支持，不但阻碍不了我上大学的脚步，反而使我得到了更多的好名声。公社、区、县、省四级联合调查组来我村进行调查座谈时，当他们听到基层干部群众纷纷摆事实说我好时（反对我上大学的个别人也有请来参加座谈会），省招生办的杨同志拍案而起，说："不能推荐这样的青年上大学，推荐谁？"座谈会我没参加，是参加的人告诉我的，听了后我真是感动万分、感慨万千。

幸运是什么？是在你用心努力后，有人给你肯定和鼓励；在苦苦期盼时，有人给你送来希望和机遇；在遇到曲折和困难时，有人给你动力和帮助；在你感觉无比寒冷时，有人给你雪中送炭。此时，我觉得这些幸运都被我遇上了。

村党支部书记张昌丁，支委张义财，在推荐过程中遇到意外滋生出来的这些事时，他们不是明哲保身，而是以共产党员敢于担当的态度，首先站了出来，认真负责地配合上级组织部门，做好调查、座谈工作，最后彻底还了我和我家人的清白。

我当初最急切的愿望就是：大学可以不上，但是不能因为那些子虚乌有的事成了我不能上大学的原因。这事关我一生的声誉和政治生命，在法律不健全的年代，我只有依靠组织的力量帮我澄清。这一愿望如果没有村党支部，没有张昌丁、张义财等人的理解和积极努力的支持，仅凭我和母亲的力量是很难实现的。他们对村里一个无权无势无任何背景的青年女子的前途命运表现出如此的负责任，是我终生难忘的贵人。

还有那些有强烈正义感、公道心的村干部张星火、任祖烈、舒茶娥、张文忠等；还有许许多多淳朴善良敢于说真话的村民们；还有始终关心我成长的高中母校的领导和老师；最重要的是有公社、区、县党组织，县、地、省招生办坚持实事求是、客观公正的办事原则，如果没有这么多的贵人相助和支持，我就可能与大学失之交臂了。所以，上述的人都是给我雪中送炭的贵人。

虽然事情已经过去快半个世纪了，但是，我心里对贵人们的敬意和感激没有减少半分，这些贵人始终留存在我的记忆中，在我的故乡情结里始终有他们的一席之地，他们是我一辈子感念的贵人。

我也要感谢个别人，没有他（们）的刺激，我也认识不了一些人，对人间险恶、温暖的感受也许不会有如此深刻，人生也得不到如此丰富的淬炼，我的心底里也不会激发出如此强大的无畏（无畏给我带来了更硬朗的做人底气）。所以，这个别人也是我生命中的"贵人"，我也应该感谢他（们）。

如今上大学统一考试，不仅保证了高等院校的教育质量，同时少了很多纷争。堵住了那些乘机作梗使坏心眼人的念想。所以说，恢复高考是具有重大现实意义的。

当然，如果当年是考试入学，我也未必考不上。读小学时我每学期都是三好学生，曾经是公社中心小学的少先队大队长。上中学的特殊时期，我的学习和思想表现仍不错，初中时被评为区学毛选（《毛泽东选集》）标兵，县学毛选积极分子。读高中时，我一直担任班干部，是学校团总支委员，曾经代表全县高中女生参加金华地区妇女代表大会。大学毕业进入教育系统工作不久，我又成了全市初中物理学科教学带头人——市物理学会副理事长、市初中物理教研大组组长，也是浙江省物理学会会员。

经一事，长一智。亲历了读大学的推荐过程，觉得自己长大了很多，也悟出了不少道理：一个人的成功离不开组织，离不开集体，离不开贵人帮助；做人一定要做一个内心真正善良的人、有正能量的人；努力才会有幸运……

自己有了这些体会，一生也就有了做人的基本准则：积极向上、努力工作、遵纪守法、不算计人，能帮人时则帮人。我有难处时，贵人助我渡难关，人家有难处时，我也要成为人家的贵人，包括曾经有过于自己的人。所以，无论是在职或退休后，我和家人始终坚持助人为乐之本，成就别人家的孩子读书，助力年轻人进步……一路走来，我和家人做了不少，以后有能力还要坚持。

## 涓涓细流泽被后世

1977 年，国家恢复高考，这极大地调动了学校老师的工作积极性，激发了学生的学习热情，为多一个学生考上大学，老师们殚精竭虑、倾其所能，孜孜不倦地工作着，正处在妊娠反应期的我，也加入帮学生备考的紧张教学工作中。

由于教学工作压力很大，怀孕的我经常出现虚脱现象，但我却未曾请假休息一天，终于因为劳累过度，怀孕七个多月的我，突然出现了分娩兆头，丈夫急忙把刚监考完高考的我送去人民医院妇产科待产。对即将出生的孩子我什么准备都没有，母亲得知后，连夜请裁缝师傅赶制婴儿服，她则忙着缝制尿布。第二天，母亲等不得头班车，肩扛一大包东西，步行三十多里路来医院，当医生们刚上班时，母亲已在市人民医院妇产科门口等着我的孩子出生了。

那时的医院是不提供婴儿用品的，因而当生下孩子，得知所需的婴儿服、棉袍、尿片等用品都已经由母亲准备妥当时，我长长地舒了口气，躺在床上可以安心休息了。可是母亲呢？只见她坐在一边打着瞌睡，反复着头低到胸口又抬起的动作……为了我和孩子，让母亲累成这个样子，我心生一阵对母亲的愧疚与心痛，不由得想起了作家冰心在《往事》一文中写的荷叶与红莲。

冰心见雨打红莲荷叶护时，感动地联想到母为荷叶己为莲，写道："母亲呵！你是荷叶，我是红莲。心中的雨点来了，除了你，谁是我在无遮拦天空下的荫蔽？"我虽然写不出作家这样恰当的比拟，却有着深深的同感，作家写的，正是此时我想对母亲说的。

由于孩子过早出生，体重只有 2.15 千克，再加上我奶水不足，养育孩子便成了大难题。此时，又是母亲不辞辛劳，想出种种办法给我和孩子调养身体（当然也要感谢在上班的婆婆，经常抽时间给我们送来调养身体的各种食品）。女儿出生的时候，姐姐的大儿子已上小学，小儿子将上学读书，妹妹还没结婚，母亲可以全心全意照顾我们母女俩。经过母亲精心细致地调理和喂养，出生一百天的孩子白白胖胖的，已经看不出是早产儿了。

我休完产假按时返校上课，母亲则放下家里的一切，随我到学校帮我料理家务，帮我带孩子。这是我独自与母亲相处最长的一段时光，回忆起来全是母爱的温暖。那时，孩子的爸爸老吴在离我们学校三十多公里外的单位上班，只能周日过来一趟，因而我除了在教室、办公室、会议室、操场，就是在房间和母亲与孩子在一起。而孩子除了到点需要喂奶，其余时间几乎都在外婆的怀里。

孩子睡着了，母亲就抢时间洗尿布、洗衣服；到了吃饭时间，母亲常常是推着坐在童车里的孩子，去学校食堂打饭买菜。我回到房间坐下有饭吃，站起有水喝。冬天的晚上，躺在床上闻着母亲抱出去晒过太阳的被子里阳光留下的味道，既舒服又暖和，瞬间消除了我一天紧张教学工作的疲劳。

夏天的傍晚，学生晚自习前，常常是我和母亲轮流抱着孩子，与老师们说说笑笑地散步在校园里或操场上，有时也会是漫步在校园外的那条小溪边，这时母亲便会带上工具和诱饵，下到小溪里捞虾，捞来的虾捣碎去壳，剩下的虾肉蒸熟了给孩子吃。母亲为了弥补我奶水不足，提高早产儿的免疫力，变着花样给孩子安排饮食。今天炖鱼汤，明天剁肉沫烧菜粥，后天自制五谷杂粮的糊糊。母亲说："孩子吃好了少生病，你上课就少了些牵挂。"

母亲对紧张有序的校园生活甚是适应，只是年轻的妹妹一人在家，母亲想起便有些牵挂，因此，趁周日我休息时，母亲时常要回去一趟。我怕母亲累，有些家务事我尽量在休息日多干点，母亲知道了总是会说："放着吧，我会干的，你用心把书教好就行了，能随你在学校安安当当地生活，与农村风风雨雨的日子相比，我感到很开心，很满足了。"

母亲的话说得我心里暖暖的，却又酸酸的。家中有了母亲的帮衬，使我有更多的精力投入教学工作中。母亲对我时时地关心和鼓励，使我的教育教学工作得以不断进步。两年后，我被教育局选为学科骨干教师，调入城区一所重点初中工作，而后成了全市初中物理学科的带头人（东阳市初中物

理教研大组组长 )。

母亲是我生命中的精神源泉，她不懂得将人生道理上升到语言来指导我，却用言行教导我怎样走好人生路。记得我作为东阳初中物理电化教学的代表，参加金华市中学物理电化教学交流会时，我的孩子还处在哺乳期，母亲只得随我同去照顾孩子。那天晚上，我在入住的房间准备第二天的交流发言材料时，女儿怎么也不安静，一会儿哭一会儿闹，母亲怎么哄也哄不住。为了不影响我的准备工作，母亲抱着孩子离开房间去外面哄。过了好一会，我已把第二天的交流内容准备得差不多了，却不见母亲和孩子回来，我立即出门去找。

正在我找得着急时，只见母亲从我们住的旅馆大门外走来，孩子在她怀里已安然入睡，看母亲疲劳得眼皮都耷拉下来了，可以想象为哄孩子，母亲肯定是走了不少路。此时，泪水虽然没有涌出我的眼眶，但那份感激母亲之情已溢满心房。

我第二天的交流发言很成功，这应归功于母亲。会议结束正赶上周日，为感谢母亲，我陪着母亲去了趟金华双龙洞。游双龙洞时，母亲说托我的福，读大学时接她去了趟杭州，陪她游览了杭州的许多名胜风景，见识了我在读的大学校园，圆了她最大的梦。凑巧还看到了"五一"节在西湖上空燃放的那场盛大烟火晚会。这次又让她见识了远近闻名的金华双龙洞和冰壶洞，她这个"寡妇"不比别人差了，大半辈子辛苦也心甘了。说这些话时，母亲的脸上溢满了笑容，眼里却噙着泪花。

◀ 作者、女儿和母亲在金华双龙景区——冰壶洞的合影

母亲一生为我们不辞辛劳地付出，当得到女儿一点微不足道的回报时，却满足得似乎满眼是美好。

我总是在不知不觉中体会到母亲无我的慈母心。记得母亲生病住院时，当时去医院陪护母亲都是在我下班后，多数时间是妹妹在陪护，母亲见了我却常常问："上班吗？不要迟到！"有一天，我问躺在床上的母亲："这一生让你最高兴的事是什么？"母亲突然眼里闪着光，看着我说："你入党，上大学。"我顿时语噎，泪水再也止不住地流了下来，滴在了母亲粗糙的手上。

在生命垂危时刻，母亲仍想着家，想着我们，昏迷中醒来便念叨着一句话："去运水泥，运水泥……"原来母亲想用平时积攒的钱，请小女婿买水泥铺地，让我和姐姐两家去母亲那儿过暑假时住得舒服点。

姐夫喜欢吃母亲做的红烧猪肉鸡蛋，只要知道姐夫要来，母亲便早早去买来两头乌土猪肉，从柜里取出土鸡蛋，用水煮熟去壳后，放进砂锅与红烧土猪肉一起用炭炉慢慢炖。如今九十多岁的姐夫还在念叨母亲的这道菜，想起便感叹：岳母走了，谁也做不出那样的味道了！姐夫撰写的一本书中，写到我母亲时有这样几句话："母在亲我母，母亡亲岳母。岳母如我母，关爱暖肺腑。"姐夫还没上大学时，他的母亲就去世了，是母亲弥补了他渴望的母爱。

◀ 姐姐、姐夫与两个儿子，摄于1985年姐姐工作的校医务室门口

　　我的丈夫乘单位的车出差去上海，顺便带上我母亲游览一下大上海。完成出差任务陪我母亲游玩时，母亲老记挂着我们给她的零用钱如何给孙女买点上海礼品，到了商店，母亲看见一种可折叠的钢丝床，她想到我们家来往人多，临时铺床方便，便不与我丈夫商量就买下了，还说："反正有车带回去方便。"然后又给我女儿买了一块布，说是到时送我女儿十岁生日（当时才七岁）礼物时用，而母亲自己却什么都没买，我丈夫现在想想后悔，当时再不会买，也应该在上海给母亲买样东西留作纪念。

▲ 母亲在上海外滩，摄于1983年

　　我女儿还不到十岁，母亲就去世了。女儿十岁生日时，母亲虽然不在了，但是她为女儿准备的十岁生日礼物没有缺席。

很多孩子从母乳喂养到混合喂养再到断奶后的人工喂养，都需要大人经过一段很长时间的辛苦，这些辛苦的过程直到我做外婆才有了些体会。可是想起那时的母亲，几个外孙、外孙女从母乳喂养过渡到人工喂养，全是她一人操心。然而，满眼满心全是外孙外孙女的母亲从没说过辛苦，能陪伴第三代成长，母亲感觉到的是无比开心、无比幸福。难怪孩子们听说是到外婆家便欢呼雀跃，在外婆家说回去就一个个耷拉着脑袋不愿离开。

有一次，我和母亲去姐姐家，回来时小外甥一定要随同我们走，我姐夫不同意，他就一屁股坐到地上哭，姐夫最终缠不过调皮的小儿子，只得表示同意。小外甥高兴得一骨碌从地上起来，我们还没起身，他已经出门走在先了，高兴得一蹦一跳，嘴上唱着：什么机，什么机，呱啦呱啦拖拉机……一不小心蹦进了稻田里，裤湿了，衣服脏了。母亲拉他回去换衣服，他怎么也不同意。他是怕回去后，父亲动真格不让他出门了，再说他知道外婆家有他的衣服。母亲拗不过他，只得随他。他顾不得衣服又湿又脏，继续跳啊蹦啊，一直蹦到母亲家。

外孙们从小被外婆背啊抱啊，外婆伺候着他们吃啊穿啊……外婆是他们的依靠、依赖、依恋，外婆家是他们可以撒娇的地方，是他们感受温暖的地方。他们怎不心心念念地念着外婆、念着外婆家！

母亲去世前，卧病在床期间，几个外孙外孙女也是心心念念念着外婆的，这时他们念的是外婆的病情，担忧失去外婆。星期天是他们的盼望，母亲住在谁家，星期天他们就到谁家去看望母亲。"外婆，外婆！"人未见到声音已经飞进屋里。躺在床上的母亲见外孙外孙女来了，马上来了精神，人无力坐起，便用手示意我们拿床边桌子上的水果糕点给孩子们吃。孩子们顾不得吃东西，一个个跑过去挨在母亲的枕边说悄悄话。大外孙说："外婆，你好好服药治病，我长大了买一台大彩电给你看。"小外孙说："我长大了买辆摩托车载着外婆玩。"我女儿刚上小学，不知买什么好，就说："我长大了买电影机，放电影给外婆看。"妹妹的女儿最小，她手上拿着一块奶糖，奶声奶气地说："我给外婆吃糖。"母亲没力气说话，脸上的皱纹里却储满了笑容，睁着眼充满爱意地望着外孙外孙女。

遗憾的是母亲等不到第三代兑现承诺的这一天就走了。

如果母亲能再活些年，孩子们一个个大学毕业，人人有一份不错的工作，不再是当年说的摩托车，而是轿车或是坐高铁、坐飞机，不是奶糖，而是山珍海味。

子欲养而亲不待，过苦日子时母亲独自支撑，在我们有条件有能力可以给母亲更好的晚年生活时，母亲却离我们而去，这是我们永远难以弥补的遗憾。

母亲去了天堂，可是母亲生前掏心吐哺的爱永留人间，时时在滋润着儿孙们。

母亲一百周年诞辰时，因为母亲的后辈们分散在全国的很多地方，有的甚至在国外，难以聚集一起纪念，于是我们决定通过网络聚会纪念方式，或撰文或口述怀念母亲。

姐夫李成华为母亲的冥诞写了献词，字里行间饱含的深情让我感动，姐夫写道："我命途多舛，早年丧母，痛失母爱，孤苦伶仃，幸而有了您，让我重获母爱和温暖，其乐融融。感谢您不辞辛劳帮我们带孩子，我的儿子李丹和李全小时都享受到了您对他们、最最真挚的关爱。您的恩情我永生铭刻在心，我怀念您，永远，永远……"

我的爱人老吴写道："岳母虽然离开我们已有三十多年，但她一直在我心中，我常常怀念她。特别是有几件事让我刻骨铭心。我们结婚后，女儿出生了，岳母就扔下家里的事，来到我爱人所在的学校全身心地帮忙带孩子，料理家务，一直到我女儿上幼儿园。她得知我母亲退休后，几次提醒我们，让我们接我母亲过来一起生活，她自己慢慢地退出回到了乡下的家。每当春节前，她总是提前和我爱人说：'春节你们和婆婆一起过，免得她孤单，我这里有你妹妹。'后来，妹妹出嫁了，岳母仍是让我们陪我母亲过年。我们从结婚到岳母去世总共八个春节，岳母总是考虑我母亲的感受，她宁愿自己承受内心的孤独，我们没陪她过年，她从不流露半点怨言。那时我们不懂事，没有往更深层的地方去考虑，直到岳母去世，我们才感觉到了遗憾。随着年岁的增加，这无法弥补的遗憾变成了痛心。在岳母病重神志已不是很清的日子里，不知是她听错了，还是糊涂了，当我爱人要开荔枝罐头给她吃时，她摆手叫我爱人别开，说我母亲身体不太好，把人家探望她的那几样好一点的礼品拿上代她去看望我母亲。岳母有享受时，她首先想到的是别人，直到生命最后，心里装的还是他人。岳母没有文化，但她的思想境界却无比高尚！敬爱的岳母，我们永远怀念您！"

我的妹妹张旅燕情真意切地回忆母亲，她说："因为母亲给予了我生命，使我来到了人间。想起母亲辛苦把我养大，付出了很多的艰辛受了不少委屈时，我的生活、工作便有了动力。特别是在我遇到困难和受委屈、少了些做人的勇气时，想起母亲当时一人把我们三姐妹带大，有多么不容易，母亲付出的艰辛和委屈比我高出上百倍，想到这里，纵然困难、委屈再多、生活再累，我也不能泄气。小时候跟在母亲身边，虽然生活有很多的苦涩，但是我不缺爱，我应该感谢感恩母亲。我永远记住母亲对我的爱。"

妹夫回忆说："岳母勤劳一生，从城里二女儿家回来，有空就帮我顾家，帮我们带孩子，有她帮忙，我们外出干活放心了很多。分田到户又怕我们庄稼种不过人家，经常吩咐我们如何翻种、如何管理。现在我女儿儿子都大学毕业工作了，我们在城里也有一份安定的工作，想岳母活着的话一定会为我们高兴。"

对于母亲，作为第三代的我女儿这样回忆："外婆的一生坎坷、操劳，她经历的年代、苦难、悲痛也许我永远无法真正理解。但她给了我一个坚强、勤劳、淳朴的南方农村妇女的光辉形象，给予了我所有外婆的爱。外婆、莲塘给了我童年最初的记忆，外婆留给我的是温暖的怀抱，勤劳的身影。外婆总是早起的，小时候住在莲塘外婆家，早晨一睁眼总发现昨晚哄我睡觉的外婆早已经起床了，我就赶紧喊'阿婆阿婆'，外婆常常在厨房里长长地回应我'哎'，我知道外婆已经开始忙活早饭了，就又迷迷瞪瞪睡回去或者起床去灶台边找外婆。外婆总是很干净利索的，记忆中外婆总是穿一件蓝色对襟褂子，头发捋得整整齐齐，面盘清清爽爽。外婆是闲不住的，她有忙不完的活，自己做豆腐，用织布机织布，种自家自留地里的菜，晒稻谷，拌猪食，喂猪，做衣服，做鞋垫……外婆做事情总是很专注很细致。小时候站在外婆织布机前看她织布，我觉得很神奇，那梭子在外婆手中左右来回穿梭，机杼一推一压，细细的线就层层密密地排好队了。外婆做鞋垫，一层一层捋得很平整，用米糊粘贴得很紧实，然后细细地匀匀地纳成鞋底。外婆在做这些活时，总是很恬静，外婆是用心编织、缝补最朴实的生活吧。外婆做的饭菜非常可口，小时候回外婆家过年，外婆早就准备好了一大碗香喷喷、热乎乎的茶鸡蛋还有桂圆红枣汤等着给我们当点心吃。那是外婆攒了好长时间自己舍不得吃的土鸡蛋。外婆做的饭菜，那滋味，就好像外婆家广播里永远也唱不完的越剧那般深情、细腻、回味无穷。外婆是最疼我的，小时候我喜欢吃馄饨，外婆就背着我走了几里地，到集市上买馄饨给我吃。她小心地从怀里揣出用塑料纸包着的整整齐齐的钱，一层一层地打开塑料纸的样子，我还有印象。塑料纸在那时候是很稀有的材料，外婆用它来包裹她用辛勤汗水换来的钱，再换取她心爱的外孙女喜欢吃的馄饨。外婆病得很重，躺在床上起不来，妈妈给她吃别人看望她送来的水果，她拿在手中却舍不得吃，坚持说这个有营养，留给外孙外孙女吃吧。我们尚未懂事，尚未能好好报答外婆，外婆就匆匆走了。后来，我在翻看外婆的照片时，看到妈妈曾带外婆到杭州、金华，爸爸曾带外婆到上海玩过几天。如果外婆活到我读大学，我定会带外婆到北京，外婆定会更高兴吧。坚韧、勇敢、认真无私的外婆如果在今天，一定依然是一位很有风采的女性！"

从女儿的字里行间，我能体会到她对外婆离去的不舍和深深的怀念。

姐姐的长子李丹回忆说："在我小时的记忆里，莲塘外婆家是我家，东里塘是我妈家。我生在莲塘，长在外婆身边，直到 7 岁上学年龄才被我爸逮到学校，哭哭啼啼，一步三回头，极不情愿地离开外婆家，来到爸爸工作的湖溪一中边上的黄大户村小开始了我的读书生涯。记得小时在外婆家，早餐外婆经常做酒糟发饼，吃完跟着外婆到村后的养猪场喂猪，外婆是村小队里的饲养员，要煮猪食喂猪。外婆是个织布巧手，好多村里的邻居织布都让我外婆帮忙，此时，我和几个堂舅家的表兄姐妹们就坐在牵引用的木墩上，外婆她们在前面用织布机轴边卷纱线，边拉动木墩，那木墩就成了我们的小木马。总之，外婆家有我童年最快乐的时光，外婆那慈祥的形象永远留在我的记忆中。"

姐姐的小儿子李全回忆说："小时候，每次去莲塘都是欢欣雀跃的。外婆家的橘子罐头，水井边热闹的人群，过节时楼上楼下住满了人，厨房里学闰土用筛子逮老鼠……点点滴滴，都在我童年的美好记忆里。我时常在想，外婆和母亲都是不幸的，都不到七十岁就离世了，没能享受到我们这个国家快速进步给人民带来的美好生活。尤其是外婆，年轻守寡，带着三个女儿在农村受尽欺凌却只能忍气吞声，但却坚强地把三个女儿培养成人。外婆的精神值得我学习和发扬。"

妹妹的女儿陈萍回忆说："小时候我爷爷忙于教书，奶奶要照顾孙子，我是多亏有了外婆照顾。外婆经历了风风雨雨的洗礼，又遭受了那么多的不幸。在我很小的时候，外婆就去世了，都未能看到我们的成长，但外婆的精神值得我们好好学习。"

妹妹的儿子陈张丰说："我虽然没有见过我的外婆，但在妈妈和二姨那儿知道了外婆的许多事。我常常被外婆不畏艰难、勇敢坚强的那些故事感动。让我感觉该好好珍惜现在的生活，珍惜身边的亲人朋友，懂得感恩。"

还有，舅舅的后人也对母亲十分感念。

舅舅的二女儿赵效曼说："姑妈和奶奶都是那个年代茫茫人海中的强者，虽然是普通农家女，却很坚强地为了生活和心中的信念永不放弃。姑妈的不幸源于"抓壮丁"……不然生活还是幸福的，婚姻是美满的。生不逢时的人很多，但如此坚强执着的人很少。"

▲ 母亲的后代在母亲住过的房子前合影，摄于2019年

而在网络上的家族聚会中，舅舅的两个儿子赵一华、赵子华，二女婿胡益科、小女儿赵效兰也纷纷回忆起他们的姑妈（我的母亲），并表达了自己的追思和怀念。

母亲的道德品行泽被后世，随同家族血脉的延续，必将成为每一位后人人生中的宝贵财富。

# 母亲的爱永远回荡在心中

在母亲刚离开我们的那段时间，我一直沉浸在深深的自责中。母亲重病卧床期间。我一心忙于学生的毕业会考、升学考的教学工作上，腾出时间来好好陪陪母亲的时间很少，母亲需要抢救了，我才扔下粉笔，匆匆赶到母亲的身边，可是任凭我怎么呼喊，母亲已经听不到了。我们结婚八年没有陪母亲过过一个年，因为母亲总是考虑我婆婆的感受，每年总是让我们陪婆婆过年。其实我心里明白，母亲的内心是非常希望我们和她一起过年的。

回想母亲的一生，唯有可以安慰自己的是母亲虽然没有儿子，三个女婿却像儿子一样懂她、亲她、敬重和关心她。

住在同村的妹夫把母亲田里的活全给揽了（那时农村已分田到户）。田里地里庄稼蔬菜有收获时，他首先想到的是给母亲送去。农闲时妹夫跑运输，母亲想到哪或想带点什么，妹夫全都会给满足，地里收工回家常常是吃了晚饭便会去看看母亲。姐夫忙教育工作，体力上帮不了母亲，可是在生活上、经济上给了母亲很多的关心。姐夫知道母亲疼爱他的两个儿子，在两个儿子上学后，母亲常常挂念着他们，于是，一到放寒暑假，姐夫便会带着两个儿子去母亲家，陪母亲住一段时间。母亲最后一次生病，卧床时间较长，姐夫和姐姐便适时地把母亲从我家接到他们身边，姐夫认为这时让在学校医务室工作的姐姐来照顾是最合适的。姐夫是一所中等专业学校的教学骨干，工作很忙，然而只要天晴，工作再忙他也要扶我母亲出去晒晒太阳，透透风，每次吃饭也总是先给我母亲端上，有时还帮我母亲洗脚……

我的丈夫与我母亲很投缘，对于母亲的心理需求，他比我了解，经常顺从得我母亲很开心。他照顾我母亲比我细心，母亲盲肠炎手术住院，丈夫晚上一定要去陪护，母亲只要动一动身，他就一骨碌起来，问："妈，您哪儿不舒服？"他的细心让我母亲躺在那儿都有点不太敢动。

我们村没有山林，做饭烧水用的柴火全是稻草和麦秸，烧起来灰尘多，又费劲又不卫生，丈夫和我婆婆知道后，便托运货到山区的货车司机回程时，顺便给我母亲带来一车车木柴，为我母亲解决了做饭柴火不理想的问题。为了给忙碌的母亲放松心情，我丈夫还带母亲游览了大上海……

　　三个女婿对岳母的尊重和体贴入微的关心，赢得了母亲村里人的交口称赞，这给了母亲很大的精神宽慰，我们亏欠母亲的心也因此得到了些许安慰。

　　我们姐妹仨成家后，大年三十晚上，母亲宁愿自己独自过年，也要让女儿们与公公婆婆一起过年。除夕夜，人家在吃团圆饭，母亲却忙着准备大年初一、初二我们几家人到来的饭菜，还有铺的盖的……幸亏妹妹妹夫在同村，妹妹与公公婆婆一起用完年夜饭就过来帮母亲的忙。

　　姐姐和我，还有舅舅，三家十几口人，陆陆续续从城里来到母亲身边时，母亲从橱柜里取出所有早就准备好的吃的喝的，由厨艺不错的妹妹掌勺。好料加好厨艺，色味俱佳的饕餮大餐，每个人都吃得很尽兴。母亲在边上看着乐，咧着嘴笑，笑里透着母亲的满足，笑容里充满了母亲的慈爱。为答谢母亲的辛苦，晚饭后开始舅舅组织的活动（那时没有电视机，看不上春晚），先是到院子里燃放各家带来的烟花爆竹，观赏完了，回屋请母亲坐在八仙桌上端的太师椅上，听大家讲故事作诗（十几口人中有知识的居多，这些活动有的已形成文字编成小册子保存），气氛十分活跃。

　　母亲不会作诗，却会讲故事。母亲与布机相处了大半辈子，她讲的故事也喜欢带有布机。她说："有个傻子（智障者）丈夫，老婆叫他去丈母娘家借布机，为了记住不说错，他一路走一路念'布机、布机'，一不小心'扑通'摔了一跤，结果起来后把布机说成了'肚饥'。到了丈母娘家，开口就说'肚饥、肚饥'，丈母娘以为他肚子饿，赶忙烧点心。他一大碗点心下肚，还是说'肚饥、肚饥'，丈母娘又烧，他又吃，吃了还是说'肚饥'。丈母娘摸不着头脑，只得陪着他去女儿家问清楚。"虽然这个故事传说比较广泛，但是母亲口齿伶俐，说得有板有眼，还是让大家忍俊不禁。

姐姐十岁的小儿子念了一段顺口溜，直乐得母亲拊掌大笑："春节到，真热闹，哥哥、弟弟看外婆，舅公、舅婆、大姨、小姨、姨夫、表舅、表姨、表妹都到，祝我外婆身体好！"大家围着母亲掌声不断，笑声绕梁，满屋的温馨，满满的温暖。母亲享受着真正的天伦之乐。在这样的氛围中，亲情得到了升华，年纪大的对生活充满了盼头，年纪轻的拥有了更多的奋斗动力。

1985 年的春节是姐姐一家四口陪母亲过年（因姐姐的公公已去世）。我们与婆婆一起过了除夕夜，大年初一全家人起大早，婆婆去寺庙拜佛，我们去母亲家。

为了弥补几年来没陪母亲过年的内疚，我们决定再烦再累也要把年前买的 24 英寸福日牌彩色电视机搬到乡下去给母亲看看。我们用自行车把彩电拉到汽车站，寄存了自行车后，又扛着彩电上车，客车行至离母亲家两千五百米的一个小站时（那时母亲的村还没通公交车），妹夫已经在那里等了，所有东西放在妹夫的手推车上，由妹夫推着走。到了母亲家，先在院子里竖起一根高高的天线，电视机的屏幕上出现图像时，母亲高兴得脸上顿时开了花，一连串的笑声从院子中传开去。

▲ 母亲的全家福，摄于1984年春节

▲ 作者（前排右一）与妹妹（前排中间）、大表妹（前排左一）、二表妹（后排左一）、小表妹（后排右一）、小表弟（后排中），在曾经生养母亲的地方合影

那时彩电在农村还算是稀罕之物，左邻右舍很多人应母亲邀请，纷纷来母亲屋里看电视，母亲忙着搬凳子、递茶水、端茶点……大家看着电视机中回放的春晚节目，时不时

发出阵阵的笑声和叫好声。彩色电视机给母亲带来了极大的快乐和热闹，也给母亲带来了农村人在意的荣光。整个春节，母亲一直沉浸在满满的开心中，母亲满意的笑容给了我们很大的安慰，可谁知这竟是母亲和我们过的最后一个春节。

母亲走了，可是母亲在村口等我们的身影，为我们回来的吃住不辞劳累的样子，母亲给我们讲故事时那可爱的神情，倾注着母亲心意的那一碗碗点心、一道道美味菜肴，临行时充满母爱的叮咛……永远烙印在我们的心中。

## 舅舅对我的影响

在我的父母辈中，还有一位对我影响很大的人，那就是母亲唯一的弟弟，我的舅舅赵连城。

舅舅出生不久，外公就去世了，全靠外婆和我母亲拉扯长大。外婆虽然是一个没文化的旧式妇女，却知道给儿子读书的重要。

▶ 舅舅赵连城，摄于1964年

当时，有一个大官因为政治上失意跑到了浙江莫干山隐居，因为热心教育，所以，在莫干山开设了一所小学，采取现代化的方式教育学生。我的外公有一个三弟赵昭松在莫干山开营造厂，接触了很多外面的新鲜事物，这当中就有莫干山小学。

四外公（外公的三弟）逢年过节回家乡，便经常对人说起莫干山小学，说它教育理念新颖，教学设备先进，教学质量又好，等等，这些话全被外婆记在心上。

虽说舅舅是外婆的命根子，平日里一天看不到儿子心里就难受，但是，为了儿子的前途考虑，纵然心里有很多不舍，她还是毅然决然地托四外公带舅舅去几百里外的莫干山上学。

　　四外公是个知书识礼之人，他觉得大哥不在，帮助大嫂培养儿子是应该的事，就这样，舅舅离开了相对闭塞的乡村，跟着他三叔去了离家二百多公里，无论是硬件还是软件当时在浙江省范围内均属一流的莫干山小学读书。

　　当年，入莫干山小学读书是件不容易的事，因为方圆百里的学生都想上莫干山小学，所以，学校对选才非常重视。首先学生身体素质要好，其次学生要热爱读书，而即便这些条件都满足，学生还需要交得起学费。听舅舅说，在莫干山小学读书时，作为外来住校学生（当地学生不用交学费），他每学期要交四块大洋，在当时一块大洋可以买 25 ～ 30 斤大米。四块大洋并不是一个小数目，然而节俭的外婆为儿子能去读书，还是咬咬牙舍了，而且每学期开学前，外婆早早就准备好四块大洋，等四外公回来时带走交给学校。

　　要说舅舅也真争气，那么小的年纪在外读书，舅舅非但不退缩，反而处处表现得很懂事，无论是日常表现还是学习成绩，都获得了老师的好评，还经常能够赢得学业奖励。舅舅这么好的表现，不仅给外婆带来了极大的精神安慰，更让带他入校的四外公赵昭松感到很有面子。

　　赵昭松以家长的身份，带着失去父亲的侄儿在他身边读书，并取得了学校的优秀嘉奖，这为他赢得了很多赞誉，他的为人得到了身边人的认可，也为他承接建筑业务带来了诸多的顺利。

在莫干山小学学习生活的那段时间，是舅舅一生中的一段美好时光，每当说起，舅舅便情不自禁地涌动少年初恋般的激动，闪亮着眼睛，滔滔不绝地赞美莫干山小学。他说：莫干山小学强调"耕不废读，读不废耘"的教育思想，师资力量强。国文老师博学多识，口才好，板书漂亮，课上得好，指导写作，先指导学生观察；数学老师带学生实地丈量土地，计算田亩数；实习室里，高年级女同学向技工老师学缝纫，学做鞋；男生编竹篮、簸箕，扎扫把；还有全校师生学种菜、学养蚕，等等。

莫干山小学的教育给舅舅打下了一生的学习基础，并在他的身上烙下了重视知识、重视学习的烙印。

退休后的舅舅仍然喜欢看书学习、练笔，去美国两个儿子那里探亲，回国后写了一万多字的"美国散记"，被《东阳日报》采用连载。

我进城区工作，住的地方离舅舅家不远，我们常常会吃了晚饭散步过去看舅舅舅妈。舅舅和我们唠家常很少，讲书上的事多：讲历史故事，谈他读了某个人的诗词后的体会……不知何因，舅舅对有千古词帝之称的李煜作的《虞美人·春花秋月何时了》的这首词特感兴趣，不止一次与我们说起。是李煜"恰似一江春水向东流"形象大于思想的词句引起了舅舅的感慨，还是李煜思念故国的丰富的浓浓之情引起了舅舅的兴趣？舅舅爱学习爱钻研的精神总是感染着我。舅舅说的事新鲜有意义又有趣，我常常会在女儿面前，姐姐、妹妹的孩子面前，亲朋好友面前重述舅舅说的故事。

▲ 舅舅、舅妈与两个儿子、儿媳、孙女在圣地亚哥的合影，摄于1995年

有一次我在课堂上讲了"光的直线传播"内容后，给学生讲了从舅舅那儿听来的"烽火戏诸侯"的典故，然后问学生："古人为什么用烽火传递信息？"结果学生回答问题时情绪高涨，气氛热烈。这样的方式还真让不少学生记住了光在空气中传播的速度和特征。

舅舅从一个乡下懵懂青年成长为革命干部，后来成为同龄人中的佼佼者，在工作岗位上敢与高学历的人比高低，与大学生一起参与省有关单位组织的、关于中药材方面的论文比赛，舅舅是少数获奖人之一。这些不仅是因为舅舅在莫干山小学读过几年书，还因为舅舅结交的朋友对他的影响。

舅舅有很多朋友，在我的印象中有这样三位舅舅的终生好朋友。

一位是舅舅的小学同学何振东。他 1947 年考入南京建国法商学院，入学不久就参加了学校共青团地下组织活动。新中国将成立，需要有自己的干部队伍去接管旧政府，组织上根据何振东的表现把他选派去了华东人民革命大学读书，毕业后一直从事党的行政工作，后任大学副教授，是离休干部。

还有一位是同村的儿时伙伴马岩银，他是横店镇第一个共青团支部创建人之一，一直在村里当农民（也曾当过村干部）。

再一位是 1960 年毕业于华东航空学院的马海华，原在北京航天部工作，后为了家庭调回东阳，退休前是某国有企业的厂长。

这三位好朋友，给了舅舅学习、思想进步的榜样和力量。特别是当时在华东人民革命大学读书、能够广泛接触到外面的革命行动，感受中国革命的力量和新思想的何振东，舅舅与他的关系似同兄弟，无话不谈，遥远的距离从没隔断过他俩的交流和来往。

何振东与舅舅谈外面感受到的一切，谈看了巴金小说《家》的感想，谈他的革命理想、革命行动，等等。受何振东的思想感染及一些先进书刊、先进人物（如好友岩银）的影响，革命烈火在舅舅胸中点燃；他开始向往外面掀起的轰轰烈烈有革命激情的生活，向往自由恋爱……最终，舅舅鼓起勇气，放弃外婆给他的既定生活，反对外婆给他指定的婚姻，毅然决然离家参加革命工作。

舅舅首先找南下干部介绍，进入东阳早期的革命干部培训学校学习，然后冒着生命危险参与了马宅山区剿灭国民党残余匪帮的斗争，参加了土地改革。在党的领导下，又参与了创建巩固马宅区人民政权的工作，成了东阳最早一批本地的革命干部。中华人民共和国成立后，舅舅有很长一段时间在马宅区工作，当过文教干事，当过人民公社社长等职务。舅舅对工作兢兢业业，体贴群众疾苦，深受当地群众爱戴。我在教委工作时，有一次下乡到舅舅工作过的马宅镇搞教育调研。在工作之余，我走访了当地几位老农，说起舅舅的名字，他们没有不知道的，而且都夸舅舅有才有貌有水平，是大家喜欢的好干部。这些赞词，对我多少有些震动，让我明白为党工作要尽心，为人民做事要踏实诚心，这样即使人走了，留下的口碑可以传颂几十年，留个好形象可以印在人民心里一辈子。

因为舅舅忙于外头的革命工作，很少回家，母亲常送我去外婆家陪独自在家的外婆。舅舅是外婆的心头肉，听说舅舅要回家了，外婆便会牵着我的小手，迈着她的小脚，一次次去村口张望。舅舅一回来，外婆家就马上变得热闹起来，有村里几个舅舅的好伙伴，还有禹阳小学的教书先生，甚至还有那个住在横店镇上的公路段的护路长，有时还有同村的东阳木雕艺人赵金清。他们围八仙桌而坐，相互交流着各自的所见所闻，印象中舅舅说话时，他们静静的，听得很专心。小小的我脑子里就有这样的概念：舅舅口才好、见识广，有很多朋友，舅舅的工作很美好。

凑巧的是，舅舅的这些朋友中，竟然有一位是后来我上高中那所学校的语文老师（陈金生老师）。他很崇拜我舅舅，我们见面他就会情不自禁地夸起我舅舅。后来我猜想他可能是受舅舅的影响，又继续求学读书，尔后成了中学的语文教师。

舅舅自己热爱读书，他最关心我的也是读书。每次他来我们家时，首先问的就是学习成绩，如果我被评上三好学生，舅舅就会去村里的供销店买铅笔、橡皮或削笔刀奖励我。舅舅可能是受在小学教书的舅妈的影响，有一次，他来我们家时问我们学校有没有《中国少年报》，我说班级里有一份，我很喜欢看。他又问我喜欢看报纸的哪些栏目，我说是小虎子、小灵通。舅舅说："很好，这份报纸的刊头是毛主席题写的，里面的内容都很好，你不仅要看小虎子、小灵通，其他内容也要看。"在舅舅的建议下，我又喜欢上《中国少年报》中的知心姐姐栏目。真是无巧不成书，我的女儿大学毕业后在中国少年儿童新闻出版总社（该社包括出版《中国少年报》等16种报刊）工作。我小时对《中国少年报》的感情到老也没减，我常常会问女儿《中国少年报》的一些事，如发行量、报纸的内容栏目等。

舅舅对我的关心不仅有学习，还有思想。

舅舅来我家，有时会给我带书，给我影响最深的是那本《我的弟弟小萝卜头》，这本儿童读物我不知看了多少遍。小萝卜头小小年纪被关进监狱，饱尝黑暗腐朽统治之苦，却乐观好学求上进，坚强，有信仰；机智勇敢地给狱中的革命同志传递信息，在狱中他向往外面的自由，最终被国民党残酷地杀害。我看这本书时，为小萝卜头的悲惨遭遇，不知流了多少泪，同时也受到了深深的教育：与小萝卜头比，感到了生活的幸福，感到自己成长在这个时代的幸运，有了不怕辛苦、努力学本事的念想。

母亲与舅舅姐弟情深，听说舅舅要来我们家，再舍不得也会杀鸡宰鱼整菜招待这个让她引以为豪的弟弟。常常是一早起来放鸡出窝时，留一只鸡在鸡窝里，等舅舅到了，再抓出那只留在鸡窝里的鸡，杀鸡、炖鸡，忙得不亦乐乎。记得有一次，舅舅和我们一起吃了晚饭，母亲洗涮完毕，等我们睡下后，姐弟俩坐在床前谈心，我感到好奇，想听听他们到底说点什么，于是闭上眼睛假装睡，耳朵则是竖得直直地听。舅舅先问母亲生活上的一些事，然后问我的学习，母亲说还不错，前几天老师来家访时说了很多表扬的话。舅舅听了很高兴，然后认真地对母亲说：老师表扬是好事，但是要防止她骄傲，特别是小女孩要防止她长大了学习分心。静静的夜晚，舅舅的话我句句入耳，这样场景下的鼓励和提醒，我特别入心。后来舅舅又问了母亲邻里村里的关系，母亲这时重重地叹了口气，向舅舅诉了许多苦，母亲想舅舅认识的人多，让舅舅出个面，请管辖我们村的干部关照一下，以后少受些欺负。舅舅说，他也要注意自身形象，不能随便托人买面子。要母亲学会忍，自己家没有权势，嘴巴上不要与人家争强，否则越争受气越多。舅舅的话说得有理，我既受教育也受启发。到后来我长大了点，在母亲面前有了些发言权后，明明知道是母亲受欺难忍，但是我学舅舅的话，还是劝母亲学会忍：退一步海阔天空，没能力去争只会鸡蛋碰石头，粉身碎骨。再是我长大了，也有了点为母亲分担忧愁的能力了，母亲与人发生舌战的事也少了。舅舅几次表扬了我，说我做得好。

舅舅是个讲原则的干部，从没有利用工作之便为自己的家人或我们谋好处、谋利益。舅舅有名士之风，他做事正派的形象永留我的心中。

我上大学是母亲期盼的，也是舅舅希望的。我去杭州大学报到那天，一早在横店车站与母亲依依惜别后，车到东阳车站时，我突然望见了车窗外舅舅和舅妈的身影。车刚停稳，他们就走了过来，朝车里望，坐在窗口边的我立马打开车窗，招呼他们。舅舅舅妈过来了，用慈祥的眼光看着我说："我们知道你乘这班车去义乌赶火车，所以，我们就在这里等了。我们没别的送你，这 5 元钱你带着用，到学校努力学习，努力工作，有什么需要写信告诉我们……"舅舅舅妈的话说得我心里热乎乎的，泪水情不自禁地又涌上了眼眶。我从小缺父爱，是舅舅给我弥补了很多父爱。今天我要上大学了，他们高兴得一大早来车站等我、送我，还对我的生活表示了关心。虽然舅舅舅妈都有工作，可是他们还有几个孩子在读书，生活并不富裕，这 5 元钱，是舅舅舅妈的一片心意。他们的这份心意我一直铭记至今。

2007 年 4 月 22 日，舅舅因病去世，享年 82 岁。舅舅生前的工作单位，在舅舅的出生地八面山脚下为他举行追悼会。舅舅各个工作时期的同事，亲朋好友都赶来参加了舅舅的追悼会。

舅舅的好友何振东闻讯，在千里之外的徐州送来挽联——"活在世间有情有义有贡献，回归天国无愧无悔无牵挂"。单位领导在悼词中评价舅舅——"干一行，爱一行，无论干什么工作都能得到群众的好评、县委领导的信任和赏识，是为革命工作的一生，为人民服务的一生。"好友马海华在追悼会上追忆舅舅——"一生热爱学习，一生有信仰求上进，始终跟党走……"曾在马宅区教育系统任校长的好友申屠芸在追悼会上深沉地回忆说："1949 年我与县委派来的干部赵连城在马宅区认识。我是小学校长，他是马宅区的文教干事，多年的工作关系，赵连城认真贯彻党的政策，勤奋踏实为民工作，为马宅区的教育事业尽心尽责的精神风貌深深地印在我的心里……"听着这些悼词和追忆，舅舅离去的悲痛一次次袭上心头，舅舅的形象不断地出现在眼前，我对着舅舅的遗像默默地说："舅舅您的精神不朽，我努力继承。您一路走好，去天堂继续您喜欢的事业！"

舅舅不仅工作有口皆碑，就是培养子女成才也是口碑百喙如一。不仅把两个儿子培养成名牌大学毕业的硕士、博士生，成为高科技人才，还把在特殊年代没机会上大学的三个女儿也培养成自学成才的国家公务员、企事业单位的骨干、优秀工作者。

◄ 舅舅、舅妈和他们的五个孩子，摄于1978年

舅舅离开我们已有十五年了，但是舅舅给我的关心，常常眷顾我的目光，教导我的那些话语，仍是那样清晰地留在我的心里。

# 二伯母的一勺花生

1977 年除夕，这一天既是过年，也是我的大喜日子。这是改革开放的前夕，虽然社会上的文化娱乐活动开始丰富，可是百姓的经济物质生活仍不富裕，身心也未得到很好的解放。年轻人结婚，大多数不张扬，保持勤俭节约办婚事的风俗。我们便属于这一类，婚房家具都备好，结婚仪式却是极其简便。大年三十早上，丈夫从离我母亲家八公里的镇上骑自行车过来，在我母亲家吃了中饭，然后用自行车把我带去他家过春节，这就算我们结婚了。

因为我们的婚事没有半点张扬，除了家里人，谁也不知道我们的婚期在哪一天。只是除夕那天，离开娘家前出于规矩和礼貌，我去向同院子的家族们道别时，被二伯母察觉到了。随后，二伯母端着一铁勺花生，迈着小脚以碎步快速来到我母亲家，对我说："你来道别，我才知道今天是你们的大喜日子，我没什么准备，只能用这点花生来表示二伯母的一点心意。"没等我反应过来，二伯母又说道："花生是'利市果'，把'利市果'带到夫家去生根开花结果，希望你们多子多孙、多福多寿……"看着二伯母手中的这勺花生，听着二伯母暖心的祝福，我又是惊讶又是感动。

二伯母家是纯农户，全家六口人靠儿子、儿媳妇挣工分吃饭。两个孙子一个孙女尚年小，田里活全由儿子、儿媳妇打理，家里的事主要由七十来岁的二伯母料理。那时我们村的粮食收成算得上可以，吃饱饭已基本不成问题，可是缺油少荤是家家常有的事。肚子里缺油水，易饥饿，二伯母家的孙子孙女常常是还没到下顿吃饭时间，就饿得到处找吃的。家里好不容易买一次猪肉，却也不能放开肚皮吃，在大人的分配下，孩子们只能尝尝鲜，碗里剩下的猪肉被大人挂在高高横梁下的竹篮里，只有等待下一餐大人的再分配。

怎样有肉吃一直是二伯母家两个孙子绕不开的问题，吃不到猪肉，他们便想到了自家养的鸡。有一次，兄弟俩趁大人不注意，抓起在鸡窝下蛋的鸡，去了池塘边。两兄弟分工明确，大的双手抓住鸡，小的用手按鸡头于水下。"鸡闷死了，奶奶就会烧鸡肉给我们吃了……"兄弟俩正想入非非时，被他们的奶奶发现了。鸡被我二伯母救下了，兄弟俩不但吃不成鸡肉，反被收工回家的父母亲狠狠地训了一顿。

过年前用来准备切冬米糖的红糖，为防孩子们偷吃，二伯母也没少花心思，今天把红糖藏在楼上的玉米秆堆里，过几天又挪到谷仓里……就在这样的情况下，二伯母不顾生活的难处，不惜拿出一勺东藏西藏好不容易藏下来的花生，用来表示她对我们结婚的祝福和祝贺，表达长辈对晚辈结婚的礼数。这分明是一勺从孙儿们口中省下，留着春节用来招待客人的花生。再说，我们的婚期从没向二伯母透露过一点点，她完全可以以不知道为由不送这勺花生的。

我越想越觉得这勺花生的珍贵，越想越感到家族亲情的无比温暖，传承中华优良传统的无比美好。遗憾的是，我还没来得及对二伯母表示过什么回报，二伯母就突然去世了，我没能见上她最后一面，没送上最后一程。唯一可以安慰自己的是：有一次我去普陀山旅游，给喜欢念经拜佛的二伯母请回了一尊上釉的彩色陶瓷南海观音。观音菩萨是二伯母最崇敬的佛，二伯母很高兴，腾出家中的好位置供奉这尊观音。

二伯母一双从小裹变形了的脚，五个脚趾三个贴着脚底，每次剪脚指甲因没一把好剪刀而犯难。我知道后，出差去杭州时给她买了一把正宗"张小泉"剪刀，因为好使，二伯母一直用到去世。

时间一晃四十多年过去了，但二伯母的这勺花生却让我时时想起。这勺有着特殊意义的花生，是我永远的记忆。

## 怀念我的高中母校

我是南马一中的首届高中毕业生，我们这届学生基本上是在 20 世纪 50 年代初出生的，正当我们进入或刚要进入中学学习时，遇上了特殊年代新旧招生制度的继承与改革的彷徨，而停止中学招生。

进入 20 世纪 70 年代，终于迎来了一个好消息，停招了四年的高中开始招生。根据中央的办学指示，东阳县城的高中下伸到乡下各区镇的县属中学（原只是初中）。通过推荐加考试，1970年9月南马一中首次开设了三个高中班，学制两年，我有幸成了其中的一员。

由于我们这届学生情况特殊，有两年制的初中毕业生，也有三年制的初中毕业生，还有上课没多久因多种原因而停课在家的初中生。同学们文化基础知识参差不齐，使得老师在教学上要花费更多的心思。记得物理老师周龙星，为同学们能听懂他讲授的物理知识，总是会提着一只装满教具的大木箱进教室，课前引入的演示实验一做再做，物理常识例子一举再举，等他结束一堂课的内容时，下一堂课前的"方便"必须得快速。他的良苦用心至今想起，仍让我满怀敬意。

班主任陈荣献是我们的数学老师，他见有的同学接受高中数学知识有难度，便推行了分层作业方法（会做的做，不会做的不一定做）。根据分层作业情况，采取有针对性的个别辅导补课，有时也会调整上课进度，为缩小个体间的数学差异，动了不少脑子、花了不少功夫。

语文老师吴芳枢长着一双炯炯有神的眼睛，进教室双目一扫，班上那几个不安分的同学马上安静了下来。他绘声绘色地讲解，温文尔雅地启发和引导，感觉真有点教书先生的范儿。

刚从北京外国语学院毕业，教我们英语的王红球老师，虽然初为人师，却很有老教师的范儿，讲课不急不缓，板书也规范漂亮。英语发音不标准是同学们普遍存在的问题，王老师总是不厌其烦地张嘴伸舌做示范。那时英语并不受人们重视，但是，王老师每次上课前的一句"Hello，students"，总会引起不少同学对英语的兴趣。

蹉跎岁月，我们失去了许多学习机会，能重返校园学习，机会弥足珍贵，同学们十分珍惜。虽然那时不用挑战高考，只有学校组织统考的一点压力，同学们也都在自觉努力地学习。课余时间围着老师问问题，学习基础好的同学帮基础差的补课，也都是常有的现象。

特殊的时代背景和艰苦的生活环境，练就了我们这一代人的许多宝贵品质：勤劳、懂事、不畏生活艰难、心态积极向上，动手能力和工作能力比较强……当时的教育提倡理论结合实际，走出去办学，于是，学校分期分批组织同学们下厂学工、下乡学农、进医院学医。学校有校办厂、养猪场、试验田等实践园地。我们班的女同学曾经当过相当长一段时间学校养猪场的养猪倌，从母猪的喂养到母猪怀孕产仔，从小猪仔的养护到猪仔断奶出售，女同学们不但经历了整个过程，而且完成得很出色。学校的水稻试验田是班上男同学显身手的地方，从插秧到管理，从生长过程的观察记录到最后收割，他们的表现丝毫不逊于专业人员。参与校办厂的中草药试制，也是大多数同学的共同经历，在专业老师的指导下，同学们动手制成的鱼腥草、一枝黄花成品药剂，还被当地卫生院认可和使用。

还有一件事，现在想起来仍让我颇感自豪。学校中心地段的一口池塘边，有一条下雨天便泥泞不堪的黄泥塘坝。我们班在班主任陈荣献老师的带领下，利用多段课余时间，从一公里外的南马溪滩挑来一担担鹅卵石，一块块地铺在黄泥塘坝上，黄泥路变成了石子路，免去了下雨天师生们走黄泥塘坝时鞋被粘住、脚鞋分离的尴尬场景。这事得到了全校师生的一致赞赏，还得到了校领导的表扬。毕业前夕能留给学校这样一份具有实在意义的礼物，全班同学都感到高兴和自豪。

值得我们这届学生自豪的还有一件事，那就是各个角色全由同学们扮演的京剧《沙家浜》。像模像样的表演，得到了观众甚至是专业人士的一致好评。来邀请文宣队去演出的单位很多，同学们几乎演遍了大半个南马区，甚至离学校五十多公里的东方红水库工地，与嵊县交界的大山深处尚周村，都留下了文宣队员们绕梁三日的京腔韵律。为此，南马一中在社会上的名气大振。

学校认真贯彻执行中央的指示，抓全面教学的成效，得到了上级教育部门的肯定。1971 年 3 月，金华地区召开妇女代表大会，上级部门把参加妇代会仅有的一个高中女生代表名额给了南马一中，学校则把机会给了我。带着一份激动、一份光荣，我代表全县高中女生出席了金华地区妇代会。

我们这一届学生很多都是经历过一段时间的社会锻炼，与老师的心理距离相差不大，因此师生相处关系融洽。学生台上演出，老师台下操琴司鼓，配合默契。晚上排练节目肚子饿了，周龙星老师就把师母给他养胃的炒米粉，拿给同学们充饥。课外活动时，师生一起打球，一起劳动改造操场……学军拉练途中歇脚宿夜时，老师看到有的同学腿脚走疼、走肿了，他们顾不得自己的疲劳，马上就地借灶买柴烧水给学生们泡脚……想起这些，我就又会想起那件让我感动不已的事。

读高二的第一学期，农忙假结束开学时，母亲作为家里唯一的劳动力，因劳累过度病倒了，上小学年幼的妹妹根本照顾不了家。秋收季节生产队经常要分这分那，每户人家不是去田头领，就是去堆粮处挑。在这样的情况下，我无法和其他同学一样按时返校上课。

虽然躺在床上的母亲几次催我回学校上课，可是望着憔悴的母亲，我怎忍心丢下她不管去学校呢？在我一时不能返校甚至有可能辍学时，班主任陈荣献老师和校医务室的叶立俊医生，骑着自行车赶了二十来里路来到我家。了解了情况后，他们对我母亲说："你女儿是个求上进的学生，如果高中念了一半不读了有点可惜。你家缺劳力，生活有难处，写张证明说明一下情况，然后让大队干部盖上公章，再交给学校。我们向学校领导反映一下你家的情况，如果学校领导同意，就可以免交你女儿的学费，到时书费我们俩帮你女儿解决……"陈老师和叶医师的话字字句句感动着母亲，母亲眼里早已噙满了泪水，反复说："谢谢，谢谢你们不怕辛苦，上门关心！"

就这样，有两位老师的深入关心，以及母亲无私的支持，我又回到了我想念的南马一中。再后来，在学校的关怀下，以及老师上门关心一事对左邻右舍的影响，我们家里的一些事得到了更多好心人的帮助和照顾，让我顺利地完成了高中学业。

　　我在南马一中学习时间虽然只有两年，可回想起来，心里总是充满了留恋与感恩，南马一中是我永远的怀念。

▲ 南马高级中学首届高中学生毕业45周年聚会纪念（第二排右七为作者）

第三章

不变的教育情怀

# 大学时期埋下的教育情结

在我十几岁的时候，如果有个人和我说：你以后会成为一位人民教师。我是不太会相信的。虽然我在少年时内心对于教师这个职业非常崇敬，但却从未想过自己有一天会走上讲台。然而，似乎冥冥中自有安排，我自己因为对读书受教育的执着而得到了进入大学的机会，而当大学毕业时，又因为社会对于教育的重视而奉献了自己的青春，走入了教育领域，也就是说，我的教育情怀早在大学阶段就已经埋下。

当时的大学学制是三年，那时大学学习生活虽然没有像现在这样课程分明、目标清晰，学位上有继续提升空间，也有学业和就业的压力。那时的我们三年读完了就是走向社会为工农兵服务，大多数是哪里来回到哪里去。经过基层锻炼上大学的我们，比较懂事听话，承受得起艰苦磨炼，珍惜生活，责任心强，学习自觉，性格坚强乐观，有爱党爱社会主义的坚定信仰。

大学学习生涯初始，我是班上十人组的小组长，后来担任无线电班二十多位共青团员的团支部书记。在那政治气氛浓厚的年代，政治活动很多，按系领导要求，学生干部要定期组织同学活动。活动多了会影响专业学习，但是我的工作能力因此得到了锻炼和提高。

在学习方面我体会最深的有两点：一是专业知识的学习。当时的工农兵大学生文化程度参差不齐，大学的老师会顾及这一情况尽量"因材施教"。我们上午在教室听课，下午在寝室自习做作业时，上课的老师来各个寝室流动辅导。同学们普遍感到学习机会难得，认真学习，虚心请教，有尽可能地汲取知识的良好学习态度。有的同学进大学前学习基础好，又有实践经验，在和老师一起解题或讨论问题时，常常会有他们独到的见解。

没有考试压力，很多同学却仍有强烈的求知欲望。下连队学军，说好在部队期间要专心致志学军事本领，学解放军作风，学部队文化，不看物理专业书，结果还是有不少同学利用休息时间偷偷地躲到树林中看专业书。

老师的因材施教，同学们的互帮互学，使我对物理渐渐产生了兴趣，特别是通过实验室多次的物理实验，我的动手能力也得到了较大的提高。在高中读书时，看到老师做照明电路实验，我会害怕得缩紧身子。而在大学经过几次实践，我可以用一把电烙铁，把一堆无线电元件按线路图组装成一架多波段的晶体管收音机，而且一次性组装成功。这是我大学生活初始的收获，这一收获提高了我学物理的兴趣和信心。

再一点就是理论结合实际学习，加深对知识的理解和运用。那时常常是这样，在校内经过一段时间书本理论知识学习，然后去相关的单位实习，例如，去杭州电机厂、上海金星电视机厂、桐庐拖拉机厂（省属）等单位，进车间动手操作，听技术师傅现场指导，在实践中体会物理知识在实际生活中的应用，激发实践者运用知识创新的欲望。

◀ 在省拖拉机厂实习时，部分女同学合影（后排右二为作者）

　　经过社会锻炼的我们，有的同学年龄与大学年轻教师的年龄相仿，因此，相处时各方面有很多相似之处，老师和同学们关系融洽，交流无拘无束。我们的辅导员黄老师在生活上遇到问题时还会跑去学生宿舍求教于同学。

　　记忆深刻的是，我们去桐庐拖拉机厂（省属）实习时的一次郊游。实习中的一个休息日，我们七、八个同学约上实习带队的王民昌老师，游览附近的严子陵钓鱼台。一行人翻山越岭十多里路，终于找到了位于富春江畔的严子陵钓鱼台，一看大失所望，除了一块写着"严子陵钓鱼台"的大石头外，其余什么都没有（听说现在纪念亭、纪念馆等都造得很好了）。王民昌老师看同学们失望的样子便说："同学们，披着羊皮的都是狼吗？"一个同学马上调皮地回答："No、No、No！"王老师说："对，东汉时期著名高士严子陵怕皇帝聘他做官，他隐居在此，常常披着羊皮钓鱼。"完了，王老师望了望四周然后一字一句地念道："云山苍苍，江水泱泱，先生之风，山高水长。"他说这是后人对严子陵的赞语。同学们望着富春江畔郁郁葱葱的树木，还有碧波荡漾的富春江水，听着王老师的故事，失望的表情瞬间消失了。

　　那时没有矿泉水可带，有也舍不得买，在回来的路上，王老师看同学们渴了，他又讲了个笑话。他说："有个气喘吁吁的人口渴了，想在路边店买汽水喝，问店主汽水多少钱一瓶？店主说：'8分'。店主问：'喝不喝？'那人说：'喝——喝——喝不起！'店主以为他要喝，用起子'砰'的一声把汽水瓶打开了，谁知他是说喝不起。店主呆了，那人也一脸尴尬，最后店主自认倒霉。"不等王老师的故事讲完，同学们的笑声已回荡在山谷树林。大家围绕着王老师的故事，说说笑笑，忘了口渴，不知不觉回到了住地。

◀ 春游富春江与王民昌老师（后排左二）及实习小组同学合影（前排中间是作者）

毕业实习时，我很幸运在专业老师的组织下，与班上四位学习好、动手能力强的同学（孟杭君、洪南方、徐庆光、林祖祥），参与了浙江省体育馆等离子体显示屏的研制、组装工作。能参加这样一个新型课题的研究，我们都很高兴，负责实施该课题的老师和我们决心都很大，一定要在毕业前夕研制成功。白天除了吃饭就在实验室，晚上我们轮流在实验室加班。经过半个多学期的紧张研制，组装成的等离子体显示屏在省体育馆的体育赛事上试用时，获得了预期的效果。

▶ 超大型等离子体显示装置科研小组同学合影，（前排左是作者，前排右是孟杭君同学，后排左起依次是同学林祖祥、徐庆光、洪南方），摄于1977年6月

1977年，国家正式恢复高考，高考改革也带来了毕业制度的改革，毕业前夕，我们的学习压力一下增加，每人要写一篇毕业论文。幸好，我们以研制和组装等离子体显示屏为内容的毕业论文一次过关，为我的大学生活画上了圆满的句号。

当初，我们上大学是非常不容易的，因此，进入校园的我们都是心潮澎湃、畅想着未来。但是到了毕业离别时，我们却并没有特别的庆祝，特别的告别，而是在毕业季的一个月内，一个个相继静静地离开校园，走向党和人民需要的岗位。

◀ 大学读书时用过的票证

当时，对于自己会被分配到哪个岗位上，我是既期盼又忐忑。回到东阳之后，根据我所学的专业，组织部门原计划安排我去经委系统的微型电机厂工作，可是后来又考虑到全国将要恢复高考，教育部门更需要有专业知识的大学毕业生，于是又把我安排到教育系统，县教育局则分配我去了一所离县城三十多公里的县属中学——湖溪一中任高中物理老师。就这样，我走上了教育之路，这条路也和我的人生之路汇合在了一起，一步步走来，脚印或深或浅，或直或曲。

## 初为人师的青涩与喜悦

1977 年，告别青涩的学生时代，我踏上了教书育人的岗位，就要进入到一个全新的环境了，此时，我的内心里有紧张，有担忧，有期待，也有信心。我怀揣着教育局的介绍信，坐上从城区驶向湖溪的客车，经过一个多小时（途中有停靠站）后到达了目的地。我下了车，正愁着行李如何搬到离车站两里地的学校时，学校派来接我的工友潘宝祥出现在了眼前。我俩互相作了自我介绍后，潘师傅就走上车站高高的行李台，帮我拿下行李放在他的手推车上，然后他推车在前，我紧跟其后。这个小小的经历，让我对未见到的湖溪一中有了初始的好感。

跟在潘师傅去学校的路上，我想象着学校的样子，虽然去县教育局报到时，人事科干部对湖溪一中已向我作过简单的介绍：是一座历史悠久的学校（创建于 1874 年），在 20 世纪 60 年代初，湖溪一中的教育教学质量，在教育界在社会上享有较高的声誉……可是学校的环境、领导、老师……又是怎样的呢？我边走边想。

很快到了学校，我环顾四周，对于环境的第一印象还是不错的。行走在校园里，我感慨：湖溪一中真不愧为百年老校，有宽大的操场；有高中部，初中部；有礼堂；有实验室，图书室；有行政办公楼；有用于教师学习的电视机室；有功能不错的食堂，还有生物园、果园、竹林、池塘；校园外靠溪边有一块面积很大的师生劳动基地。转完校园已是傍晚时分，我与曾老师在食堂吃了一碗热气腾腾的葱花鸡蛋面，心里产生了一种归属感。

随着停止了十一年的高考制度恢复，学校的教育教学工作也紧张和忙碌了起来，教案上的欠缺得马上弥补，那时参考资料很少，老师得一边上课，一边殚精竭虑、倾尽所能地选编练习题，编写高考辅导班的辅导讲义，等等。学校领导安排我与黄老师分别教高一年级三个班的物理，吴祖田老师是学校物理教研组组长，他教高一年级一个班的物理，同时负责高考辅导班的物理教学和带新教师（其实就是我）的工作。吴祖田老师知道我大学学的是无线电专业，于是把高考辅导班物理中的有关无线电内容分配给我辅导。我没有经历过中学教育教学实习，要我辅导这些高高大大的高考辅导班学生，我真的有点害怕，工作压力很大。我怕干不好，几次与吴老师说我不是师范院校毕业的，对学校的教育教学工作完全是陌生的。吴老师则宽慰我说他也不是师范院校毕业（他毕业于无锡轻工业学院即现在的江南大学），华老师是同济大学毕业的，马老师是浙江大学毕业的，黄老师与我一样是杭州大学物理系毕业的，不是师范院校毕业，却安心于教育事业，都把物理教得很不错。年轻人只要对工作热爱，虚心、勤奋、努力学习，很快就会入门的。

吴老师的一番话说得我哑口无言，同时深受教育。我想自己还是幸运的，身边有许多值得我学习的老教师和名校毕业的老大学生。同时还感觉到学校领导对青年教师的重视和关心，让我能与吴老师、黄老师同教平行班，有他们的示范带路……于是，我摒弃对专业是否对口的纠结，从此把心思用到了如何做个合格的物理老师上。

吴祖田老师不仅业务水平高，而且工作责任心强、人品好。他把领导安排的带新教师的工作牢记于心，指导我写教案、编讲义，为了培养我独立钻研的能力，分配我编写练习题资料，并且要求我把每题所有的解详细地写在纸上。这要求让我压力更大，那时我办公至凌晨一点钟是常有的事。

此外，吴老师还常常会抽时间进课堂听我的课，听后及时点评，指出我教学中具体的不足之处。为了更快熟悉教学业务，我也常常抽时间听吴老师的课，课毕，吴老师不以师傅自居，耐心倾听我的想法和体会，然后和我探讨更佳的教学方法。这样的方式方法对我的教学成长大有裨益。多少年后回忆起这段经历，兴奋之余仍有体会和收获。

也许是缘分，后来我调入城区工作不久，吴祖田老师也被组织部门选调到教育局下属的教研室当中学物理教研员。因为我已是市初中物理教学骨干，经常要参加市教研室组织的一些教研活动，所以又有了向吴老师学习、与吴老师探讨物理教学的机会。

话说回来，初为人师的我几乎与高考辅导班的学生差不多稚嫩，因此，我们之间的交流常常是无拘无束的，他们常常会把在寝室里偷吃大米的麻雀、老鼠抓来，向我炫耀他们的战利品。我晒被子，他们帮我在树上绑绳子，吵闹时衣裤扯破了，我帮他们缝补。

初为人师，虽然稚嫩，但是事隔三十年后，仍有许多学生记得我。在受邀请参加他们组织的高中毕业三十周年同学会上，有不少学生说起我给他们上课时的情景，会说我刚给他们上课时，学生问题回答错，我会批评指出，学生不虚心接受还顶嘴时，我气得差点流眼泪。为了提高学生上课的注意力，我常常会以提问形式导入新课，这是他们感兴趣的，讲着讲着，我控制不了时间而延迟下课，他们是不喜欢的。说我后来拖堂的现象渐渐改了，他们很高兴。只有我自己心里明白，这是他们那一双双渴望我"上好课"的眼神使然。

那时的湖溪一中像个大家庭。而食堂的王和根师傅则是安排这个大家庭生活的最佳当家人，周末老师返校晚餐不用发愁，有和根师傅制作的面条或包子在等待老师们的到来。端午节有和根师傅包的粽子，清明节吃他制作的清明馃，冬至尝他做的麻糍。劳动基地收获的麦子、大豆、冬瓜、南瓜、青菜等，经和根师傅的手，都变成了师生们日常用餐中廉价的美味佳肴。南瓜吃了子留下，每年总会有那么一次，教师集中开会前，和根师傅突然端来一大盆炒熟的椒盐南瓜子，老师们见状会像孩子们一样欢呼雀跃，接着就是谈笑风生嗑瓜子，嗑完瓜子会议开始，校领导的讲话声和着嗑瓜子留下的余香进入老师们的感觉器官，美妙极了！王和根师傅在生活上经常带给老师们这样的美妙。无电风扇无空调的夏日，高考高温难耐，为犒劳大家的辛苦，经常是下午监考完毕，食堂教师用餐间的餐桌上，一碗碗凉凉的糖醋择子豆腐已在等待老师们的享用了，这是王和根师傅亲自制作的天然冷饮。一碗绝妙的冷饮下肚，老师们酷暑难耐的感觉没了……这些事都已过去四十五年了，香甜却仿佛仍在我的舌尖上停留。

王和根师傅因为手巧又勤快，又乐意为大家服务，后被调到了省重点中学——东阳中学食堂当厨师，有意思的是他进城后，他的儿子成了我的学生。

我很幸运，一踏入教育之路，便遇到了好学校，遇见了好领导，遇到了好老师、好同事，还有许许多多的好学生，感受到了做教育工作的快乐，同时，也感受到教学工作压力的苦涩，感受到自己在压力下的成长进步。

生命中最美的景致并不全是浓彩重墨描绘而成，有时也许是一串淡淡的足迹，但却深藏在心里，教师职业生涯的起始留给我的就是这样一串淡淡的足迹。

▲ 湖溪一中80届学生毕业三十周年同学会老师（前排）与各班同学的合影，这张是80届（2）班同学的合影照（前排右一为作者）

## 教学中的苦与乐

在乡下的县属中学工作两年之后，恰逢县教育局规划的在全县范围内先办好一座示范性初中的决定开始实施，抽调教师充实这座学校的教学力量，组织上把我调到了这座学校工作，这样既让我成了初中物理学科的教学骨干，又解决了我们夫妻分居的问题。组织对我教学工作的肯定和生活上的关心，让我内心非常感激，这种感激成了我后来努力工作的动力。

我调入城区工作的这所学校是由小学过渡过来的初级中学，学校当时的名称是"城关镇中学"，后来改名叫"吴宁镇中学"，现在的名称是"吴宁一中"。虽然学校的师资是按照示范初中配置，但是配套的教学设施是远远不够的，因为办初中的历史很短，而且这之前都是二年制初中，既没有实验室，也没有什么课堂演示实验所需要的器材，即便偶尔有零星的教具，往往也是与教材不配套的，再加上当时的教育经费很紧张，教学仪器一时难以做到按教学要求配给。

◀ 吴宁镇中学理化组女教师合影，摄于1987年（前排中间是作者）

175

这既是我第一次教初中物理，也是恢复高考、中考后教的第一届三年制初中生。因为我已有两年的高中物理教学经验（其间的产假是暑假），所以，教初中物理是可以胜任的，但依然感觉很累，原因就是工作量太大。

当时学校规模不大，每个年级四个班，我承担四个班的初三物理教学工作，每班56个学生，每周每班四节物理课，也就是说我每周得上16节课，批改896人次作业。最累的是还要自制教具、自制幻灯片来应对演示实验仪器不足的问题，而自制教具又常常会遇到很多难题，幸亏有在工厂负责仪器仪表检测维修工作的丈夫的大力帮忙和支持。

当时学校的校长姓金，是个做事雷厉风行、对工作认真负责、对人严肃正直、内心却是善良且善解人意的人。他见我担任四个初三班的物理教学工作又没有实验员配合，与其他老师相比，工作量实在有点过重，于是给我卸去了一个班的物理课。这一届初三年级四个班的学生基本是按成绩编班的，（1）班最好，（4）班其次，（2）班（3）班较差。金校长给我卸去的是成绩最好的（1）班，也许这样既有金校长对我的信任，也有他对我工作的考验。于是我暗下决心，一定要把学校第一批三年制初中生的物理教好，期间的工作不是辛苦两个字能概括的。

只要肯刻苦努力地付出，总是会有回报的。毕业考和升学考时，（4）班其他学科的平均分与当初编班时一样都低于（1）班，唯有物理的平均分高于（1）班。为此，我获得了校长对我教学水平和能力的赏识，从此就一直安排我教初三快班的物理。也因为领导的信任和自身的要强，为了争取81届学生的升学考物理成绩全县第一，我少生了一个孩子，做了人流不吭声，没休息过一天照样上课，后来计生政策下达，我再想要孩子就只有我们夫妇俩辞去公职。婆婆怪我，母亲也怪我。婆婆说生下这个孩子最多扣每月一级工资一年（当时计生政策是双职工生第二个孩子与第一个间隔四年就不扣工资），说我当初与她说，这点钱她会补给我。还说要钱可以挣，要人难啊！母亲说有孩子，再辛苦她也会帮我带。两位母亲的千年传统观念我理解，但事已至此，只有给她们多些其他的安慰来弥补。后来遇到给我做人流的医生马悦仙问我悔不悔，我说："不悔，因为学生的中考成绩安慰了我。"

物理是一门以实验为基础的自然学科，实验可以使学生获得丰富的感性认识，加深学生对物理概念、原理和定律的理解，所以，要让学生学好物理必须重视实验。例如，上电学课，应该带学生去实验室亲自动手体验电压、电流、电阻存在的表现形式，串联电路、并联电路的区别和特征等，否则学生很难理解这些看不见又摸不着的物理概念、物理规律。学校缺实验室的问题，我是没有能力解决的，唯有多做演示实验来弥补实验室欠缺的问题。电路元件不足，我找来铁皮、木块、弹簧、铜线等材料，再向丈夫的单位借来电烙铁，自己做电池座和电路元件，以此来解决演示实验仪器欠缺问题。

在解决学生动手体验的问题时，我复印了一些电路原件图发给学生，让他们贴在硬纸片上剪成一个个电路元件实物图，我在讲台上用真实的电路元件演示，学生则在下面用铅笔线当导线跟着连接纸片剪成的电路元件。通过这样的方式，让学生们练习看实物连接画出电路图、看电路图连接实物的动手操作能力，加深学生对串联并联电路的认识。虽然学生连接的不是真实的电路元件，但有我在讲台上用真实电路元件演示，学生们跟随着动手，还是会有一些感性认识的。

还有如电流、磁场、磁力线等抽象的物理概念如何形象化的问题，我就制作幻灯片以动态演示的方法来解决。在教学硬件相当欠缺的情况下，我常常采用这些没办法的办法来解决教学中的重点和难点。在当时，这些教学方法形成的教学论文得到物理界行家们的一致好评，我的教学论文和自制教具及电化教学等，分别在市级物理学会年会上得奖，有的是省级优秀论文奖。

◀ 作者给学生演示"热传导"实验，摄于1993年

记得有一年中考物理卷试题比较难，阅卷结果，整个金华地区只有一位叫叶放的考生得满分（那时各县区集中在金华阅卷），这位学生就在我们学校，物理是我教的。当时阅卷完毕拆封登分时，许多阅卷老师很羡慕我们学校有这样的学生，纷纷向我表示祝贺，我高兴得立马去商店买了一包糖果，作为我对阅卷老师祝贺的"请客"，其实，那时我的心里比吃糖果还甜呢。

1987 年，浙江省教育厅主办的《浙江教育报》所属的《中学生天地》组织全省初中物理竞赛，参加竞赛名额分配到地区，金华被分配到三个名额参加省竞赛，为选拔参赛学生，金华教委教研室又组织了选拔赛，选拔出竞赛中得最高分的三名学生参加省最后一轮决赛，这三名学生其中两名在我校，全省竞赛设三个一等奖、五个二等奖，我校参赛的两名学生获得了二等奖，其中一名竞赛总分排名第四，仅与一等奖一位之差。

▶ 作者（前排右一）与东阳市初中物理教研大组成员合影，摄于1992年

学校被明确为全县重点初中后，学校各学科的成绩不断提升，物理成绩无论是毕业考的合格率，还是中考的平均分和优秀率，均拔得全县头筹，在金华市也总能名列前茅。因为我经常教初三毕业班的物理，又是学校的物理教研组组长，所以物理学科取得优异成绩时，我也跟着沾光，多次被评为市级先进教育工作者。其实这一成绩的取得，是全校物理老师共同努力的结果。

20世纪80年代中期，在东阳县科协科委的倡议和组织下，全县中小学掀起"五小活动"（小制作、小发明、小创造、小论文、小实验），我们学校积极响应，我利用课余时间辅导的卢可伟、郭峰两位同学的"不浪费大米的饭盒""节约能源的锅盖"获得了东阳县小发明一等奖。卢可伟同学的"不浪费大米的饭盒"还拿了金华市小发明"二等奖"。我读小学的女儿跟在我身边，在我辅导学生开展"五小活动"的许多过程中，耳濡目染，从中受到了启发，她动手制作的"方便蚊香灰盘"在 1987 年 12 月获得中国专利局授予的实用新型专利权，成为我国当时年龄最小的专利权人。

那个年月我好像只有全身心投入工作，才会有不被落下的感觉，至于周六、周日休息那更是奢侈的念想。好在家里的事、孩子的事有我母亲（后来是婆婆）全心全意帮衬着。

那时学校的很多老师工作上也都是"拼命三郎"，为学校的教育教学在全县的初中能真正起到示范作用，学校领导和老师心往一处想，劲往一处使，拧成了一股绳。放学后经常看到老师把不能按时完成作业的学生带到办公室谈话补课，学校没有晚自习，校舍紧张，走教的老师多，但是，晚上仍有很多老师来校办公，改作业、备课，常常工作至深夜才熄灯回家。为了提升学校的教育教学质量，老师们一直在不计报酬尽心尽责地工作着。

经过几年的不懈努力，学校各方面取得了瞩目成效，不仅在东阳市内的学校中起了示范作用，而且吸引了省内不少同行来校参观学习。学校名气大了，经济发达的温州有不少家长慕名而来，请求学校同意他们的孩子来借读。结果口子一开，一下子来了二十多位温州借读生。有一次学校准备开家长会时，校长（姓金的老校长已退休）吴祖阳说："温州借读生的家长都忙于办企业经商，家长会他们不一定都能来参加，而借读生更需要家校沟通、家长关心，怎么办呢？"校长思来想去，决定带着我（教务处副主任）和总务主任，去温州乐清（借读生中以乐清的多）组织相关家长召开一次家长会。

在温州乐清召开的家长会上，校长对我们学校的办学思路、教育理念，学校各方面取得的成绩等情况向家长们一一做了汇报。校长以数据说话，教育理念新颖又清晰，这正是家长们所希望的。而后，我给二十多位家长汇报了他们孩子在学校的学习情况、学习成绩和思想表现。因为去前我向有关班主任作了详细的了解，找了几个有代表性的借读生了解了他们的所需所想，所以，对家长关心孩子的许多询问，我都能作出真实详尽的回答，这让家长很是满意，对我们学校的教育教学给予了更多的信任。

这是一次学校从来没有过的异地校外家长会，效果却非常好。自此次家长会后，又有很多温州的初中生来我校借读，最多时有六十多名。有不少借读生的家长来校后便先找到我，再三要求他的孩子借住我家，说是由我来管理和教育他们的孩子，他们更满意放心，并且许以较高的报酬。报酬的数额是诱人的，但是为了学校的工作，为了坚守自己的初心，我还是一一婉言谢绝。我的做法得到了校长的赞赏，说我带了个好头。为了不分散老师的教学精力，后来学校为六十多名借读生创造了较好的住校条件，有专职老师和职工分管他们的日常生活、行为规范。

1993 年，学校经教育行政部门批准，率全市之先进行教育改革，实施校长负责制、全员聘任制、绩效考核制。经校长聘任，我由教务处副主任转为政教处主任，配合校长抓全校德育工作及年级组长、班主任的聘任管理及考核工作。这时学校已扩展到三十六个班（每年级十二个班），在这期间我配合校长，学校首次成立家长委员会、学生委员会，起草了《家长委员会章程》《学生委员会章程》，这两个组织的成立，对学校的教育发展、教育改革起到了一定的积极作用。

由于我在教育教学上始终保持积极向上的心态，在初三班主任聘任物理老师时，他们明明知道我最多只能任教两个班的物理，十二个班的班主任却都聘任了我，这是老师们对我教学工作的肯定和信任，我既感到高兴，也感到一丝压力。

　　我离开吴宁一中已有二十七年了，可是我对吴宁一中始终怀有深深的感情，退休后来北京的女儿家定居，有机会回去我便想去学校转转。

　　学校也始终没有忘记我，2022 年 1 月 25 日，我在手机的朋友圈中看到了吴宁一中的现任校长徐海金上门看望九十岁的老校长金承麟（也就是我前面说到过的金校长），引发了我对学校往事的回忆，我在朋友圈的评论一栏中写了这样几句话："多年不见的老校长金承麟，在此见到了，看见他就想起在他带领下吴宁一中起步时的艰苦教学岁月。这样的上门看望很好！徐校长，为你们的做法点赞！"我这段话发出后，东阳中学（浙江省首批十八所重点高中之一）现任校长杜新阳随后在评论栏内写了一句："张老师也是吴宁一中的功勋老师！"紧接着吴宁一中的校长徐海金写了这样一段话："张老师好！您确实是吴宁一中的功勋教师，您为吴宁一中的发展奉献了美好的青春年华，也留下了许多可圈可点的育人故事。您作为潘建伟的启蒙物理老师，备受潘学生的爱戴，我们一直保存着您和吴宁一中知名校友潘建伟的合影。祝您身体健康，阖家幸福！"

　　看了他们写的话，我既激动，又高兴。我是一名人民教师，为人民的教育事业做贡献是理应的事，却得到了许许多多的回报，我为曾经是教师而高兴和自豪。

## 我是学校最大的"班主任"

当年，各中学为更好地落实国家教委 1988 年颁发的中学德育大纲，纷纷成立了政教处。吴宁一中也不例外，我被有关领导从教务处调整到政教处的岗位上，成了吴宁一中（当时叫吴宁镇中学）第一任政教主任。在这个岗位上工作，起始我有不少的担忧和烦恼，值得庆幸的是，我把这些担忧和烦恼变成了落实中学德育大纲的具体行动，如今回想这段经历，这些行动成了我教育生涯中值得回忆的故事。

◀ 吴宁镇中学首届学生会干部合影（前排左一是作者，后排左一是学校党支部书记韦绍生）

　　我是一直做教学业务工作的，转向配合校长抓全校三十六个班二千余名学生的日常管理和德育工作，担子沉甸甸的，我为自己能否胜任担忧。在普遍追求升学率的情况下如何开展德育工作？如何做到虚工实做？虽然有德育大纲的引领，有校长的指导，政教工作网络机构，目标规划等都一一健全和制订了，可是在实际运行中还是遇到了不少问题。首先遇到的一个问题是：有的班主任或任课老师把政教处看作是教育顽劣学生的场所，动辄把不听话难调教的学生往政教处送。政教处本应该为构建学校德育工作新格局而存在，应该为提升每位学生的思想品德水平而存在，而实际在师生心目中慢慢地变成类似于"派出所"概念的政教处。政教处有配合班主任教育后进生的职能，有对顽劣学生进行思想道德教育校纪校规培训的职责。但是，几乎经常是我上完物理课，政教处已有这样的学生站在那等待我教育了。照此下去，我的精力就会全被这样的学生牵制，配合校长全面贯彻落实中学德育大纲就会大打折扣，更难以做到校长要求的政教工作要像教务工作那样为全市初中起示范作用。

　　没有找到解决问题的切入点时，便会产生一些急躁烦恼情绪，我也向校长诉说了苦衷。校长一直在关注我的工作，也知道我在工作中付出的辛劳，他对我说："只要你动脑筋，你一定会理出头绪做好工作，达到目标的，要是真的想不出办法，那就多学习。"

　　校长叫来图书管理员，对他说："阅览室增订一份《德育报》和《中国教育报》，从明天开始，阅览室订的《中国教育报》《德育报》《现代教育》《中小学生健康教育》分别送一份到政教处办公室。"校长边说边从书柜里拿出一本《中学教育管理的智慧运作》递给我说："这本书不错，你好好看看，也许对你工作会有启发。"

　　按照校长说的话，我挤时间去学习。在学习过程中，苏霍姆林斯基、陶行知等教育家的名言，以及许多优秀教育工作者的真知灼见，进入了我的视野，给了我启迪，使我渐渐明白了我在政教工作中遇到问题的实质所在：在普遍存在追求分数、追求升学率的今天，大家都舍不得把时间和精力花到做后进生的转化工作上。对后进生没有真爱，学生出了问题，一顿简单的批评教育或呵斥，学生不听便送政教处，认为这是负责和教育的办法。而作为政教主任的我，充其量是个戴着学校管理者帽子的大班主任，对来政教处的学生给的大多是重复班主任的批评。对工作在德育第一线的班主任既缺乏相关教育理论引领的水平，又无好的实践案例为他们作出示范。难怪问题如斩不断的野草，"烧不尽""吹又生"。

通过学习也使我明白，没有坚实的教育理论基础，探索只是盲目的行动。于是，我进行了第二轮有针对性的学习。学习中勤动笔做札记；勤动手分门别类归纳资料。收集的资料，按实际需要，有的提供给校长，建议校长在相关的会议上组织学习；有的提供给年级组长，由年级组长在定期的班主任例会上组织学习；有的由我在全校班主任会议上组织学习；还有的资料给家委会、学生会，作为他们学习和宣传的内容。

我希望通过这些理论和先进教育事例的学习，使全体老师进一步认识到教师的崇高在于成全生命的美好，从而认识到对后进生教育的重要。为营造积极向上的校园氛围，每周二、周四中午安排 20 分钟的读报课，我从积累的资料中选择部分有针对性的文章，由学生会干部通过有线广播，向全校师生播读。有时也会播读老师、学生撰写的有关德育方面的文章。

培根曾经说过："读书足以怡情，足以博彩，足以长才。"对我来说，读书确实能让我思想开窍。在阅读中我明白了魏书生、冯恩洪等全国优秀教育工作者教育学生之所以如此成功，是因为他们对教育的深度理解，是他们经营教育事业的专心和尽心，他们热爱学生不是停留在口头上，而是成德于行，润德于心，用真爱成就学生。

理论、榜样，指导着我的行动。初三年级本来有个学习很不错的男生，由于沉溺于玩游戏机，学习成绩直线下降，班主任批评教育多次不见效果。经常是家长把他送进校门口，等家长转身，他便马上回头进入学校旁边一个私人开的游戏机室，不玩到上课不罢休。早读课教室里经常看不到他的身影，班主任多次从游戏机室里把他"逮"出来。渐渐地，他的一些学科成绩亮起了红灯，把班主任气得除了批评还是批评。批评多了，这个学生的心也变麻木了，对班主任还产生了报复心理，几次偷拔班主任自行车的气门芯，使得班主任为此不能按时回家吃饭。

有一天，这名学生在偷拔班主任自行车的气门芯时，被班主任发现，班主任气得无可奈何，只得将这名学生拉来政教处。看着做错了事还与班主任怒目相视的学生，我也真想发火训斥他一顿，但我及时遏制住了自己的情绪，自己不是想做一个有爱有智慧的政教主任吗？

我先让班主任回避一下，然后用温和的口气请这名学生坐在我办公桌的对面。我边批改作业边问他："你说说，气门芯为什么能让气进入自行车轮胎，又可以把自行车轮胎内的气关住？"听我问与他拔气门芯无关的问题，这位等待着我训斥的学生突然放松了下来，眨巴着眼睛，低下头回答了我的问题。

他的回答没有把课堂上学过的物理知识用上，我耐心地给他纠正了一遍，然后再让他回答，这一次他回答得让我非常满意，我马上给予表扬，夸他聪明记忆力好，若把聪明才智用到学习中、发挥在正道上，一定会成为同学中的佼佼者。

我的话可能让他找回了自信，他的抵触情绪开始消失。我看教育机会来了，便从收集的资料中找了一篇题为《无尽的思念》的文章给他看。文章的主要内容是：一个淘气专门想逃避学习的学生，在班主任老师孜孜不倦的教育下考上了大学，当他懂事后，想回母校看看这位班主任老师，向他表示歉意和感恩时，这位班主任却因车祸早已离开人世。文章表达了这位学生对班主任老师的愧疚，深深怀念和感恩，写得很感人。

我暗暗注视着这名学生阅读时的表情，只见他读着读着眼圈发红了，读完后，他看我不说话，便主动开腔对我轻轻地说："老师，我错了，我改正。"他主动认错，是我所盼望的。因此，听了他的话，我噌地从座位上站起，异常高兴地拍拍他的肩膀说："知错就改还是好学生，以后看你的实际行动。"然后我陪他去向班主任认了错、道了歉。从这以后，这名学生真的开始变了。他们班的物理是我教的，他物理学得特别认真。他的每一点进步，我和班主任都及时给予表扬和鼓励。也许这名学生感受到了老师用真爱在关注着他的成长，他对学习的自觉性和积极性表现得更为明显了，他的各科学习成绩也开始上升，中考时综合成绩达到了本市的重点高中分数线（东阳二中），物理成绩还胜出许多考上省重点高中（东阳中学）的同学。

初三年级有位个高力气大的 L 学生，他厌学情绪严重，上课时经常不把老师放在眼里，小动作不断，影响同学们上课。一般任课老师对他提出的批评，他不但不虚心接受有时还会明目张胆地顶嘴，对班主任的批评教育也是如耳旁风一般，听进去的很少。

有一次上劳技课，他坐不住又开始做小动作：把一盒火柴棒上的火药刮下来，装进一根用旧的铁杆圆珠笔芯里，然后用餐巾纸捻成一根导火线，塞进铁杆圆珠笔芯的开口端，不加思索划燃火柴引燃导火线，安静的教室里突然"嘭"的一声，老师和同学们被吓了一跳，都不知发生了什么事，L 学生拉着坐在他前面的 Y 同学跑出教室，奔向距学校五百米左右的中医院。等班主任赶到中医院时，医生已在处理 Y 同学被 L 同学自制的"炸弹"炸流血的耳垂。

当 Y 同学的母亲赶到中医院时，伤口已处理好，只等家长签字是否打预防破伤风的针。L 学生一看到 Y 同学的母亲，马上迎上去说："阿姨，今天的事全是我错，您不要骂您的儿子，医药费我付。"Y 同学的母亲看儿子的伤口已处理好，问询医生知无大碍，也就原谅了 L 同学。

事情发生后，L 学生反应快，处理问题迅速，老师们都为他处事老练而感到惊讶。但是，很多老师还是认为，事故虽然被 L 学生处理了，但是从上课玩如此危险的东西造成的影响来说，学校应该给 L 学生一个深度处分。

校长让我作决定，我深入了解了情况后，还是认为以教育为主效果会更好，理由是：L 学生上课做"炸弹"时间不短，如果在上课的老师及时发现、及时阻止，情况就不会发生。L 学生不考虑后果上课做如此危险的小动作，这是极其不对的。但是问题出现后，他不是麻木不管，而是马上想到处理的最佳办法——陪受害同学上医院，这说明他心里明白自己犯错的严重性，有做错了要补救要负责的表现。再说，受害学生的家长已经接受了 L 学生的道歉，不予追究并原谅了他，学校再以教育为主不进行处分，L 学生反而会反思自己，否则，他可能会破罐子破摔，继续做有问题的学生。反正九年义务教育，学校又不能开除他。

我把对 L 学生不进行处分的理由陈述给校长和老师们听，大家也都觉得有道理。就这样，我把 L 学生叫来政教处办公室，首先让他认识到这次违反课堂纪律所犯错误的严重性，同时也肯定了他的动手能力和机智处事的表现。当我说他思维敏捷，若能安下心来，好好学点文化知识，说不定将来是个某方面的创新人物，正是学校对你寄予这样的希望，所以，决定对你这次犯的错暂不作处分时，他突然抬起低着的头，眼睛闪着光亮对我说："谢谢老师！"我说："为什么要谢？"他沉默了好一会后，对我说："听说在学校受过处分的人，想参军都不行，我以后想参军。"一听这话，我大为震惊，原来他不是个"混混"学生，而是对自己的人生有规划的人。

通过进一步交流后，我知道了 L 学生更多的真实思想，这样我的教育便有了切入点，选择的教育内容也有了针对性。我国清代思想家魏源曾经说过："不知人之短，不知人之长，则不可以教人。"孔子教育学生成就显著，就在于他对颜回、子路等学生的性格、特长、思想状况了如指掌，在知人的基础上因材施教，因势利导，使颜回、子路等学生成了国人世代尊重的贤者。

同理，我们要教育好 L 这样的学生，更需要了解他的真实思想，这样我们的教育有针对性，其产生的效果也就不一样。由于学校的不处分，老师对他的尊重和关爱，感化了 L 学生，他违反学校纪律的现象开始减少，课外野蛮不文明的行为也得到了控制。L 学生的进步，让整个班的师生都很高兴，最高兴的要数他的班主任，他多次对我说："带好这个班的信心又来了。"

初中是学生思想变化和情绪波动最剧烈的时期，有的学生在家里叛逆情绪严重，家长控制不了，这样的学生到学校后也十分任性，全校总有这么几个典型学生，特别是初三年级为多。班主任拿他们没办法时，往往会产生情绪化教育，但效果可想而知，有的学生不但没改变反而更叛逆，耗了班主任的精力，还影响了其他同学。

著名教育家裴斯泰洛齐说："我断定我的热情将如春天的太阳，使冰冻的大地苏醒那样迅速地改变我的孩子们的状况。"我作为一个政教主任，将如何以裴斯泰洛齐说的那种"热情"，来改变这些学生的状况，来提升学校的整体政治思想面貌呢？思来想去，我决定组织一部分叛逆情绪严重又不愿意好好学习的典型学生，就像组织学生会的学生干部开展活动那样，开展定期和不定期的富有教育意义的活动。

经过深入了解和充分准备，第一次活动的地点选在了吴宁花木场。理由一是吴宁花木场老场长沈庆余是新中国成立初的老党员，思想素质好，极其乐意配合我们的教育活动；理由二是该花木场有学生可活动的场地；理由三是这里有很好的教育内容。

这部分学生（不宜多，九位）也真是调皮的典型，在去花木场的路上，不是这个要找地方方便，就是那个要抄近路前往，还有的你推我搡、吵闹不停。我和学校派来协助我负责学生安全的总务主任吴老师的眼睛一刻也未敢离开他们。结果距离学校两千米不到的花木场，我们一行人竟走了四十多分钟。

到了花木场，老场长沈庆余热情地把我们迎进他的接待室，所谓接待室，其实是一间简陋、干净的平房，半间是老场长的卧室，半间放着一张大圆桌，圆桌上放满了接待我们的糖果糕点。老场长招呼学生们围着圆桌坐下后，一边倒开水，一边不断地请学生们吃茶点。

学生们想不到老场长对他们会如此客气和尊重，一个个变得懂事了许多，安静地坐下，停止了吵闹。沈庆余见时机已到，便根据我们事先商量的，开始讲起了花木场的场史，讲起了承包花木场前的个人经历。

沈庆余不愧是老党员，农村的老干部，讲的话，说的事，既朴实又可信，教育效果很好。他家在东阳边缘的山区，当年从山区步行六七十里路到城里开会，途中饥了，啃一口从家里带的玉米饼，口干了捧一口山泉水解渴。脚穿一双草鞋，肩背干粮和一双布鞋，快到开会的会场，将穿烂了的草鞋脱下放进布包里，回去时可以再穿，然后换上布鞋走进会场。

新中国成立前他家里穷读不起书，由于没文化，承包花木场后，适应不了社会经济发展对花木的需求，虽然拼命干，花木场的经济效益却是越来越差，在花木场濒临倒闭时，幸亏他把农大毕业在企业工作的儿子请到花木场救急，后来儿子接过了花木场场长的职务，才使花木场渐渐恢复了生机。

如今他儿子种养的许多花木新品种供不应求，花木场的经济效益回升，并且超过以前。说完老场长带学生参观花木苗圃，向学生们介绍了花卉苗木的品种属性和观赏价值，当来到种有新品种的花卉苗圃时，他的介绍就不怎么利索了，他说昨天儿子接通知去金华参加有关的培训了，要不然儿子来介绍肯定会说得很好。

　　沈庆余老场长准备得很充分，参观完花木场，他又给每人一把锄头，让每位学生感受一下掘地种苗木的滋味。这些学生都是城里居民，从没抢过锄掘过地，有向前掘的，有退后掘的，一会用重的锄头，一会又要换轻的。我便乘机结合实际讲点杠杆、惯性、势能、动能、能量转换等有关的物理知识。这些在课堂上安静不下来听课的学生，这时倒个个瞪着圆溜溜的眼睛看着我，认真地听我讲。看着这群调皮得可恼又可爱的学生，我发自内心地感慨：不是这些学生不可教，关键是教这类学生要付出更多的心血和爱，如果把这些学生对知识渴望的火点燃了，得到的便是教育的无比美好，所以，教育的最高境界是育人。

　　离开花木场前，细心的沈庆余老场长送给每位学生一棵他事先准备好的苗木（这可是我们事先没有商量过的活动内容），并告诉学生如何栽培。分别时，老场长送到路口，再三叮咛这群孩子，希望他们种好这棵小树苗，与小树苗一起健康成长。

　　在返校的路上，学生们与去时表现大不一样，走得认真，行得规矩。回校后，我布置参加活动的九位学生写体会，经常不交作业的他们都写了。体会大多相同，归纳有三点：一是对沈庆余老场长的热情接待很感动；二是活动内容丰富多彩，他们感兴趣；三是要珍惜幸福生活，好好学习，掌握科学文化知识，创造幸福生活。

学生在活动前后的表现和所写的体会，让我对前面裴斯泰洛齐说的那段话中的"热情"两字有了更深刻的理解。我把本次活动的经过和效果及感受向校长作了汇报，校长听了很高兴，他要我什么时候在班主任会议上说说。再是要对这部分学生跟踪教育，过程要有文字记载，为今后更好地做好德育工作积累文字资料。

对如何做后进生的思想转化工作，在学校政教处的工作岗位上，是岗位责任促使我去考虑的问题，我凭着对党的教育工作负责的态度，凭领导对我的信任，作了积极的探索和实践，并取得了一些好的教育案例，给教育后进生有畏难情绪的班主任及任课老师带来了信心，许多班主任进一步认识到，帮助后进生克服缺点和毛病是分内的事，要尽心做好。初一年级的班主任在年级组长的引领下，认识到新生入校不是首先关心自己班有几个成绩优秀的学生，而是首先了解清楚班里有几个在思想上需要特别关心的学生，为了初二、初三有更好的班级精神面貌，在初一阶段就要做好防微杜渐工作。原来学校安排的下午第三节自习课或活动课，基本上被许多老师用来补课，后来学校提出的"四十五分钟出成绩，下午第三节课还学生自主学习、自行安排的自由"渐渐被老师们接受，特别是活动课，有的班主任组织学生开展锻炼身体活动，有的班主任组织学生开展丰富多彩的思想教育活动，等等。老师重视德育教育的环境氛围基本形成，需政教处批评教育的学生明显减少，基本实现了我到政教处工作时的初衷。

我做后进生思想转化工作的探索和实践得到了市教委的肯定。那年暑假，市教委召开市属中学（高中）政教主任会议，我作为初中政教主任列席了这次会议，并在会上作了相关发言，发言内容得到了与会领导和政教主任们的赞赏。

我的教育工作赢得了学校和社会的肯定和好评后，有不少家长找上门，让我对他们的孩子进行课外辅导教育。还有的家长，在孩子已从我们学校毕业升上高中后，当孩子遇到思想上的问题时，又想到了我，请我去帮助教育，我不负家长信任，尽力而为。

声誉的获得应归功于有关领导对我工作的指导、支持、关心和鼓励，还有全校老师对我工作的支持和配合。

新时代的教育最根本的任务，就是要培养担当民族复兴大任的时代新人。时代新人的基本要求是做有理想、有道德、有知识、有能力的"四有"新人。能否做"四有"新人取决于人的思想素质，所以，我觉得多年前我所做的对后进生思想转化工作的探索与实践，对于现在还是有一定的实际意义的。

▲ 作者（右三）在吴宁一中与时任东阳市教育局局长顾在响（左二）、副局长吴海尧（左一）、吴宁一中校长徐海金（右一）、教师周新兰（右二）等畅谈教育工作，摄于2018年

## 身为教师的幸福

二十多年的教育一线工作，让我拥有了不少学生，走在城内的大街小巷总会遇上我的学生，不管我是否还记得他们，他们都会主动向我打招呼问好。一声"张老师"，带给我无限的快乐与自豪。

记得有一次，我骑的自行车坏在了上班的路上，上课时间将到，一下子又无法把它修好，正在我十分着急时，来了一位小伙子，他说："张老师，您还认识我吗？我是您教过的学生周××呀，那边的自行车修理铺是我开的，如果您急于上班，就骑我的自行车去吧！您的自行车放在这我帮您修好。"

听了学生的话我既开心又感激，骑在学生给我的自行车上，我浑身是劲，心里直念叨："有学生真好，当老师真美！"

学生给我的感动远不止这些。一位从省公安专科学校毕业被分配在市公安系统工作的学生，刚领了第一个月的工资，就匆匆赶来我家，恭恭敬敬地递给我一个红包（内有二百元钱）说："张老师，我知道您不缺钱，但无论如何您要把我的这点心意收下。我有今天与您当时对我不厌其烦的教育是分不开的……"一番话说得我心里暖暖的，激动的泪水差点涌出眼眶。再三推辞不了，我只得把学生的这份心意收下。每每想起学生的这份尊重，心里就荡漾起幸福的浪花。

前年我从新闻媒体中得知：我教过的一名学生，在量子通信研究方面取得的研究成果已达到了世界领先水平，我为他兴奋了好几天。此后，凡有机会我便非常自豪地拿这位学生的成就，教育我自己的孩子和学生，在教育中感受我当老师的自豪和幸福。

现在可以说，各行各业许多地方都有我的学生，尽管在这经济发展快速、竞争激烈的时代他们都很忙，都有各自奋斗的目标，但是逢年过节还有那么多的学生，没有忘记我这个老师，一片片贺卡，贺卡中一句句暖暖的问候和祝福，带着他们的尊重和真诚，从四面八方飞到我的身边，让我真切体验到，当老师清贫中有富有，辛苦中有幸福。

以上内容，我曾经以《教师的幸福》为题，发表在1995年10月8日的《东阳日报》上，至今已经有二十七年了。今天，我已是日日晨昏于家庭琐碎事中的老妪，而学生们却是一个个拾级而上，或是老成持重心智成熟的顶梁人，或是逆风翻盘惊涛骇浪中的舵手。学生们能烈火烹油、鲜花着锦，正是当年我当老师时所希望的。上面文中我提到的在公安系统工作的学生，现已成长为东阳市公安系统的一名领导，金华市优秀共产党员，去年我七十岁生日时，他从千里之外快递来鲜花，手机中的微信传递着他的感恩和祝福："张老师，今逢寿诞，我祝您福如东海长流水，寿比南山不老松。师生一场，就是最好的遇见。回想从前的日子，感谢您既是老师又是亲人般地关心我，现在人生奋斗的岁月里，您仍关心着我的成长，承蒙厚爱，此生难忘。感谢您，愿您永远快乐健康！"

上文中我提到的从事量子通信研究的学生，现在是中国科技大学常务副校长，中科院院士。当初，他的量子通信研究论文被英国《自然》杂志刊出，并且是量子信息领域中国科学家发表在《自然》杂志上的首篇长文，学生高兴之余把这重大成果传递与我分享，从千里之外给我寄来刊有这篇文章的刊物，并在刊物的扉页工工整整地写道——"敬爱的张老师：这是学生 2017 年的一个工作汇报，希望您能喜欢"。因为刊物的内容全部是英文，所以这是一份我看不懂却又非常珍贵的"学生'工作汇报'"，我一直将它珍藏在身边。当他获得国内外多项学术荣誉奖项时，我又受他多次邀请，作为嘉宾在 2013 年 2 月 2 日参加了在中央电视台演播大厅举行的 2012 年度十大科技创新人物颁奖典礼；参加了 2013 年 10 月 30 日在钓鱼台国宾馆举行的"何梁何利基金奖"颁奖仪式，他获得了科学成就奖；参加了 2018 年 10 月 28 日在中国大饭店举行的"2017 未来科学大奖"颁奖典礼，他获得了物质科学奖。

▲ 作者六十岁生日与前来祝贺的学生潘建伟合影

▲ 2013年学生潘建伟获何梁何利基金成就奖，时任东阳中学校长韦国清（左一）和作者（右一）受邀参加颁奖典礼

　　我曾经是他的初中物理老师，当时他是我得力的物理课代表。那时他对学物理已表现出比较浓厚的兴趣，上课前，课代表要帮我搬演示实验仪器到教室，他常常会在搬的途中对感兴趣的仪器拿在手上端详一番。他平时话语不多，上课我若给他们时间讨论物理问题，他的表现却是异常活跃。兴趣是最好的老师，因为他对物理的兴趣和爱好，所以他的中考物理成绩是全市得最高分的学生之一。在他获得"何梁何利基金成就奖"（只有一位），代表全体获奖人员发表获奖感言时，表示的几个感谢中，其中有一句话是"感谢物理启蒙老师"，听了我内心激动得久久不能平静。

　　有一年，一位大学毕业在澳大利亚工作名叫卢洪的学生，回国探亲给我带来一箱澳洲产的葡萄酒。我在北京，他打来电话说："张老师，我从七千多公里外带来的葡萄酒，因您不在老家，我放在同学金梅那儿，回东阳时您取回家。"我听了后说："我教你们班物理时间不长，你如此厚重的感谢，我多不好意思。"他说："你虽然教我们时间不长，影响却很深。"他这么一说，我记起来了。当初他是班长，是班里的活跃分子。他聪明、思维敏捷，学习成绩也不错，喜欢找问题与老师辩论，好胜心强，有时错了，他仍想把老师辩赢。对他的钻研精神我是很欣赏，常常给予及时的鼓励，但也会认真地给他指出不足的地方。也许这是他让我喝葡萄酒的原因吧！

卢洪同学回国总会组织同班同学聚会，他们每次聚会总忘不了邀请老师参加。有几次我在北京没能赶去参加，他们就发来视频和微信，让我分享他们聚会时的快乐，特别是那一句句的"张老师，我们想您""我们还想听您给我们讲课""张老师，您不来参加太可惜了"……听了真是让我激动得心情久久不能平静。

▲ 吴宁一中初中毕业三十五周年80届（1）班同学会合影（前排右一为作者），摄于2015年

我退休后来北京女儿身边定居，经常会收到学生组织同学会的邀请，参加与不参加，我都有很多的激动和感动，参加，一见面便是同学们的热烈拥抱，一张张灿烂靓丽的笑脸，一声声的问候，让我陶醉，陶醉得热血沸腾。若是不能赶去参加，我仍能在手机屏中看到他们聚会时的热

烈场面，听到亲切的问候，同学会结束，还会收到他们快递过来的纪念品，不参加仍能品尝他们给老师酿就的那份甜蜜。

有一年，有一位随旅行团来北京旅游的女同学，她想找我说说心事，有一天她向导游请了假，约我去天坛公园相见，我按时赴约。她见到我便是一个大大的拥抱，然后眼圈一红泪流得一时说不出话来。她对我述说父亲去世早，母亲又将主要精力放在了两个弟弟身上。他们结婚时，丈夫是国企的普通工人，企业改制后，丈夫自己经商办厂当老板，日子才渐渐富裕了起来，可好日子没过多久，丈夫便开始出现了花心的问题，经常不归家，于是他们三天两头吵闹、打架，她想到了离婚，可是想想一对可爱的儿女，心又软了下来。

她哭着问我："张老师，有钱却过着闹心的日子，你说我该怎么办？"我听后举例安慰她，像当年劝我母亲一样，劝她学会"忍"，让她把心思用到教育儿女上，有空就去新华书店看看书，以阅读一些好书来驱赶心理上的痛苦和烦恼。我们边逛天坛公园边聊，或许是我的劝说安慰和天坛公园的优美环境对她的情绪起到了积极作用，分别时我看她的心情好了很多。如今，她儿子大学毕业和父亲一起经营父亲创办的这家公司，丈夫也回心转意重归家庭。她儿子结婚时曾邀请我参加，但因为我人在北京不方便回老家，最后只能缺席。没想到她居然把婚庆的喜糖给我快递了过来，在电话那头她对我说："张老师，当初您对我说的那些实实在在的话语，让我受益不少，有时我们夫妻间产生矛盾，我想采取偏激行为时，想起您举的例子和您说的话，一些偏执的想法就放下了。现在我们一家人生活和睦幸福，让您分享我儿子的结婚喜悦，这只是表达我感谢老师的一点点心意。"

学生离开校园，不再有真正意义上的老师，但是有学生把我当作倾吐生活锁事的知心朋友，这是我当老师收获到的另一种意义上的幸福和开心。

## 岗位变迁，情怀永恒

离开吴宁一中进了市教委工作，我的教育之舟继续在航行着，只不过是驶向了一个更为广阔的地带。人说海阔凭鱼跃，天高任鸟飞，但在教委机关却是不能任跃任飞的，点点滴滴听从领导的安排，下级服从上级必须有规有矩，知道这些后，我便慢慢地适应机关工作。好在我还是与学校打交道多，我的工作范围是全市的初中教育、全市的德育工作，少先队工作，还有市属中学的团工作、女工工作，没有不与学校领导老师学生打交道的。

二十来年的教育一线工作，我对学校、对老师和学生有着深厚的感情，看见他们我便高兴。为做好全市少先队和市属学校团建工作，特别是山区学校的少先队工作，我和团市委有关领导经常到乡村、山区蹲点指导；在教委组织几次评选全市百佳学生中，遇到经费不足时，我便想办法争取社会和企业给予支持。东阳教育系统团建和少先队工作得到上级的肯定，先后有多个学校被评上省和金华市级先进，并在我市东阳中学召开全省团建工作现场会，还有多所学校的金华市团建、少先队工作现场会。因此，我被评为东阳市优秀公务员。

如今，想起一起开展少先队、团建活动的团市委领导，回忆起当年的那些工作经历，我的内心仍然会泛起阵阵兴奋之波。

在退休后参加的社会公益活动中，我也倾心于教育事业。2017年，我参加了北京浙大校友会组织的"浙大校友母校西迁故址寻访团"，追寻浙大西迁的足迹，感受"文军长征"的求是精神。抗战时期，浙大师生在竺可桢校长带领下，横穿浙江、江西、广东、湖南、广西、贵州六省，行程2600公里，历时两年半，最终将校址迁到贵州省遵义湄潭，并在当地办学7年。在瞻仰湄潭浙大西迁旧址中，也深深体会到当地老百姓和浙大师生的深厚感情。在和湄潭的浙大小学（浙大校友和浙大支持、当地政府匹配资金建成）师生开展交流时，我们夫妇俩和参访团人员为"浙大西迁感恩基金会"捐款，为边缘山区的教育尽微薄之力。

▲ 作者在贵州湄潭与浙大小学学生一起，摄于2017年

　　浙大小学的学生很少有戴眼镜的，也很少看见胖墩墩的学生，他们灵巧精干很可爱。当他们给我们这些老奶奶、老爷爷系上红领巾，围着我们问这问那时，我沉浸在无比的兴奋中，又想起了我当年在东阳市教委做少先队工作时的情景，便觉得眼前的这些孩子尤为亲切可爱。

几年间，我也数次参加了浙江在北京的企业——中天北京集团公司组织的希望工程活动，几次随同中天员工去河北省灵寿县两座中天希望小学，与希望小学师生进行座谈，了解他们的思想、学习、生活上的所需，开展有针对性的帮扶。在灵寿县开展"春霞行动"中，我和中天员工家属一起实地走访了一批失亲儿童家庭，开展结对帮扶，让他们重获家庭的亲情和温暖。

◀ 2017年9月26日，作者（前排右三）参加中天北京集团公司在河北灵寿县开展的帮扶结对"春霞行动"，与中天志愿者（包括小孩）、受助的学生及家长合影

2021年6月1日，我和中天北京集团员工家属一起，又去了河北灵寿县中天希望小学，参加中天希望小学"童心向党 放飞梦想"庆祝建党一百周年暨希望小学建校十周年"六一"联欢活动。期间中天北京集团向阜安和塔山两座中天希望小学全体师生赠送了笔和书包、运动鞋等学习和健身用品。在庆祝活动中，我作为多次参与中天北京集团公司的公益活动人之一，上台发了言，并清唱了一首红歌"南湖的

船，党的摇篮"，台下响起了热烈的掌声，我眼里含满激动的泪水。要问我为什么对教育有如此深的情怀，因为我对学生有深深的感情！

◀ 作者在中天集团希望小学联欢活动上发言

## 感念前辈俞鉴康校长

外出归来与往常一样，从邮箱中取来《金华日报》翻阅，突然报纸中一行醒目的大标题让我的内心久久不能平静：让生命怒放的东中老校长静静地走了（载 2015 年 11 月 16 日第六版）。望着标题我真不敢相信，前年我曾见过的风趣幽默、充满激情的俞鉴康校长怎么会走了呢？我迅速浏览完全文，信息没错，可爱的俞校长因病于11月7日已在东阳市人民医院去世。此时，我的脑海中只有"可惜"两个字。感谢金华市人民政府赠送给我女婿的这份《金华日报》，要不然我在北京可能仍不知道俞校长去世的消息。

俞鉴康校长在东阳中学工作，我在吴宁一中工作，我们相识缘于同行，在没见面前，我对俞校长的教育教学水平、领导能力，以及他独到的人本教育早已有所耳闻。由于俞校长的教育专长和知名度，他一直是东阳市物理学会理事长、金华物理学会副理事长。我作为初中物理教学骨干，有幸被选为东阳市物理学会副理事长。就这样，我有了向俞鉴康校长学习的机会。虽然每年这样的机会不多，但每一次都让我收获不少。至今，时间已过去二十多年，我仍对此记忆犹新。

第一次认识俞校长时，他的一句话让我感到他真的非同一般，他说："张榕珍，给你一把刀，你怎么用？"我疑惑地回答："切菜，砍柴？"他说："你应该想，如何用这把刀加工出好的作品。"这句话一直萦绕在我脑中，常常提醒我如何做好师者。

◀ 金华地区物理学会年会召开期间，参加会议的东阳初、高中物理骨干教师与俞鉴康理事长（前排右三）合影（作者前排左三）

　　和俞鉴康校长一起开物理学会年会，进行物理教学探讨时，他的目光总是炯炯有神，说话有激情、有新意，语言也风趣幽默，传递的信息量很大。他善于把上至天文地理，下至人文风俗的各种现象与物理规律联系起来，例如，给学生讲冲量概念和冲量定理时，他举例"气功师躺在布满钉子的木板上，当他人挥锤猛击压在气功师肚皮上的那块青石板时，青石板虽然断了，气功师却可以安然无恙，但把青石板换成一张纸就不行了。"他把其中的原因应用物理原理讲得透彻生动，本来不是很轻松的教学内容，却被他讲得既轻松又美妙。抽象的物理概念、定律，被俞校长极致地形象化了，难怪他的学生会说听俞校长讲课是一种享受。

俞校长特别提倡灵活思维和创新精神。有一次在年会发言时，他突然问台下的听众："一条铁皮可以用来做什么？"在座的老师不敢回答，静静地期待着俞校长独到的答案，他说如果学生回答可以做刀片、做锯条，做成螺旋状的弹簧后可以用到钟表、玩具、机器人、汽车、飞机上，等等，对于具有这样的发散性思维和丰富想象力的学生，一定要给予充分的肯定和鼓励。他又问："两人分一块蛋糕怎么切？"俞校长认为回答对半切是惯性思维，根据需要来切，才是灵活思维。

教育学生思考问题不能固定在一个模式上，不能人云亦云，而是要让学生有自己的思想，有创新意识、创新能力，社会发展需要有开创精神的人。俞校长的话掷地有声，凡是在座的无不深受教育和启发。

俞校长说到鼓励和表扬是每位学生的期待时举的例子，我至今没忘。有一年，他带了学校一批骨干教师去外地取经，凑巧碰到上演不久的电影《胭脂》中的主要演员朱碧云在当地演出。机会难得，老师们很想看看，可是想要买到门票却很难。向来善解人意体贴老师的俞校长放下身份，找到了带团演出的朱碧云的老师，他对朱碧云的老师说了见面的礼貌语后，说："您是老师，我们也是老师，你培养了这么一位闻名全国的优秀学生，我们很羡慕，很想领略一下您这位学生的风采，可是购票上有些困难……"经俞校长这么一夸，朱碧云的老师来了热情，不但帮俞校长一行人解决了门票问题，而且让他们坐在了不错的观众席上。

大人需要夸，学生更需要鼓励，夸学生、鼓励学生的效果肯定要好于批评。做实验时，学生不小心把仪器损坏了，俞校长说他从来不批评，只要求学生找出损坏的原因。

俞校长有关教育教学的经典例子、经典句子很多，与他接触，或多或少都能收获一些有价值、有意义的教育教学案例。因此，每年东阳和金华市物理学会年会，他的出场都成了大家的一种期待。会议期间，他很少能空闲下来，总有很多人围着他，向他提问请教，我们常常为东阳有俞鉴康校长而骄傲。

俞校长是个既爱动又静得下心来学习、思考、总结的人，所以，他每次在年会上交流的论文都内容新颖、视野广阔、指导性强，常常引起与会者的共鸣与兴趣。他经常教育我们这些年轻教师："物理老师不但要有较强的动手能力和驾驭课堂的能力，还必须不断总结课堂教学经验，不断探讨和研究教学方法，并将其过程及时记录，然后归纳总结形成论文，只有这样才能不断提高自身的业务水平。"

在他的教育和影响下，我消除了写论文的畏难情绪，开始实践，开始学写论文。当我的第一篇教学论文被选上年会交流时，俞鉴康校长夸了我多次，说我写得好，表达能力不错，行事能力也强。在俞校长的鼓励下，我先后撰写的多篇论文，以及物理实验演示的教具改进，都入选了东阳、金华甚至省物理年会上的交流内容，这些论文和改进的教具均获得了奖项。我知道，自己在物理教学上获得的这些成绩，与俞鉴康校长的教育指导和鼓励是分不开。

我和俞校长最后一次见面是在 2013 年 2 月 1 日，北京中央电视台演播大厅。俞鉴康校长、韦国清校长（时任东阳中学校长）还有我，我们三人是受中科院院士、中科大常务副校长潘建伟（初高中分别毕业于吴宁一中、东阳中学）邀请，参加潘建伟荣获 2012 年度十大科技创新人物的颁奖典礼。

◀ 学生潘建伟（右二）获十大科技创新人物奖，东阳中学老校长俞鉴康（左二）、时任东阳中学校长韦国清（右一）与作者（左一）受邀参加颁奖典礼

　　俞校长是潘建伟的颁奖嘉宾，颁奖典礼结束时，潘建伟得知俞校长腰椎间盘突出发作引起腿脚不便，一定要亲自送他回宾馆。而俞校长看着科研工作繁忙、压力大而疲态尽显的潘建伟，再三推辞，不忍心让他在这方面多花时间，反复叮咛建伟："你科研任务重，为祖国的量子通信领先世界，在与时间赛跑，但一定要注意身体！"

　　在我们陪俞校长回宾馆的路上，80岁高龄的俞校长依然谈笑风生、幽默风趣，他说："杠杆不平衡，可以用加减法码来平衡，我的腿脚不平衡就没办法了。"

　　我回应道："主要是北京冬天室外太冷，你的脚冻麻了。"

　　他又说道："是的，我知道北京的冬天很冷，可是建伟获得这么高的荣誉，邀请我来参加他的颁奖典礼，就是北京再冷我也要来的。学生为我们争光、为东阳争光、为国家争光，还有什么比这更高兴的！"

　　也许这就是俞鉴康校长奋斗一生的最大安慰了，俞校长虽然走了，但他作为物理教学行家的风范永存！愿俞校长在另一个世界，依旧带着教育家的情怀和使命，耕耘在您热爱的教育热土上。

第四章

我和我的家人们

## 从相知相爱到建立家庭

　　三年的杭州大学生活，为我未来的人生道路点燃路灯的同时，也给我创造了一个莫大的机会，那就是让我幸运地结识了人生伴侣老吴。我和老吴同是东阳人，生活在同个区镇，相识在杭州的西子湖畔。

　　老吴比我早一年上大学，读的是浙江大学，我则是在杭州大学，也许是上天眷顾，1998 年，浙大与杭大也来了一次"联姻"，我和老吴在经历了小半辈子的共同生活之后，居然以这样的方式成了校友。

　　第一次认识老吴是在我们大学的女生宿舍里，我上大学差不多半学期后，他经他的姑姑（我熟悉的我们公社妇联主任）介绍来杭大看我。因为我的住址是他姑姑告诉的，事先我们没有任何联系，所以，对于他的到来，我感到很突然。但毕竟是老乡，老乡见老乡，没有心滚烫，也没有两眼泪汪汪，而是两个青年男女紧张的高兴。他皮肤白皙，五官清秀中带着一抹温和，因为是第一次见面，相互说话有些拘谨，他作了自我介绍，然后，他以学长似的口气询问我大学学习生活是否适应，然后就找不出什么事说了，尴尬地静默了一会，他话别回了学校。虽然见面时间短暂，也没作多少交流，彼此心里却产生了好感。

我们的第二次见面纯属偶然，那时我们的课程不是很紧张，晚饭后经常会约上几个同学散步到黄龙洞。黄龙洞位于杭城内栖霞岭的后山麓上，在浙大玉泉校区东边和杭大校区的西南向之间。这里松篁交翠，山径幽深，夏天特别凉快，是当时杭城的十大景点之一。因为黄龙洞离两个大学不远（离杭大更近），因此，是两个大学很多学生散步的首选地之一。那天他和几个男生与我和同寝室的一位女同学，散步至黄龙洞入口处时突然相遇，抬起头我俩都怔了一下，然后红着脸彼此打了个招呼，又各自散步去了。

从那以后，我们会时不时地相遇在黄龙洞。当年的我们虽然是二十好几的大学生了，但是读书期间谈情说爱找对象仍会被人议论或批判。我们即使彼此有好感，在接触时仍不敢轻意表白，几次在黄龙洞相遇也是不敢有过于亲密的表现，只是说话渐渐不那么拘束了。接触多次之后，老吴和我对彼此的印象越来越好，尤其是老吴对我，可以说是逐渐倾心了。所以，每次组织浙大杭大读书老乡登山或游览某个景点时，老吴总会特意叫上我。

我们边游览边交谈，了解了彼此的身世。原来他也是个早早失去父亲的人，小时候的一些共同经历让我们的心挨得更近了。随着接触次数的增加，我们一起交流的内容也渐渐广泛起来，从各自的家庭说到怎样被推荐上大学；从谈学习说到他当班里生活委员、我当班团支部书记的工作体会，唯独没有谈到爱情。

那时的大学教育改革是书本结合实际，很多时间是走出去办学，因此，根据我们所学的专业，有很多时间是在校外。我先后去了杭州电机厂、桐庐拖拉机厂、上海金星电视机厂实习，还曾经去金华部队学军、作为省政府委派的工作组去嘉兴农村进行路线教育……一出去便是一两个月。这期间我们虽然少了些在黄龙洞见面的机会，却让彼此内心的思念发酵成了情感，但即使如此，在那个年代，我们仍不敢轻易用书信表达思念之情。现在想想真是可惜，我们没有浪漫的恋爱记忆，更少了几封珍贵的恋爱信件。

1975年的"五一"劳动节，我接母亲来见识一下杭州的同时，陪母亲去医院请医生诊疗一下母亲的老毛病。老吴知道后积极帮我联系医生，那时他家的经济条件较好，他不仅手上戴着表，还拥有一辆崭新的凤凰牌自行车。他用自行车带我母亲去他熟悉的一个老中医家问诊开药方，还设法弄来相机建议我带上母亲去"花港观鱼""黄龙洞"等景点给我母亲拍照。我母亲看他话语不多却勤快热心，就对我说他人比较踏实，可以与他来往。

在他姑姑的积极撮合和母亲的认可下，我们的关系有了进一步发展。在老吴大学毕业前夕，约我去西湖边走走，这次我终于有了恋爱的感觉，我俩肩并肩，却不敢手拉手，怕被同学或熟人撞见。走着走着，他停了下来，说要和我商量一件事，那就是他遇到毕业分配的矛盾，他说他可以去北京工作，可是他的母亲想他留在身边，因为他的哥哥嫂子早年大学毕业已在北京工作了，而姐姐和姐夫也工作在几千里之外的青海，家中有事他们回来一趟都很不容易。母亲将退休了，又不愿去北京、青海长住，所以想让作为小儿子的他大学毕业后在离家不远的地方工作，问我怎么办。我怎么表态呢？我只能如实告诉他，杭大毕业的一般都分配在省内工作。他听了后沉思片刻，果断地说："为了母亲和你，我决定争取在浙江工作。"

我与老吴从相遇到相识、相知快两年时，终于在他大学毕业之际，在美丽的西子湖畔建立起一种亲密关系。就这样我们对彼此全心全意，待我大学毕业时机成熟，我和老吴结婚了。

老吴曾经说过我们的结合可以优势互补（其实这话最初是介绍我们熟悉的他姑姑说的），我们的生活会是平静而幸福的。老吴的话有些道理，回想我们结婚以来的生活，还真应验了他的这句话。

老吴是个有责任有善心的人，特别是对单位的工作尽心尽责、细致认真，无论在哪个岗位上工作都得到领导的肯定和群众的好评，因此，也获得了不少的荣誉嘉奖。而我呢，为人正直，做事干脆利落，无论是单位的工作还是家里的事，说干就干，不怕劳累辛苦，尽最大努力做到尽善尽美。我坚韧要强的脾气，为老吴省了不少体力和心力，正好弥补了老吴的某些不足。老吴稳妥的处事风格，正是我这急脾气所需要的，有时我偏激，老吴心平气和地点拨，我便少了些冒犯。老吴对付我任性的办法是以柔克刚，与我打太极拳，我有火却发不了。结婚四十多年，无论是在上有老下有小的年代，或是我们升级做长辈，我们夫妻间没有发生过激烈的"战争"。在遇到困难和矛盾时，我们从不相互埋怨，总是共同努力想方设法解决。我们两人的母亲活着时，过年过节我舍母亲，先满足他母亲陪伴的需要，年年如此，直至我母亲去世。对此老吴感激于我，对我母亲也是关怀备至。对待彼此的亲戚朋友，没有你我之别，甚至为对方考虑得更周到。

女儿出生后在成长的过程中，我们虽然没有能力给女儿提供富足的物质生活条件，但我们想法一致，培养女儿健康的心理品格比什么都重要。节假日抽空带女儿开展有意义的活动，如登山、组织同龄孩子开展读书活动、去乡下体验夏日田间劳动的辛苦、去敬老院为老人做好事，等等。我们的努力没有白费，女儿也给了我们丰厚的回报。

我们的家庭经济条件算不上很富有，但我们彼此有你有我，我们是精神富有，因此，我们的家始终是温馨美好的。

## 温馨家庭的生活趣事

我和老吴结婚生孩子建立家庭时，改革的春风正吹向祖国各地。中央的"计划经济为主，市场调节为辅"提出后，政府对各行各业进行了调整，改革最终激活了生产力，繁荣了市场。

当时我们正年轻，是各自行业建设中的生力军，改革的形势给了我们这批年轻人前所未有的机遇，也给我们带来了很大的压力。在该好好读书时，我们辜负了大好时光，要成为新形势下国家建设的主力军，我们就必须得弥补许多失去的东西。

于是，老吴脱产去金华参加了省教委在浙师院举办的大学公共课程辅导班的学习，学习结束考取合格证书后参加技术职称的评定。我在家里边上课边自学教育心理学，教育教学理论知识，通过教育部门组织的理论和实验考试（因为我不是师范院校毕业的）参加教师职称评定。

那时我和老吴没有多少家庭概念，把女儿送到乡下托付给母亲。我俩就像学生时代一样，各忙自己的学习和考试。20 世纪 80 年代初通信还很落后，我俩常常是通过书信互相鼓励。当我们通过考试取得合格证书，有幸成了恢复技术职称评定后的首批获得中级技术职称的人时，我俩高兴得去照相馆补拍了一张结婚照。

▲ 结婚八年后补拍的结婚照

　　组织上对自己从事的专业有了一种认可后，我和老吴对工作更有奔头了。老吴的"射流控制式多头液体灌装装置"获得了国家实用新型专利，论文被相关刊物刊登，也有其他论文获得省科技论文三等奖，可以说是在业务上取得了先我一步的成绩。而政治上业务上的年年进步，也让他的事业道路逐渐明朗，后来更是走上了协助东阳市领导抓全市工业经济的岗位。

　　我的教学工作压力大，老吴工作上的压力不比我小，而且遇到的难题多而复杂，经常是忙得早出晚归顾不了家。我常常是忙了学校的工作还得安排家里的事，还得顾着老人的身体、孩子的成长、教育，幸亏先是母亲后是婆婆对家务事的尽心，为我的生活省去了不少做家务、管孩子的时间和精力。

　　对于老吴一个男人能忙于大事，且赢得领导和群众的肯定和好评，我心里感到的是无比的幸福和高兴。因此，对他的工作我除了支持还是支持。

　　我子宫肌瘤、多发性痔疮手术，老吴一心扑在工作上，没花时间好好陪护过我，后来也许老吴觉得实在有点对不起，有一次，他特意抽了一天的时间陪我去宁波一个私人诊所诊治腰肌劳损。

　　在私人诊所配了不少药，有外贴的，有服用的中成药。

时间花了，钱也花了，用了一段时间的药，不但不见效，反在腰间贴出了水泡。老吴说他真想为我做点事，谁知反而损失了许多。老吴真实不虚的话语，我听了心里感到的是辛苦后的莫大安慰，对于这样的丈夫，我还有什么可责怪的呢？

我们的女儿是老吴的心肝宝贝，那时老吴忙工作没多少时间陪女儿，他觉得有愧于孩子，所以不管晚上多迟回家，他总是放下公文包便走向女儿的房间。女儿也是，如果没睡，见爸爸回家了，便会高兴得立即放下手中做作业的笔，爸爸长、爸爸短地问这问那，这便是老吴忙碌了一天后得到的最好精神安慰。如果女儿睡了，老吴仍会摸黑进女儿房间，不管看得见看不见也要看女儿一眼。这似乎成了老吴睡前必做的功课，直至女儿考上省重点高中住校。

◀ 三口之家的第一次
合影，摄于1986年

　　女儿是邻里、学校老师口中一直夸赞的好孩子、好学生，工作后也常常是优秀工作者，曾经受到过两代国家主要领导人的亲切接见。

　　女儿回老家结婚，从北京托运回几千元的书，婚礼后，女儿女婿专程到八达山区学校捐书。女儿做了母亲后，做社会公益事业的热心不变，可是对家庭生活方式及教育孩子的方法却与我很不一致。我叹息着说："怎么做了娘，反而不听话了呢？"外孙女听了说："外婆，我妈青春期时没叛逆，现在要弥补一下！"外孙女的话把我逗笑了，同时我也陷入了对过去教育的深思。也许那时老吴忙工作，我包揽女儿的事太多，因为做老师习惯于说教，特别是对自己的孩子。也许我严格要求的形象已深深烙在女儿心中，如今她一切都比我有能力有水平，因此不认同我很多的旧观念，我应该理解。

　　不过，女儿女婿甚至外孙女对我和老吴的身体和生活倒是十分关心。有些高档食品我们常常舍不得买，女儿便会调换着定期买给我们品尝。有一次，我胃病发作厉害，女婿放下手头非常忙的工作，千方百计找到了三甲医院做胃镜最好的医生。为我忙完了这些，再赶回单位工作至凌晨一点多才回家休息。我虽不说，心里却心疼了他好长一段时间。

我们一家人就这样用自己的勤劳朴实和尊重宽容守护着最真实的幸福。

如今我和老吴都年逾古稀，工作上无须再做拼命三郎，为了自己、为了孩子，保持身体健康是我们今后的主要目标。国家越来越繁荣昌盛，人民生活越来越好，我们要保持结婚四十多年来相濡以沫的夫妻情感，享受更多天伦之乐的幸福日子。

▲ 女儿结婚时与爸爸妈妈（左）、大伯大妈（右）合影，摄于2003年

▲ 七十岁生日作者收获千里之外学生送的鲜花和贺词，女儿、女婿、外孙女送的九十九朵玫瑰和丈夫的赠言

# 我可敬可爱的婆婆

　　我性格中的大部分都来自我的家族，然而在家族之外，对我有较大影响的，便是与我共同生活、朝夕相处，像母亲一样待我的婆婆。

　　我和爱人老吴是在 20 世纪 70 年代中期结婚的，婚后与婆婆相处了二十余年，直至婆婆生病去世。回想与婆婆一起生活的许许多多个日子里，给我印象最深的是，婆婆严于律己、宽于待人的品格，一以贯之的乐善好施、助人为乐的行为。

◀ 婆婆，马小妹，摄于1978年

　　婆婆名叫马小妹，是东阳南马镇人。南马与我外婆所在的横店镇相隔不远，南马在西，横店在东，当时南马是杭州通往温州的交通要道之一，经济要比横店镇稍好一些。婆婆和我的母亲一样，虽然是成长在旧社会的女性，但思想并不保守，两个人的不同点在于，我母亲的思想进步体现在她热爱学习和独立自主上，而婆婆的思想进步则体现在她有着那个年代女性少有的鲜明个性。

20 世纪 50 年代，自行车在东阳乡下还是个稀罕物件，如果有哪位女子堂而皇之地骑自行车穿行在村镇间，必然会引来路人各色的目光，因此，有些女子即便想学也不敢尝试。但婆婆不一样，她认定自行车是个好东西，想要学会，之后就完全不管别人的目光练习骑车。一段时间之后，她不但学会了骑自行车，还学会了推独轮车、骑三轮车。后来又为锻炼身体学起了武术、拳脚，她经常练蹲马步、握拳击沙袋……婆婆的我行我素，渐渐成了家乡的一景。

新中国成立后，婆婆成为供销系统合作饭店的一名职工，她干工作是一把好手，在单位一直是工作模范。而在人民公社时期，婆婆练就的一身本领更是有了用武之地。当时全社会都要支援农村的"双抢"劳动，婆婆推着独轮车或骑着自行车，把饭店制作的土冷饮送到忙于"双抢"的农民手中，既服务于农民，也为饭店赢得了荣誉，创造了价值。

　　婆婆这样个性鲜明的人，必然也有着极其刚烈的性格，尤其是在年轻的时候，婆婆性格中泼辣的一面是要多于温柔的。曾有一次，婆婆在揉一大盆面粉时，由于用劲将一部分头发挂在了脸上，公公看见她这副模样，于是说："你这样披头散发和面，顾客看见了，谁还来你的饭店吃你的面食？"婆婆听了，二话不说，跑去理发店，把头发剃了个精光。想一想，婆婆的性子该是有多烈啊！

　　然而，后来有一次，公公背着婆婆拿家里的米救助一户因遭火灾而陷入生活困境的人家时，婆婆知道后不但没发火，反而叫我公公拿好一点的米给人家。

　　在人人追求自我的现代社会，不同人的个性都能被全社会所包容，但在婆婆那个古板的年代，像她这样我行我素的人，却往往被贴上标新立异甚至是哗众取宠的标签，然而婆婆却毫不在乎，一方面是因为婆婆天生就有一副"大心肠"，不理会别人的流言蜚语，另一方面是婆婆的内心有她自己对对和错的评判标准，而只要是她认为对的，她就绝对会坚持下去，这一点，即便是在现在也是非常可贵的品质。

　　婆婆年轻时也很坎坷，公公去世早，留下她独自抚养两个儿子一个女儿。婆婆则很好地抚育了这三个孩子，两个儿子更是都被她培养成了大学生。

▲ 婆婆（前右一）与大儿子（后中间）、小儿子（后右一）、女儿（左一）、女婿（后左一）合影，摄于1965年

后来，儿女们渐渐长大，也都参加工作，有了不错的前途，而婆婆也有自己的工资和后来的退休金收入，再加上因为商业的发展，婆婆临街的房屋变成了具有商业价值的门面房，可以创造不菲的租金收入，婆婆的生活条件开始变好了。按理说，此时的婆婆应该去享受生活、吃好穿好，以弥补年轻时的缺憾，然而事实并不是这样。

婆婆吃穿都很随便，我们儿女不回去过周末，她基本上不吃荤菜。她的穿衣只求干净得体，而从不追求奢侈，甚至内衣内裤也有很多是补丁加补丁的。至于大事如儿子女儿的婚礼，婆婆也总是力求简便，从不在排场上花钱。那么，婆婆的钱都到哪里去了呢？那就是都用在了做好事、做善事上。

　　对于身边生活困顿的人，婆婆总是给予他们帮助，并且婆婆还很细心，在帮助他人的时候尽量不伤害别人的自尊。生活中偶然遇到的陌生人需要帮助，婆婆也总能伸出援手，完全不考虑对方的身份，是否会对她有所回报。婆婆也热心公益事业，哪里造桥筑路建庙宇需要钱，婆婆都会毫不吝啬地掏钱资助，直到今天，我家里还保留着一部分见证她捐款的物件。

　　因为婆婆做的善事太多，为人又太好，所以在南马渐渐流传了一句顺口溜"有苦难找小妹"，这个小妹就是婆婆马小妹。这个顺口溜一直流传了二十余年，由此就可见婆婆行善的福泽之深厚久远。

　　当婆婆做这些事出了名后，来上门找婆婆帮忙的人就络绎不绝了，因此，渐渐地，婆婆也有了余力不足的时候，有时实在有些招架不住，婆婆也只好先借了钱再去帮助别人，等发了工资、收了租金再去还钱。

　　牺牲自己的物质需求，哪怕是借钱去帮助他人，相信很多人都无法理解婆婆的这种行为，但婆婆就是这样一个舍己利人的人。

　　记得很早之前，附近有两兄弟分家，为了一个热水瓶归谁大吵了起来。婆婆知道后找上门去，对他们说："两兄弟不应该因为这点小事闹僵，我给你们买一个热水瓶就是了，按常理办事应该是大的让小的，我买的新热水瓶给小的，旧的这把给大的。"

在那物质匮乏的年代，兄弟俩听我婆婆这么一说，都感动得很不好意思，连连推辞。有感于婆婆的热心，哥哥惭愧地决定把热水瓶让给弟弟，弟弟又反过来推让给哥哥，兄弟俩的一场干戈就这样被婆婆化解了。当然，婆婆也兑现了她自己说的话，她给弟弟买了把新热水瓶。类似这样的事，婆婆不知做了多少。

有一年冬天，天下着雪，一个从永康来南马赶集的有语言障碍的孕妇，在露天粪缸方便时产下了一个男婴。万幸当时粪缸杂物较多，孩子没有沉下去，但天寒地冻，如果不及时把孩子从粪缸里捞出，很快就会被冻死，旁边有人看着却又不敢贸然动手。当时婆婆正在饭店干活，闻讯后立马丢下手里的活，飞奔到那儿，毫不犹豫地从粪缸里浮着的稻草上捞起孩子，然后解开自己的棉衣把孩子放在怀里，一手抱孩子，一手往后托着背在肩上的孕妇。婆婆力气大，一阵小跑，把母子俩送到了离事发地二百米左右的镇卫生院。

由于就诊及时，经卫生院医务人员认真负责的处理，母子俩很快恢复了健康。孕妇家人知道后非常感激婆婆，来接母子回家时专门给我婆婆送来了一只大鹅，一再向我婆婆表示感谢。

再说婆婆从卫生院回家的路上，一身臭气，衣裤上全是血，虽然婆婆回家非常彻底地洗了澡。可是饭店领导考虑顾客的感受，还是暂时不让我婆婆接触饭食。对领导的安排，婆婆没有抗辩也心无怨言，安安心心地扫了几天地。

还有一年，一位乞丐女子在南马大桥的桥洞下产下小孩，也是我的婆婆及时赶去照顾，一连多日像照顾亲人一样照顾这对流离失所的母子，帮助她们安然渡过了最危险的时期。想到这里，真觉得婆婆有菩萨一样的心肠。

后来在我生孩子住院时，婆婆不仅为自家媳妇养身体为念，还关怀着我同室的一个贫困妇女。这个妇女是从山区来的，可能是因为家庭条件恶劣，患上了比较严重的"葡萄胎"，因为穷，住院期间只得省吃俭用，时常吃不饱，脸色发黄，因此身体也得不到恢复。

我婆婆知道后，每次只要给我送吃的就少不了给她一份。我有一碗核桃鸡蛋酒，她也有；我有一碗鸡汤，绝不给她半碗；吃面条，吃饭，吃菜，我婆婆都像照顾我一样，让她吃饱吃好。邻房的几个产妇知道了都竖起大拇指，夸我婆婆有善心。

这位妇女出院回山区不久，她和丈夫带了自编的竹篮和山区产的竹椅，登门感谢我婆婆。我婆婆念及她还需要养身体，便又回赠给她几斤粮票和一瓶菜籽油，还有一包红糖。

婆婆不但乐善好施，而且热情好客。

每年的九月十五，在我们当地被称作"九月半"，是南马传统的物资交流会，四面八方来赶交流会的人很多。这一天往往是婆婆最忙碌的时候，婆婆不但给来赶交流会的亲戚朋友供应茶水，还会招待午餐。有时不巧"九月半"这天婆婆饭店忙走不开，她还会专门请人来家里帮忙烧菜烧饭，招待客人。一天下来经常是这样的场景，傍晚客人走光了，婆婆下班回家一边收拾满桌的空碗空盘，一边说"太累了，明年不招待了"，可是到了第二年，一切照旧。

逢农历初五、初十是南马的集市。尤其是每年的第一个集市，也就是正月初五那天，婆婆的屋里特别热闹。那些平常来赶集，婆婆给他们提供过方便、招待过的亲戚朋友们，这天都要趁赶集来拜年，向我婆婆表示尊重和感谢。

这一天，婆婆总会一大早起来，首先摆好两张大方桌，每张大方桌的四个边上各放一条四尺凳。然后劈柴、烧开水、买菜。正月初五与"九月半"不同的是，婆婆这一天不用上班，于是便可以亲自掌厨，为客人提供饭食。

　　客人陆陆续续来了之后，坐满了一桌就开始吃午饭。客人来了一拨又一拨，不管是否拎着拜年货来的，凡赶上吃午饭时间，我婆婆都留他们吃了午饭再走，饭菜吃了不够再烧。

　　多年以后，有很多人回忆在贫穷的年代，因为家境窘迫，婆婆为他们提供的饭食是难得的吃饱饭、吃好饭的机会。有人说，自己还是一个孩子的时候，家里穷得连晒干的地瓜丝都要一根一根数着吃时，婆婆却用肉饼招待他。吃着婆婆的肉饼，他感动得眼泪都要流出来了，要知道他可是从来没为婆婆做过什么的呀，仅仅是婆婆儿子的同学！

　　因为拜年的人多，所以一天下来，婆婆房间的桌上、柜上总是会堆满亲戚朋友给我婆婆拜年的礼品，这些礼品都会被简单地包装成我们称之为的"斤头"。有一次，婆婆在整理"斤头"时，发现有个"斤头"特别轻，解开泛黄的草纸一看，里边包着的竟是爆玉米花。我爱人看着爆米花对婆婆说："妈，您自己平时省吃俭用，亲戚朋友来了，总是好饭好菜招待，可人家竟拿玉米花向您拜年。"

　　婆婆听了却笑笑说："人家肯定是困难，没办法才这样的。生活条件好了，就不会有这样的事了。客人是条龙，不来就要穷。他们肯来说明看得起咱们，管他带什么来拜年。"

我爱人听了后，也就没什么可说的了。

这以后，我们以为婆婆总会注意一下客人拎来拜年的东西了，可是婆婆照样不在乎这些，仍然像往常一样热情招待客人吃饭，不过从那以后，拎玉米花拜年的事再也没有出现，也许婆婆说的没错，生活条件好了，这样的事就不会有了。

婆婆非常重视对子女的教育，因为她深知没有文化的痛苦，推己及人，她因此也非常重视提携后辈，让他们能够通过学习摆脱贫穷的困境。多年以后，还有很多人能够回忆起婆婆对他们在人生道路上的帮助，一位侄子回忆说，婆婆帮助他成为村里的赤脚医生，带他投名师提升医术，最后让他能够以医生的身份在社会上立足，可以说婆婆是他一生最重要的引路人。

在婆婆最后一次生病住院卧床不起时，心心念念的还有一个曾经资助过的、失去双亲的贫困男孩，婆婆不是想他来报恩，而是担忧他家中无亲人，自己万一有什么不测，他是否能顺利念完大学？

婆婆退休后，来城里和我们一起生活，在婆婆与我们一起生活的岁月里，我是既觉得幸福又十分焦虑。婆婆在艰难岁月里练就的要强性格，未生活在一起的时候我就已有所了解，然而真到了生活在同一个屋檐下后，我还是一时半会儿没有适应过来。

诚实地说，婆婆的个性和对儿子情感上要求的高度，一开始确实出乎我的意料。按婆婆当时的要求，我想做个好媳妇是不容易的，正因为如此，我们有了家庭有了孩子后，婆媳之间在生活上就难免有一些矛盾。然而随着在一起的日子长了，我们学会了互相体谅彼此。婆婆对我们的要求虽然有点高，但是在大事上婆婆又是非常能够付出的。尤其是在我生孩子这件事上，婆婆是一点也不含糊的。

我早产又难产，失血过多而严重贫血，婆婆知道后马上买来上好的阿胶，每天用黄酒炖阿胶核桃给我补气血。在那一个月里，婆婆专心地伺候月子里的我，每天烧足够的开水给我洗漱，孩子的尿布全是她洗。

婆婆做餐的手艺是小有名气的，但是在伺候我的产期里，婆婆没有显示她的厨艺，常常把饭菜做得非常清淡，而且每一餐的量都很少，然后要我每天吃七八餐。太清淡了，我耐不住，有一次乘婆婆出去之机，我拿出橱柜里的梅干菜肉，正在往饭碗里扒拉时，被回家的婆婆看见了，她对我轻声地说："梅干菜肉太咸了，你现在不能吃。"婆婆的关心让我显得更不懂事，顿时羞愧难当。

在婆婆身边养了一个月的身体后，婆婆把我们母女俩送到我母亲家时，还对我母亲说："亲家母，现在孩子生得少，你再辛苦点照顾一个月。"还嘱咐不要让我用冷水洗漱。我奶水少，婆婆又常托人带来催奶的鲫鱼、虾、猪蹄等食物，这段时光让我至今回忆起来都觉得温暖和感动。

后来，女儿在上小学前，婆婆带她到北京大儿子家住了一个多月，然后婆婆从北京直接去了已调到河南濮阳工作的女儿女婿家住了一阵子。女儿受大伯大妈一家人的语言熏陶，普通话讲得很好，回老家入小学一年级，女儿也算是班上难得见过北京天安门的孩子了。

想想婆婆过去一人拉扯孩子长大的不易，婆婆关键时对我们的那些好，婆婆那些对我们偏激的要求，甚至有时不合情理的做法，我全然理解和释怀了。

婆婆去世前因脑中风瘫痪在床，我和老吴虽然请了护工，但是一下班，我俩肯定轮流伺候在婆婆床前。婆婆心里明白，平时很少夸我们的婆婆，见亲戚朋友来探望她就夸我们好（婆婆中风说话功能没受影响）。

婆婆离我们远行已有二十多年，但是婆婆活着时常念叨的那些乡间道理，一直在潜移默化地引领我们，教我们做一个有益于人类的人。婆婆为人行事用心良美，过往的善行也依然昭昭在目，以至于去世多年，在家乡仍有不少人怀念她。每到春节、清明节，我和爱人回家乡给婆婆扫墓祭拜时，总会发现有人先于我们在婆婆墓前祭拜过了，想来必然是受过婆婆恩惠的人前来悼念婆婆的。

古人说"君子之泽，五世而斩"，从婆婆开始到我的外孙女已经四世了，我在内心却希望后辈子孙能够将祖先的德行一直延续下去，在传承婆婆的血脉时，将厚德也作为家族的另一种"血脉"一直传承。

## 外孙女出生后的日子

2005 年 8 月 5 日的黎明，在全家人期盼中，我的外孙女降生了。

产房中，小姑娘"哇、哇……"清脆响亮的哭声，向我们宣告她降生了，这声音也顿时让彻夜守候在产房女儿身边的女婿和守候在产房外的我、我的爱人老吴，还有妹妹的女儿陈萍长长地舒了口气。

◀ 出生百天的外孙女

　　护士把小外孙女抱出婴儿室，我与她第一次见面，只见她粉嘟嘟的脸，红红的樱桃小嘴、淡淡的眉毛下长着一双不大不小的眼睛……我把她紧紧地抱在怀里，激动得心里直喊：我做外婆啦！

　　外孙女的到来，给我的人生旅程增添了另一种色彩，从此以后，我有了很多与以往完全不同的想法，也对生活产生了更多的幻想。从那一天开始，我放下一切（同时也有外孙女爷爷奶奶的再三委托），开始全心全意陪伴她、承担起照顾她的重任。

　　小外孙女十一个月的时候开始断奶，当时刚好夏天来临，那时尚没有决定在北京定居的我觉得北京太热，相比之下老家反而凉快些（其实后来发现并不全是这样），更觉得老家的房子宽敞，住着会舒服些。因此，竟然大着胆子趁爱人老吴出差去杭州之机，和他一起乘飞机把小外孙女带回了东阳老家。

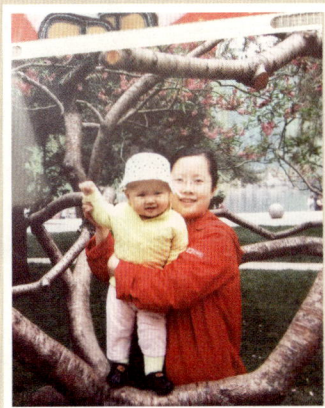

◀ 女儿与外孙女

在老家，女儿女婿不在身边，我既做外婆又做父母。我要细致地观察外孙女的需要，她喜欢去公园，只要有可能，我就会每天选合适的时间推着童车带她去逛公园；哄她睡觉时，她喜欢听我轻声哼儿歌，于是有空我就跟着播放机学儿歌；她喜欢看婴儿绘画本，我就每天与她共同阅读，还要根据她的成长需要规划每天的食物……这个过程中我虽然辛苦，但也获得了无穷无尽的快乐。

当然，烦恼的事情也不是没有。我最害怕的就是有几天孩子突然拉肚子，那几天我都要带着孩子去医院治疗，时时观察孩子的身体情况。后来有一段时间，孩子的眼睛长了霰粒肿，也要时时刻刻地照顾，这都让我劳身又劳心。

还有一次更让我心惊。记得那是因为老家的爷爷怕小孙女夏天长痱子，于是买来一条蕲蛇——按我们当地的说法是吃蕲蛇可以清凉解毒不长痱子不长疮疱。然而当我们将蛇肉煮烂了喂孩子吃时，却因为粗心没有把蛇刺挑干净，一根蛇刺连肉喂进了孩子的嘴里，幸运的是，聪明的小外孙女并没有马上吞咽，而是在嘴里吧唧了一会，自己用舌头把这根蛇刺给剔了出来。刚满周岁的孩子竟有如此"壮举"，爷爷奶奶和我都惊呆了！

关于这件事，后来我越想越害怕，试想如果蛇刺被孩子咽下去卡在喉咙里，我该怎么办？看来小外孙女在小时候就有较好的灵敏度。

现在想想，那时的我为了让孩子有个更好的环境，为了帮女儿女婿分担辛苦，让他们安心地工作，竟忘了带孩子有风险，大着胆把小外孙女带回老家，独自一人承担她生活的全部，实在是有些鲁莽。好在小外孙女争气，一切婴儿时期的烦恼都很快过去，她仍是一个白白胖胖的小天使，发育不滞后于同龄人。

　　在老家的这段时间，我应该感谢孩子的爷爷奶奶大伯大妈，除了他们常来家里探望，还把我和外孙女接到大伯大妈家住了十来天。这十来天可以说是我带外孙女比较轻松的日子，一来是有了帮手，二来是不需要买菜烧饭了。

　　和外孙女在一起的日子是快乐的，而那段老家的时光最让我高兴、有成就感的就是孩子学会了走路，学会了自己拿勺吃饭。学说话时，她听我念"三字经"，我用手指着"三字经"绘本上的字，她亮亮的黑眼睛就会咕噜咕噜地跟着我的手指转，奶声奶气地跟着念，当我念完一页之后，不识字的她居然还知道该翻页了。

　　有一次，我带外孙女在她的小姨婆家的大澡盆里洗澡，小姨婆在她的身上挠痒痒，她开心得用小手不断拍打着水面，水溅了小姨婆一脸，她却乐得"咯咯"直笑，开心中她突然背了一段一百多字的"三字经"，把我和小姨婆高兴得又是拍手叫好，又是俯下身来对着她的小脸蛋亲了又亲。现在想想，那段时光真是很愉快！

　　有一天，我在厨房做餐，外孙女自己在客厅玩，看见下班后经常过来看她的表舅妈，马上去报架下的框里抽出一本《婴儿画报》递了过去，是让舅妈看书呢，还是想听她讲书中的故事？答案已不重要，重要的是孩子的动作突然让我醒悟：该让外孙女回北京了，该让她回到父母身边接受父母的教育了。

于是，我带着小外孙女在老家住了五个月（2006 年 6 月 21 日至 11 月 22 日）之后，又趁老吴出差来杭州之机，一起回到了北京。

## 忽然长大的小外孙女

从东阳老家回到北京，我们搬进了一百四十多平方米的新房，简约的大客厅，给了小外孙女较多的自由活动空间，是她小时在家活动最多的地方。

骑着木兰摩托童车，在客厅里"嘀、嘀、嘀"鸣着喇叭扬扬得意地兜着圈；在客厅里来回奔跑托气球；在客厅里搭个小篮球架，和大人们玩投球比赛……小外孙女总是玩得不亦乐乎。而她玩得最拿手的则是拼图、搭积木这些手脑并用的小游戏，最随心所欲的是拿支白板笔在白板上乱涂乱画，还说这是"小蝌蚪找妈妈"，那是"太阳出来月亮睡觉了"。

▶ 可爱的外孙女

　　玩具玩腻了，小外孙女就让我和她做游戏。谁是羊、谁是狼，谁是小兔子、谁是小乌龟，全听她的安排。但不管是兔是龟，赛跑时她总要找赢的理由。

　　外孙女非常喜欢模仿大人的模样，尤其喜欢模仿我。我洗衣服搞卫生，她积极要求参与，为此我专门为她买了一块小搓衣板，缝了个小围兜。我织毛衣需要绕线，她连忙跑过来帮我撑线匝，她撑我绕，我们配合得挺好。外出挖野菜，她紧跟我不离半步，我蹲下挖，她站在身后给我捶背。我擀面烙饼，她嚷着要根擀面杖和我一起擀，有时她边擀面边用拈满面粉的小手往脸上挠痒痒，把自己挠成了大花脸，逗得我笑弯了腰，她却仍一本正经地在擀着自己的面。

▲ 外孙女的爱

外孙女小时喜欢和我睡，因为女儿女婿工作忙，经常很晚回家。躺在床上时，她常常是要求我讲故事，我讲着自己编的"小狗旺旺的故事"，一共编了有十多个，有几个故事还被老吴用文字记下。外孙女边听故事，边伸出小手摸着我的耳垂。故事讲完了，她不是要我继续讲，就是问关于"小狗旺旺"的一些问题。就在这样的互动中，外孙女慢慢地睡去。

现在想想，那时的我为什么不选安徒生、格林、郑渊洁、田野这些名人编写的童话故事讲，而要自己编些故事说给外孙女听？这大概跟我小时读书不多有关，好在女儿对此作了些弥补。

女儿对我编讲故事没有提出异议，只是她也在争取时间和机会给孩子讲故事，不过她讲的或用播放机、碟片放的全是名人编写的童话故事，毕竟是经典，无论是激发孩子的兴趣、发挥孩子的想象力，还是女儿讲时咬字吐词的准确性，都比我编讲的强多了。要不然外孙女仅听我编讲的土故事，那长大后真是一个无法弥补的憾事。

那时，丈夫老吴按时下班回家是我和外孙女最开心的事情。我开心是可以放心地把她交给老吴，放开手脚干家务活或烧饭了。她开心则是又可以和外公在楼下大院的亭子里，玩"小山羊老山怪"的游戏了；又可以带上水桶、水、铲子、橡皮管，去院子的那个大沙坑里"筑长城""造水库""建二级电站"了。有时老吴会把他小时玩过的游戏改编一下和外孙女玩。祖孙两个变着戏法玩，常常玩得忘了回家吃晚饭。

和外孙女一起玩耍是开心的，学习也是开心的。我记得当时她爸妈给她报名上提高幼儿体能智能的"金宝贝"游戏课，第一次去建外 SOHO 上课，我的内心是既高兴又紧张。我高兴是可以和小外孙女一起进入课堂，感受"金宝贝"的教学理念，感受外籍教师给幼儿上游戏课的教学风格。紧张的是我不通英语，害怕会影响孩子的游戏兴致和学习效果——因为游戏课经常需要家长和孩子配合互动。

开始上课之后，我就像解放军严守阵地待命一样，丝毫不敢松懈，注视着老师的每个手势和表情，以此作出判断是什么指令，小外孙女反应则很快，所以我们的配合从没落后于别人。陪孩子去"金宝贝"上游戏课，外籍老师上课用英语，虽然有很多听不懂，有时有尴尬，也累，但也让我长了见识，还结识了不少宝妈，感觉自己都变得年轻了。

一晃神的功夫，小外孙女到了上幼儿园的时候，眼看着小宝宝在全家人的呵护下一天天成长，我的内心真是激动与喜悦交加。

我记得在外孙女上幼儿园中班时，有一次外孙女与在老家的爷爷打电话，那头听力不太好的爷爷始终没听清孩子说什么，我让她大声点，她却赶忙把食指竖在嘴唇中间说："嘘！轻点。"接着对我轻轻说了句："不敢高声语，恐惊天上人。"惊得边上的外公和我一时说不出话来。

看着外孙女，我想："妈妈教你的李白诗句才几天啊，怎么这么快就被你用上了？"孩子这突然的一冒，给了我更多的期待，期待她不断地有这样闪亮的表现。

夏天的一个傍晚，我牵着外孙女的小手，漫步在小区的林间。她突然问我："外婆，知了怎么不叫了呢？"我赶紧启动脑子解释说："它受温度影响，越热它越有活力，叫声就越响。"

　　她又问我："外婆，咱们院子里有这么多树（银杏树、玉兰树、松树、柳树、枫树等），您最喜欢哪一种呢？"我一时答不上，于是反问："你呢？"她不加思索地回答说："柳树。"外孙女的回答出乎我意料，我想她应该会回答春天艳丽花朵满枝头的桃树，或是花开圣洁高雅的玉兰树，或是秋天金黄缀满枝头的银杏树，或是不怕严寒酷暑四季常青的松树……绝没想到她的选择居然是柳树。

　　我问："为什么喜欢柳树？"她说："柳树，春天最早发绿，夏天站在它的树荫下凉快。冬天它落叶很慢，别的树叶子都落光了，柳树枝上还有很多叶子。"我又问她："这是谁告诉你的？"她说是自己看到的。对于外孙女的回答，我不敢说全对，但至少有一半是正确的。

　　春天柳树发芽吐绿早这是事实，很多书上也有写。可是冬天落叶缓慢是否如她所说，我平时也没注意看过，而且也没看到书上有写。于是在那年的秋去冬来时，我特意开始观察柳树，结果真如她所说。这个发现让我高兴了好一阵子，原来外孙女喜欢柳树，不只是因为女儿讲述贺知章的《咏柳》给她留下的美好印象，还有她细心观察的结果。

　　学会观察，并把观察结果记于心，这是外孙女以后学好文化知识的基本，因此，她的这一表现让我既兴奋又充满希望。青少年教育研究专家孙云晓说得没错："孩子的世界是日新月异的。"可是怎么适应这日新月异的世界呢？虽然我只是外婆，是帮着带孩子的，可是学校的教育让孩子不断长进的同时，也让我感受到了做外婆的压力。于是我暗下决心，自己也得努力学习，才能做好帮忙带孩子的事。

有一次，在接外孙女放学回家的路上，她告诉我幼儿园要组织讲故事比赛，比赛的故事需要爸爸妈妈编写。可是爸爸出差了，妈妈又很忙，该怎么办呢？需要我适应日新月异的时机来了，我对她说："你别发愁，你爸妈没时间、顾不上这事，我来编。"外孙女听了高兴得一蹦三跳，一口气跑回了家。

消除了她的担忧，却来了我的心事。这不是随便编，要求是原创，看图说话的素材都不行，需要的是创作。这期间，我几次提笔几次放下，可每次放下笔，脑子中就出现外孙女那双朴闪朴闪急切等待的眼睛。外孙女是老师眼中的好孩子，在幼儿园老师口中的昵称是"大脑门"。想想老师，看看她，再写不出也得动手写。于是我边急急地翻着身边能参考的书，边苦思冥想，终于有了灵感，我编了一个关于保护地球的故事，题目叫《小星星的愿望》（附录）。

经过老师的辅导指点，外孙女把《小星星的愿望》讲得很棒，被幼儿园选送参加"北京市第十七届孙敬修杯讲故事比赛"，最终在幼儿组拔得头筹，获得了仅有的一个特等奖，后来又参加了全国"第十七届孙敬修杯讲故事比赛"，成了幼儿组三名一等奖中的一个。

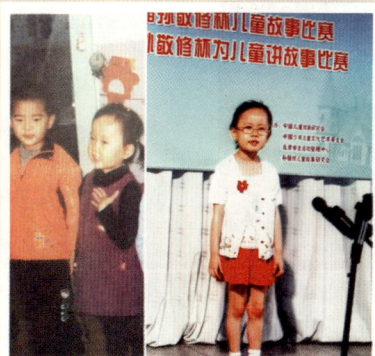

▲ 从幼儿班讲故事到孙敬修杯儿童讲故事比赛

颁奖仪式是我陪外孙女去参加的。她领了奖状和奖杯走下领奖台时，幼儿园的指导老师高兴得迎上前把她紧紧地拥在怀里，还有评委、北京市人民广播电台的知名主播小雨姐姐也上前向她祝贺，不少的摄像镜头对着她……我站在边上自然享受了这一美好过程。我为她激动，也为自己激动。激动的是她可以让家人有所期待和期望，因为讲故事比赛评分中有故事原创分，我也激动自己拙笔写的故事得到了评委们的肯定。

在幼儿园毕业前夕，舞蹈老师编排的《闪闪红星》节目受中央电视台七巧板栏目邀请，参加了电视台组织的"庆祝中国共产党成立九十周年"演出活动，在活动现场，外孙女仰慕的七巧板栏目主持人"月亮姐姐"和她合了影。

◀ 外孙女（前排左二）参加中央电视台少儿频道组织的庆祝建党九十周年暨"六一"儿童联欢晚会（前排中是少儿节目主持人月亮姐姐）

演出结束，我去幼儿园接她回家，她从没有过这样的兴奋，看见我像小鸟一样飞了过来，踮起脚尖，红红的小嘴在我的脸上亲了又亲，然后把幼儿园老师奖励给她的糖果往我嘴里送。我知道她为什么这么高兴这么兴奋，因为这次上中央电视台演出机会是她通过努力得来的。

之前，排练确定演出人员时，舞蹈老师觉得外孙女有几个动作做得不到位，因此一开始她并没有被选上。为此她很难过，回家之后不断和我与她妈妈倾诉，表示自己非常想参加这次演出，还表示一定会把这几个动作练好。

我们把她的想法告诉了舞蹈老师，老师听了动了心，同意让她再试一试，经过老师的指点，她自己认真反复地练，果然效果不错。于是，愿望实现了，她自然是无比的高兴和兴奋。

有人说："成功的关键在于人是否拥有一颗渴望成功的上进心。"外孙女初次的经历说明这话很有道理，人生成功必须要坚持拥有这样的一颗上进心。

▲ 外孙女学画画

## 爱陪伴外孙女成长

转眼间，外孙女上小学了，一天天长大的外孙女也变得越来越懂事了。

记得刚上小学不久的一天，学校老师摘下校园中成熟的枣，分给一年级学生每人三颗，让一年级全体新生（十九个班七百多名学生）进校就尝到了实验二小"以爱育爱"的味道。三颗新鲜的大枣，外孙女一颗也没有吃，在我接她放学回家的路上，她对我说："外婆，这三颗枣，一颗给你，一颗给外公和爸爸，一颗给我和妈妈。"我问外孙女："为什么我有一颗？"她说："因为外婆最辛苦！"外孙女的话说得我鼻子发酸，但心里却比吃枣还甜。

外孙女三年级的时候，我无意中看到了她写的一篇文章《外婆的手》（附录），看着这篇饱含爱意的文章，我内心涌起了无尽的感动和幸福，刹那间，我心里一亮，原来孩子虽然稚嫩，但心里却什么都知道。我对她的爱自然是不必说的，而她对于我的爱也在字里行间流露了出来。我想我和外孙女确实如此，我们就是这样与爱相伴的祖孙。

2016年2月5日，我们全家和外孙女的大伯大妈（其儿子在英国读书没能参加）一起去广西北海过年。大年三十晚上，外孙女和老吴策划让全家人搞一场联欢活动，活动比中央电视台的春晚早一小时在下榻的宾馆房间里开始。外孙女既是主持，又是主力，诗词朗诵、讲故事、中阮独奏，每个人表演后的穿插都是她。琴声、歌声、笑声，打太极、跳舞音乐伴奏声绵绵不断，直到中央电视台春晚开始。

有爱心的人无论到哪都不会缺热心肠。过了年三十，老吴和外孙女又在商量：在北海过春节做一件什么有意义的事呢？思来想去，找来找去，他们找到了北海海合老年公寓。那里住着很多七十岁以上的老人，有不少老人被子女或亲属接回家过年还没回来，剩下的老人不是无家可归，就是年岁太大或病重离不开公寓医护人员的护理和照顾。此时去关心一下这些老人可谓是一件有意义的事。

于是，我们买了些糕点，外孙女的大伯大妈买了很多水果，作为实验二小民乐团首席中阮的外孙女背上乐器，叫上出租车就向海合公寓出发了。之前，我们要去公寓的消息已经传到了老年公寓，而由于买水果耽误了点时间，那边的老人早就已经等不及了，几次打电话询问我们到哪了。

我们到了海合公寓，老人们翘首盼望的神态一下子放松了下来，随之露出的是开心的笑容。海合老年公寓的负责人陈家毅热情地接待了我们。他让服务员把我们带去的水果、糕点分给了每位老人，然后简单地给我们介绍了一下老年公寓的情况后，外孙女便抱起中阮，向齐刷刷坐在那儿的二十来位老人（其中有七八人是坐轮椅的）深深地鞠了一躬，然后美妙的阮声响起。老人们边欣赏琴声，边吃着我们送去的水果和糕点，脸上洋溢着喜悦的笑容。

外孙女奏完了一曲，又邀请我上去唱一首，她间奏起，我清了清嗓子，跟着节奏摆动，她弹我唱，一老一少，此刻配合得很是默契。这美好场景让台下的老人们响起久久的笑声和掌声，这正是我们此行所希望的。这一天，应该是我们在北海过得最充实最有意义的一天。同时让我感到，外孙女已经不仅仅是那个需要我时时看护的小女孩儿，有的时候，其实我也是需要外孙女陪伴的，这样我的生命便有了不同于以往的价值和意义。

▲ 2016年春节期间作者与外孙女慰问北海海合老年公寓的老人

我与外孙女的生活中充满着爱，有我们互相的爱，有我们对社会、对他人的爱，也有他人对于我们的爱。

记得外孙女刚上小学不久，一次意外事件让她的左脚被女儿的自行车剐了，剐得很厉害，这让她拄拐单腿跳走一个多月（那段时间我回老家，奶奶带她）。是老师同学帮她克服了生活学习上的许多困难，使她没有落下课程，成绩不落后，在学校的生活几乎没受到什么影响。

这件事后，外孙女非常感激老师和同学们的关怀和帮助，想写封信表示感谢，对于她的想法，我们全家都非常支持，女儿更是非常感动。但鉴于外孙女刚上小学一年级，很多念头都无法用文字表达。于是，女儿便根据她的口述整理了一篇朗诵诗《爱的味道》（附录）投到了学校广播室。结果，《爱的味道》被学校选为某周一升旗仪式时国旗下的讲话内容。外孙女带着一份诚挚的谢意，以丰富的情感在国旗下朗诵了《爱的味道》，得到了全校师生的一致赞赏。

"以爱育爱"是北京市实验二小的教育理念，外孙女朗诵的《爱的味道》，是对实验二小"以爱育爱"教育理念转化为师生行为的最好诠释。她在这样的学校学习，让我也深受感染。

在外孙女十岁那年暑假，女儿带着我们俩，祖孙三代以及女儿的好友程蕾和其女儿笑笑一起去了英国，在英国进行了半个月的完全自由行。行走在英国的每一天，外孙女总是顾着我，怕不懂英语的外婆丢了。晚上睡觉，每到一处住地，她和女儿总是把好床位给了我。我不习惯英国餐的味道，她便顺应我去超市买米买菜回租住处烧菜做饭，但我知道，其实有时外孙女是十分想吃英国餐的。

我们一起旅行，我几乎成了外孙女照顾的"孩子"，但如果是她单独出行，在家的我就更像小孩似的被她记挂。

记得有一次外孙女参加夏令营去了威海，回来时给我买来一串漂亮的贝壳手链；还有一次去美国进行儿童艺术交流，回来时给我带了一瓶香水；去南方游学归来，给我买来特色糕点……陪伴虽然有些累，却让我感到更多的是快乐和幸福。

外孙女很听话，但与此同时也是个有主见的孩子。学习音乐时，在许多孩子普遍倾向学弹钢琴的情况下，她选择了学弹古筝。进了实验二小民乐团后，老师让她改学中阮，她二话不说就放弃了准备古筝考级的机会，从零起步学弹中阮。由于努力，在不长的时间内，她取得了中国音乐学院颁发的九级中阮证书，被学校民乐团选为首席中阮。

◀ 酷爱中阮的外孙女

2017 年 2 月 2 日，北京实验二小民乐团作为中国儿童艺术交流团体赴美国洛杉矶、旧金山等地，与那里的少年儿童进行艺术交流，把中国的古典音乐送到美国的中小学。外孙女小小年纪有机会出国去学习交流，我既为她高兴又为她担忧，离家出远门是否会照顾好自己？是否会让带队的老师太操心？谁知，她不但管好自己，而且是老师的得力助手，回来后在实验二小的开学典礼上，她代表赴美学习交流团，向全校师生汇报了赴美交流学习的体会和收获。

► 北京市第二实验小学丝竹乐团在美国文化交流期间，参观美国的英特尔博物馆（上图从右往左第八、下图左一是外孙女），摄于2017年2月

2013 年暑假，国家博物馆举办"小小讲解员培训班"，她积极报名参加。在实习讲解时，她怀着一颗炽热的爱国心，以较好的语言表达能力和良好的形象素质，向一批批来

国家博物馆游览的观众介绍了博大精深、历史悠久的中国瓷器，获得了听众阵阵掌声。

培训结束，她被评为"国博小小优秀讲解员"。在陪她去国家博物馆（国博）接受培训时，我趁机参观了国博的许多展馆，特别是用了大半天时间，看了国博当时陈列内容最多、面积最大的"复兴之路"展馆后，我很受教育。

老家单位几次组织党员学习，在千里之外的我未能赶去参加，本有不踏实之心，也有对不起党组织之感，后来结合这次参观，我写了一份"我的学习和思想汇报"，发给单位的领导，作为未能参加党员学习的弥补。记得单位领导在电话里给我最响亮的两个字是：很好！应该感谢外孙女，她响应学校号召，假期积极参与社会实践活动，也给我带来了汲取思想营养的机会。

▲ 游红螺园一家人合影，摄于2018年

2014 年是中日甲午战争 120 周年，暑假时，外孙女参加了中国少年儿童新闻出版总社、国家关心下一代工作委员会、国家海洋局、中央电视台、中国科学家探险协会在威海举办的"保卫海疆"夏令营。出发前，她挤出时间看了女儿给她买的厚厚的一本书《再见甲午》，又看了一些有关威海海域知识和海防历史。她有备而去，在夏令营表现又很棒，在参加夏令营组织的有关海疆、甲午战争的知识竞赛中，外孙女是所有营员中年纪最小的一个，却取得了好成绩，获得了为数不多的"海疆小卫士"金牌奖。望着挂着金闪闪的金牌奖章回来的她，我赶紧拿出手机给她留下这光荣的一刻，希望这又是她的一个新起点。

## 正值青春奋斗时

离开小学之后，外孙女很幸运，初中上了北京师范大学附属中学，上学放学不用我再接送，她的一些事也学会了自己处理、自己做。孩子长大了，按道理我本可以轻松些了，可是我又有了新目标——辅导外孙女学物理。

　　三年初中是一个人养成良好学习习惯和生活习惯的关键期，而在九年义务教育结束后，孩子迎来的将是升高中的"考"，进重点必须得有好成绩。于是，我开始唠叨，不是唠叨外孙女整理书桌、整理房间，就是唠叨她学习，唠叨这个要多吃，那个不能吃，睡觉不能太迟……我当了大半辈子的中学物理老师，最后能在她身上发挥点作用，为她的中考助力，这是我的一大心愿。

　　当她初二有物理课后，我见缝插针与她聊学物理的事。外孙女上学之后，我做完家务，便静下心来翻看物理书，找题、编题，等她回家时，我就可以打有准备之"仗"。然而事实证明，很多时候我都是白忙活。

　　进入青春期的外孙女，已经不再是小时候对我言听计从的那个小女孩了，让她接受我的说法和布置很不容易。有一次我让她解一道电学题，她不但不接受，反给我一份她的物理竞赛试卷，对我说："外婆您做做看，现在的物理题与你们那时是否一样？"我心想，"你考外婆了？好吧，我做给你看看，要不然我就没底气说你。"

　　我心想教了一辈子物理的我还会害怕做题？然而拿起笔才知道，离开讲台已有二十来年的我，对这份题量、难度都有点大的竞赛卷是无法闭卷完成的。于是，我赶快乘公交去了不远的西单图书大厦买来相关的参考书，在翻看与物理教科书配套的相关资料时，我渐渐意识到，现在的初中物理教学内容虽然没多大变化，可是教学思想、教学要求、教学方式等变化已是不少。最明显的是学生的演练题，过去是计算题型多，现在是常识型和探究型的题占比很大，编题的功夫真正用在了"格物致理"上。

科技快速发展，教育教学模式也在与日俱进。我常常陶醉在自己的乌托邦，很少有反思自己的机会，还经常为说服不了外孙女而苦恼。有一天，我和女婿在争论竞赛卷中一道难题的解题思路时，外孙女插嘴说服了我们的争论，女婿趁机对我说："孩子的学习还是可以的，您把全家人的生活安排得妥妥的，已经够操心够累了，孩子的教育和学习应该由我们做父母的来尽责操心。"平时话语不多的女婿说了这样三句话，对我的震动很大，也给了我放手的放心和决心。

什么年龄做什么事，什么角色唱什么戏，这话说得一点没错。我已年近古稀，论思维、学习、精力、接受新生事物的能力都不如年轻的孩子。论教育责任，首先是孩子的父母，父母对孩子的教育是谁都代替不了的，作为外婆的我只是帮忙，做好"帮忙"的事就行了，为什么把女儿女婿的事也要统统揽过来做呢？而且做得那么累，有时吃力还效果不好。

想明白了这一点，我便不再纠结，不再绞尽脑汁、费尽心思去想外孙女学习上的问题了，即使遇到学习上的事，我也一改以往常以教育者姿态出现的习惯，不是开口便说："为什么？你写给我看看，你讲给我听听"等，而是多用商讨口吻的陈述句。

例如，有一天我们全家人坐在一起吃饭时，说到了学物理实验很重要的事，我插嘴以讲故事的形式讲了这个问题。这时外孙女盯着我，听得饶有兴趣，听了后还问我"为什么"。这样没有强求达标的交流既轻松效果又好，我何乐而不为呢？

说是放手放心，其实我心里还是牵挂着的，当我听到外孙女和女婿讨论学习问题时，有说有笑有争论，女婿如果说错了，外孙女就会来一句："大哥，你说错了吧！"然后是父女俩"哈哈"的笑声充满了我们家房子的所有空间，我的高兴不亚于他们父女俩。

孩子长大意味着有了更多自己的想法，因此，也就越发叛逆，外孙女也是如此，当她的脾气发作时，只有女婿有办法解决。女婿仍像对待小时候的她那样，弯腰低头如斗牛状似的拱外孙女几下，然后说："星期天争取休息陪你玩。"于是外孙女的脾气便会消去大半。

　　女婿在单位工作很忙，在家也还是忙单位工作，除了和外孙女，与我们其他人说话时间都不多。因此，每每女婿说出能陪外孙女聊聊玩玩时，外孙女肯定是再高兴不过的。而且，外孙女对于爸爸，她是打心底里崇拜的。想女婿以一个山区的农民儿子成长为 985 大学的博士生，从中学到大学可以说年年拿奖学金，读高中时曾获得奥林匹克数学竞赛浙江省二等奖，大学毕业时被评为"上海市优秀毕业生"，工作后又多次被评为研究院的"先进工作者"，还参与了世界上最大的射电望远镜数千块面板形状的数据计算工作。

　　有崇拜定会有关注。只要女婿回家能和外孙女坐在一起吃饭，她就会问女婿单位发展的情况，如果得到的答复是"好"，外孙女便会跟着高兴。有时女婿工作遇到了难题，外孙女则会替他担忧。有一次，外孙女感冒发烧厉害，我知道当时她是很想能够让自己的爸爸开车送她上医院的，可是女婿出差在外，于是在女婿打来电话时，懂事的外孙女只字没有提感冒发烧的事情。

　　2020 年新冠肺炎疫情严重时，正是外孙女在家线上复习迎中考的前夕。我知道她很想女婿能够陪在她的身边，可是因为疫情防控需要，女婿服从组织安排，带领二十多名技术员工赴新疆维吾尔自治区配合当地政府建"方舱医院"。

我们担心外孙女因此会有思想情绪，可是她并没有，还经常在电话里安慰爸爸，让他放心，要他在新疆吃好穿暖做好防护工作。

女婿带领全体员工日夜奋战了四十多天，高速度高质量提前完成任务，受到了当地政府的高度赞扬。在女婿圆满完成任务归来时，正是外孙女被北京八中高中部录取之时，全家人高兴得一起动手，做了一桌丰盛的饭菜。吃饭时，她盯着女婿的脸说："新疆的太阳太厉害，把我老爸给晒得又黑又瘦。"还说："这两天您好好休息，什么也别想。"

我倒是想趁女婿的两天休息时间整理一下刚搬家的东西。外孙女的话却提醒了我，这难得的两天休息，是该让女婿好好养养精神、恢复一下身体。

在女儿面前，外孙女常常会耍点小脾气，可是干一些体力活时，她却又非常体谅体力薄弱的妈妈。如她和妈妈一起出游，负重承担行李的总会是她，行李放小车后备厢时，她肯定是一马当先，拎放手脚麻利。

为了让外孙女上学方便，我们几次租房搬家整理东西，每一次整理她都是我最得力的助手。女儿组织的一些家庭活动，外孙女不是配合策划就是活动主持，在我们家白板上的"家庭周刊"截止外孙女上初三，总共已经刊出 132 期，外孙女是主编之一，几乎期期有她的参与。

外孙女期待和喜欢的这些充满正能量的家庭活动，使我们家的精神面貌总是积极乐观向上。如今外孙女真的长大了，个儿比妈妈高出了许多，母女俩在一起商量生活上或学校里遇到的一些事时，是母女又似姐妹。有时尽管她会与妈妈对抗几下，但只要妈妈严肃认真起来，她还是能够乖乖地听话。因为我知道，在她内心深处，对妈妈还是无比钦佩的，因为她妈妈曾经获得过不少让人惊羡的荣誉，现在也常常是单位或系统的优秀工作者。

◀ 互相鼓励的一家三口

一个人有崇拜有信仰很重要，因为有信仰才有精神寄托，有崇拜才有精神活力和价值取向。对于小小年纪的外孙女而言，我想她是有崇拜对象的。在家里，她崇拜爸爸、妈妈，在社会上她也有崇拜和学习的榜样，要不然，每个教师节她也不会约上同学回母校看老师；要不然，她也不会喜欢听妈妈、外公讲科学家及名人的故事；要不然，她也不可能是初中首批加入中国共产主义青年团的学生，也不可能被评为北京八中优秀团干部。我受学生邀请，一次次参加了学生获得国家级的科技创新、科学成就颁奖典礼时，外孙女总是露出羡慕的目光和深切的关心。以崇拜对象作为自己奋斗的精神鼓励，这正是孩子在成长过程中的需要。

▲ 外孙女（前右二）随爸爸（前右一）妈妈（前右三）回浙江山区的老家乔迁新居，与爷爷（后左三）奶奶（前左四），外公（后左一）外婆（前左三），大伯（后左二）大妈（前左二），哥哥（前左一），姑妈（后左二）姑夫（前右三），表哥（后右一）一起过春节，摄于2020年春节

让我感到欣慰的还有外孙女对于学习的自觉，在北京师

范大学附属中学初中部及升入北京八中高中部学习，外孙女
一直是班上的学习委员，初中学习阶段曾经被评为西城区三
好学生，今年高二学期结束又被评为西城区三好学生，还被
评为西城区优秀学生干部。与此同时，外孙女浓浓的家国情
怀也让我感到欣慰，在家的时候，只要有空余的时间，她就
会与外公谈论国家大事、国内外形势。外公看电视专挑政治
时事、国际新闻频道看，而外孙女也喜欢听外公讲国际政治
局势，讲关于一些重大历史事件的看法。这都让我觉得，小
小年纪的她是一个关心天下大事的人。第 32 届奥运会乒乓
球混双决赛，她看到中国队以 3 比 4 输给日本队痛失一块金
牌时，竟会痛惜地失声痛哭。希望她保持这样的家国情怀，
长大后投身到报效祖国的伟大事业中。

▲ 花季生日许个愿

　　时间如流水，转眼我退休来北京和外孙女一起生活已整整

十七年有余了。十七年的陪伴，她给了我很多的快乐和收获，在这种互相的陪伴中，我弥补了自己童年的很多缺失，获得了不少学习机会，长了见识。陪伴，让我找到了新的生活意义。

如今我已年逾古稀，外孙女也长大了，成为有涵养、有知识、有家国情怀的高中生了。原来是我帮她、我陪她，现在很多时候是她帮我、她陪我了。

上高中的年纪，奋斗正青春，在不断丰满自己羽翼后，就是搏击长空振翅高飞。外孙女的人生道路也会与我渐行渐远，我不能永远地陪她走下去，但是我的祝愿祝福、我的爱会一直陪伴着她。

外孙女的人生路还很长很长，我衷心希望她扬长避短、不断进取，踏踏实实走好脚下每一步，以梦为马，不负韶华，努力成长为能够担当民族复兴大任的时代新人。

## 感恩生活的给予

望着蓬勃向上的外孙女，看着日趋成熟的女儿和女婿，自己老了的感觉油然而生。孩子们长大了，需要我们的地方越来越少，上了年纪的我们做家务也不如以前利落、轻松了。干累了，有时就会冲着女儿他们唠叨，这样与女儿女婿近距离相处的时间越多，越容易发生矛盾。所以，前些年开始，我除了积极参加社会公益活动热心于教育事业外，还在寻找有益于我学习和充实生活的场所。老伴知道后建议我参加北京浙大校友会，这是个好事，我却犹豫了好久。因为老伴是名正言顺的浙大校友，我是杭大毕业的不想迁就。后来遇到北京浙大校友会老年分会的秘书长，她知道了我的想法后说："我也是杭大毕业的，还有许多校友也是杭大毕业的，不都在参加浙大校友会活动吗？现在杭大浙大合并了，还去想它什么杭大浙大的？"我想也是，远在北京有这么好的母校组织，我为什么还要犹豫呢？再说我远离家乡的单位组织，在北京有这样一个温暖的大集体，为何不融入其中，和他们一起学习、一起活动呢？

北京浙大校友会不愧是全国许多城市同类组织中的先进典型，校友会和下属的二十多个分会每年各有不同的活动目标和活动内容。我参加的老年分会每次开展活动都会得到其他分会及许多年轻有为的校友们的支持和关心。在人才济济的老年分会里，有各种各样的高手，在这里我可以向他们学打桥牌、学唱歌、学画画、学吹葫芦丝（这些都有定期活动），和他们交流学习、生活、健身方面的经验等。老年分会还时常结合政治时事，结合重大节日、纪念日开展教育学习，组织参观等活动，每年还有愉悦身心的集体旅游。参与其中我和老伴就常常因此忙得不亦乐乎，如果不是新冠肺炎疫情，我们的活动内容还会更加丰富，我们的收获也会更多。

孩子们看着我们两口子忙于参加北京浙大校友会组织的许多活动，精神面貌也不同于以往，他们很高兴。若遇上下雨下雪天老年分会有活动时，只要有可能女婿总会开车接送。因疫情老年分会组织的活动有几次在线上进行，外孙女只要不去学校上课，便会为我们做好一切准备工作。

没时间唠叨了，家务事做得也少了，我们和孩子之间的关系反而更融洽了。这也是值得总结的一种经验吧！

每次参加老年分会组织的活动，我们常常被校友们羡慕，说我们两口子结伴而来，相伴而回，回家可以随时交流活动体会……

校友们的羡慕不无道理，近几年我的腰椎病经常发作，有时痛得腿脚不便。有老伴在身边，乘公交、坐地铁我有了依靠，少了一份担忧。特别是老年分会组织去俄罗斯旅游的那一次，要乘九个小时的飞机，老伴怕我坐那么久的飞机腰椎病发作，下机后影响游兴，便瞒着我，给我定了头等舱的往返机票，而他自己却坐经济舱。同去的校友们纷纷夸他是好男人、好丈夫，夸得我心里甜滋滋的。上机后我一人坐在头等舱心里总觉得有点不安，与乘务员商量同意后，我让老伴与我轮流坐，但是老伴来了，也只是安慰一下我不安的心理，大多时间还是让我坐在头等舱。

今年暑假后，女儿、女婿不再让我们老俩口操心他们的家务事，把我们居住的房子装修后，我们就开始了有分有合的生活。这样，女儿他们有了自由空间，我们也有了自己的时间。适时相聚，交流了解彼此的生活、工作、学习、身体情况，这样的生活大家感觉都不错。

盼望新冠肺炎疫情快点过去，趁我们有余力时，出去走走，去旅游、去游览自己向往的地方，去做自己想做的事情。

▲ 为庆祝建党百年，作者（前排右四）与北京浙大校友会老年分会的校友们排练节目时的合影

▲ 2019年7月作者（前排左七）与北京浙大校友会老年分会的校友们游览俄罗斯，与同游的校友们在莫斯科大学前合影

# 第五章

## 平凡生活中的特写

# 大不列颠游行札记

2015 年暑假，我与女儿、外孙女去英国经历了半个月的完全自由行，所谓完全自由行就是吃、住、游完全由自己联系和安排，在这半个月里，我们与英国的自然、人文、社会传统进行了近距离的接触，我也对远离中国九千多公里的英国有了一些浅浅的印象和感受。

◀ 作者与外孙女出发去英国，摄于2015年

首先是出行。英国是世界上少有的几个铁路私有化的国家，他们有很多的铁路公司，不同的铁路公司都拥有各自不同的线路，线路上的运营自负盈亏，因此，服务也各具特色。

例如，买英国国内旅行的火车票，到不同的城市要向不同的铁路火车网站预订或购买，而提前预订和临时购买票价会很不一样。还有，我们一般认为往返票的价格应该是单程的两倍，在英国却不是，为了鼓励大家坐往返，英国的往返火车票价和单程差不多，例如，从伦敦到剑桥往返火车票价是39.4英镑，单程票价则是35英镑左右。了解了英国的出行特点后，女儿在国内就制订好了出行计划，提前在相关网站预订好了所有能省钱的火车票、汽车票，这让我们整个英国之行都无比便利。

英国国土面积约占中国的四十分之一，这样小的国土面积，交通自然要相对便利一些，英国人最常用的交通工具是火车，火车轨道联通全国。大城市市区里有机场快轨，有四通八达的地铁和公交，城镇和村庄基本上也都有火车站。我们坐火车从伦敦到苏格兰的爱丁堡，从爱丁堡到英格兰与威尔士交界的湖区，一路上看到的铁路线和火车站不计其数。有的火车站小得可怜，但该有的一样不少，简单却不简陋。我们游览乡村牧区时，在一个名为奥克斯赫尔姆（oxenholme）的很小的火车站上车。车站的站台和外面就隔着一道透明的玻璃墙，通过玻璃墙上小小的门，就到了站台，火车来了乘客随便上去就走，连检票员都没有，一切靠自觉。英国的火车太多了，几分钟来一趟，没检票员，英语又不太好的话，那是真的很容易上错车。

相对于火车的便捷便宜，英国的出租车则比国内昂贵很多，但昂贵也有昂贵的道理，大多数出租车司机的服务是很到位的。车到乘客面前停下后，司机会马上下车帮乘客将行李一一地搬上车放好，再等乘客坐好，认为基本安全后，司机再上车出发。但也有令我对出租车司机的印象打折扣的地方。一次，我们从爱丁堡回伦敦去一个新的租住地，出租车司机不知是不想让车爬坡耗油，还是车开上去掉头有点费劲。开了一段路后，还没到达目的地，他就让我们下车，对我们说："往前走不用 10 秒钟就到了。"结果我们提着行李走了十多分钟。

与出行相比，我在吃住方面的经历感受同样不少。英国的食物又贵又不好吃，我相信这是许多去过英国的人都有的想法。但是对我们完全自由行的人来说，租一间带有"独立厨房和卫生间"的套房，就让吃住有了不一样的感受。

在去英国之前，女儿通过专门的家庭住宿代办机构"Booking"的国际网站办妥了一切，在每个我们所要前往的地方，都提前预订好带有"独立卫生间和厨房"的套房。这样我们到了英国后，"Booking"有关的中介就会马上来人安排我们入住。拿到钥匙，我们就可以打开用具齐全的厨房，做自己喜欢吃的东西。离开时，则不用办理退房手续，门钥匙放在桌子上，弹子锁的门关好就可以离开了。当然，他们信任我们，我们也没有辜负他们的信任，每次离开之前，我们总会把地擦干净，把垃圾处理掉，把一切都归整好。

英国的西餐样式虽然很丰富，吐司搭黄油或果酱，燕麦搭冰牛奶，还有炸薯条、油烤培根、三明治等，可是这些对吃惯了中餐的我来说只能算点心。而且，英国西餐的价格也不菲，"麦当劳"在伦敦是最平民化的，吃一餐每人至少要花 5～7 英镑，吃其他西餐动辄就是 10 英镑以上。而如果我们去超市买米、面、菜自己烧，平均每人每餐 2～3 英镑就可以吃得很好了。

我一直在感叹，闻名世界的大英帝国，美食竟是如此匮乏，可能英国人的兴趣不在于吃而在于喝吧！后来，我们在爱丁堡的经历似乎印证了我的猜想。

那天我们参观完爱丁堡的皇家城堡后，女儿突发奇想，要去感受一下最传统的英式酒吧文化。因为是在夏天，纬度高的英国白天很长，直到晚上九点天才见黑，所以，酒吧也会开到很晚，而英国人又有下班之后到酒吧喝酒喝茶聊天的习惯，于是我们就打算去"探寻"一下。

一番打听之后，我们发现附近恰好有三家有名的酒吧，于是欣然前往，然而英国人对酒吧的热爱实在太过狂热，第一家没有空位，我们走去第二家，第二家也没有空位，于是又去第三家，结果还是没有空位。最后，我们只好又跑回到第一家等位，结果等了一个多小时后才得以进去。

进去之后我们发现酒吧里面很热闹，在外面看似绅士淑女的英国男女们，在酒吧里都很兴奋。有大声说笑的，也有闲聊的。

坐定后我开始观察酒吧的装潢，这间酒吧的装修全是古铜色的木质材料，墙上挂着维多利亚女王的头像，给我一种古老的深沉感。一会儿，服务员递来点食的餐单，服务员看我是个中国老太，便建议女儿给我点一份爱丁堡的"国食"。所谓"国食"就是一只大盘子里放着三个形状似芒果的土豆泥、萝卜泥、燕麦粒羊肉沫团，还有一杯英式调味酱，味道有点接近中国菜（基本合我胃口）。女儿和外孙女则点了汉堡、牛排、炸薯条、橙汁。

我边吃边看酒吧里的英国人都在吃什么，只见英国人似乎只点喝的，就算点吃的，量也很少。他们喝的是大杯的啤酒、咖啡或饮料，更多的是可以反复冲泡的茶。频频碰杯后，他们还是举着杯聊，就是喝也只是小小地呷一口，碰杯无声喝得优雅。在不经意中我看到一个英国人喝茶喝到最后，连茶叶都嚼了。

英国是典型的绅士淑女之乡，去了英国我很想看看英国的绅士淑女。结果看来看去，除了与我们有不一样的肤色体貌特征之外，还真一下子看不出有什么不同。只是觉得在英国大声说话的人不多，公共场合排队、候车、参观几乎都是静静的，好像人人都很有耐心。

在牛津参观时，我们偶然间路过一个一百多年前的城堡监狱，现在城堡内部大部分已改为酒吧和宾馆，给人一种物是人非、时空错乱的感觉。出于好奇，我们进去参观，只见一个穿白衬衫西裤，看上去很优雅的高个男士迎上来，问了我们的来意后，他推门引路，带我们看了几个保持原貌的监狱。整个参观过程中，我们不提问，他便不说话，只是温文尔雅地陪同，但如果我们有什么问题，他就又会知无不言了。有趣的是他知道我听不懂他的介绍，于是就微笑着示意我看图片和实物，然后又继续微笑着回答女儿的提问。我想，这个男士可能算是有点绅士风度了。

在英国，令我感受非常深的是他们固执地守旧，对传统可谓是"不抛弃、不放弃"。当我们乘坐的从北京飞往英国伦敦的飞机，降落在世界三大机场之一的希斯罗机场时，我的第一感觉是这个机场很气派、很现代化。可是当我们乘快轨去伦敦的帕丁顿火车站取票时，映入我眼帘的是一个又旧又小的车站。

我深感疑惑，这么陈旧的火车站为什么不拆建改造呢？在后来的游览中我渐渐明白了，在英国人的价值观里，传统和延续性是非常重要的。例如，在通信发达的今天，我们中国几乎都看不到邮筒了，但在英国，无论是伦敦还是乡村小镇，仍然能看到一个个结实耐用、充满沧桑感的铁铸邮筒。是英国人仍然把写信作为主要沟通方式呢，还是舍不得摒弃铁铸邮筒？不管怎样，有一点是共同的，那就是英国人对传统的尊重，对经典的不抛弃。

我们在爱丁堡时租住的房子建于1856年，外部保持着当时的原貌，里边装潢却很现代化。虽然楼梯、通道、房间又狭窄又小，但他们却依然固执地不肯轻易拆建改造。房东是一个八十多岁红光满面、神采飞扬的老头，他和女儿交流时幽默地说:"房子越老越值钱,我这将近一百六十年的老房子和我一样有魅力、使人喜欢,你们不就喜欢来了吗?"

坐落在伦敦泰晤士河北岸的威斯敏特斯大教堂,至今已有一千多年的历史,但是教堂内外的装潢建筑仍保持着精美精致、金碧辉煌、宏伟壮观的原貌。教堂内 40 多位国王登基加冕时用的宝座和王后加冕用品,20 多位国王和一些著名人士的墓地和墓碑都保存得很好。

我给学生上物理课时经常讲到的牛顿,是历史上第一个获得国葬的自然科学家。他的墓位就在这个大教堂正面大厅的中央,墓上方耸立着一尊牛顿雕像,还有一个很大的地球造型,以纪念他在科学上的功绩。能在这里占一席之地,我想应该是一个人无上的光荣了,而我作为物理老师也为牛顿感到骄傲。牛顿之外,进化论的奠基人、生物学家达尔文,著名的小说家哈代等人也都葬在这里。这些为人类的文明进步作出过贡献的杰出人物,死后能与去世的国王长眠于同一个教堂,这让教堂更具有了一定的纪念意义,更加值得瞻仰和保护。

剑桥大学和牛津大学都是具有几百年历史的高等学府。在没去之前,我以为这样世界顶尖级的大学肯定会有一些很现代化的标志性建筑,以至于人到了牛津大学我还不相信地问女儿："这就是牛津大学？"

我感到奇怪，如此著名的大学的面貌就像是一座古城，而就是在这样的"古城"里，居然培养出许多诺贝尔奖得主和著名的科学家。

说到剑桥大学，我还要顺便提一下康河。和很多中国人一样，因为受徐志摩《再别康桥》的影响，到了剑桥我就急

▲ 剑桥大学一角，摄于2015年

于找康河。然而此时我才知道，康河横贯剑桥大学，剑桥大学的许多古老学院都坐落在康河旁边。康桥则不是某一座桥，而是剑桥大学所在地的地名，因译音不同有的称为剑桥，有的称为康桥。

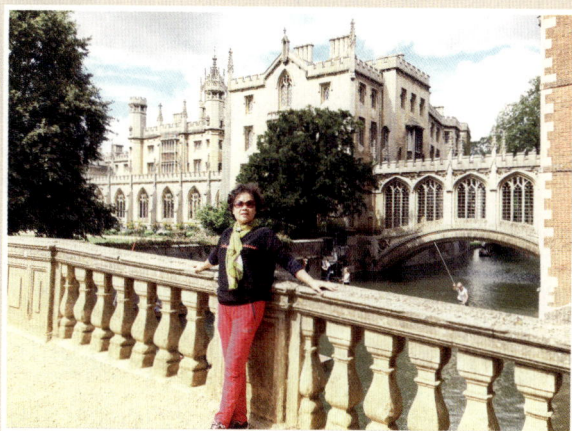

▲ 作者在剑桥大学康河边，摄于2015年8月

　　在那里，我把八十多年前徐志摩所描述的康河与现在的康河作了对照，由于英国人把康河的原貌保持得比较好，所以风光依旧。如果我们想寻梦"撑一支长篙，向青草更青处漫溯，满载一船星辉，在星辉斑斓里放歌"的话，得付二十来英镑租一条船，而当天我们正好要赶火车，时间不允许我们再去握一握徐志摩笔下的那支长篙，这就成了此次英国之行的一个小小的遗憾。

　　在英国，让我最感兴趣的是从伦敦到爱丁堡，从爱丁堡到英格兰与威尔士交界的湖区风景。在这里有平缓高低的群山，一坡连着一坡绿绒毯似的草地，洁白的羊群点缀着广阔的草原，平原上一片片金黄色的燕麦，一湾湾闪着银光的河流，一个个大小不一明镜似的湖，掩盖在绿树丛中的村庄……坐在车上从身边掠过的都是风景，想静下来歇一会儿不看都不行。下车游览优美环境给我们的感受更好。深吸一口空气，五脏六腑就像被清洗过似的舒服，举目四望全是童话世界般的美好。

湛蓝湖水中一群群无忧无虑嬉戏着的野鹅、野鸭，草地上、树林中一只只欢快蹦跳着的松鼠，蓝天白云中自由飞翔的海鸥、鸽子，还有一个个保持着原貌的教堂、古堡，一幢幢简约雅致的别墅，家家户户门前屋后种养的草坪、红花、绿树、吊篮……真是风情万种、古朴迷人。

离开湖区回到伦敦，我的心情心境还沉浸在湖区的美好景色中，可有一个问号老是在脑子里打转：为什么英国的生态环境会保持得如此之好呢？回国之前去商店买东西的过程，让我或许找到了一些答案。

回国前，我想买些英国商品带回中国与亲戚朋友分享，可选购了很久，还是找不到让我满意的当地商品。看好一件商品，拿起来一看，不是中国生产的就是印度、韩国或日本等国家制造的，说明英国商店里出售的商品，生产基地大多数在外国，这样英国也就减少了污染。

回想在英国的十多天，虽然是一次历时很短的旅行，我的收获却不少。这段让我快乐的经历，要归功于女儿的旅游攻略做得好，再就是她们母女俩耐心地为我做英语翻译，还有出发前丈夫和女婿的积极鼓励和支持，让我在英国的行走中，始终有一份好心情去寻找那些美好，也才有了我的这些感受和体会。

## 国庆大寨圆梦之行

很早就想去山西省昔阳县大寨村看看，可是由于种种原因一直未能成行。退休后，住在了在北京工作的女儿、女婿身边，他们知道我有这样一个愿望，在 2013 年的时候，他们趁"十一"国庆放假期间，陪我们两口子去了大寨。

北京出发经五个小时的火车车程，我们到达山西太原，再由朋友开车两个多小时，把我们送到了大寨村。

大寨地处山西晋中地区，原是一个自然环境十分恶劣的小村子。在已故村支部书记陈永贵的带领下，大寨人通过自力更生、艰苦奋斗、整山治水，彻底改变了大寨贫穷落后的面貌。1964 年，毛主席发出了"农业学大寨"的号召，大寨名声从此享誉海内外。

车到大寨村口，一下车映入眼帘的便是村东北边的土坡陡壁上"农业学大寨"五个鲜红的大字。陡壁下面两层绿茵茵的梯田里，分散地立着当年大寨人改天换地时各种劳动姿势的彩色石膏像。

走进大寨村，我看到了当年非常有名的那棵大柳树，它枝繁叶茂，可以遮盖半亩地。这棵大柳树是陈永贵生前的最爱，他爱在这棵大柳树下对青少年进行忆苦思甜教育，村里有演戏、开会、分粮、庆丰收活动，他都喜欢在这棵大柳树下进行。如今大柳树依然生机勃勃，不同的是周围围上了栅栏，大寨人像保护陈永贵的一件珍贵遗物一样保护着它。

看了大柳树，我们去了虎头山，在途中分别看到了几个可以蓄几千吨水的蓄水池。那是当年在周恩来总理的关心下，陈永贵带领大寨人和驻地解放军一起努力，用人工挖掘砌成的。蓄水池中的水也是用人工凿石、掘土、做渠道，从几十里外的水库中引来的。这让常年缺水的虎头山上的庄稼和树苗得到了及时灌溉，现在这几个庞大的蓄水池仍然在发挥作用。

周恩来总理三次视察大寨的纪念碑就立在虎头山半山腰的路边，导游告诉我们，为了能更好地落实毛主席提出的"农业学大寨"的号召，周恩来总理不辞辛劳一次又一次地来到大寨，鼓舞着大寨人不断努力。后来大寨一年一个样，年年在进步，这跟敬爱的周恩来总理几次亲临大寨关心指导是分不开的。

虎头山除了周恩来总理视察大寨的纪念碑外，还有陈永贵的墓地。陈永贵是一个时代的象征，更是一个传奇。他出身贫苦，没进过一天学堂，四十三岁才接受扫盲，凭着坚定的信念和信仰，他带领大寨人大干苦干、战天斗地。一年遭遇了七次重大自然灾害，他带领的大寨人却做到了"三不要"：不要救济粮、不要救济款、不要救济物资；"三不少"：向国家交粮不少、社员口粮不少、集体库存不少。把难以治理的"狼窝掌""七沟八梁一面坡"改造成亩产千斤的高产、稳产海绵田，不但解决了昔日大寨人的温饱问题，而且每年还上交国家二十多万斤余粮。

大寨的成就吸引了许许多多国家领导人及国内各行各业人士来大寨参观，陈永贵的精神不但得到了农民群众的钦佩，也得到了中央领导的高度赞赏和表彰。

从 1995 年开始，大寨村开始建设集自然景观、人文景观、森林景观为一体的"万亩森林公园"，吸引了更多的游客，旅游业的发展又增加了大寨村民们的经济收入。可见，当年垫的底子现在仍然在造福着大寨人。

　　站在虎头山，远处被改造了的"狼窝掌""七沟八梁一面坡"已被层层叠叠的树林遮掩。山下，20世纪60年代陈永贵带领社员们收工时背回一块石头建起的新农村（现被称为大寨旧村）半掩在绿树丛中。

　　下了虎头山，我们去了陈永贵旧居。这是一套2间2层石砌的楼房，楼房不高，已不住人（供参观）。进了旧居的大门就看见墙上挂着的一幅幅介绍陈永贵事迹的图片，沿墙的防雨棚下，则摆放着当年陈永贵带领大寨人开山辟地、修梯田、造良田用过的农具。

　　陈永贵的卧室除了一张床和桌椅，就是墙上陈永贵各个时期的照片。陈永贵的房子建筑样式及占地和边上的村民比没什么特别之处，正体现了他当支书时经常说的："干部劳动在先，吃苦在前，享受在后，不搞特殊"的工作作风。

　　陈永贵旧居的隔壁就是宋立英家。87岁的宋立英和陈永贵都是大寨村干部的元老，他们一起办互助组，一起改造旧大寨，一个是村支书，一个是村妇女主任。宋立英的丈夫贾进才则是陈永贵的前任村党支部书记，贾进才识才让贤，荐陈永贵当书记的故事，毛主席听了后连夸贾进才"识才"。

　　我们去参观时，贾进才已去世，宋立英也早已卸去村妇女主任职务。她见我们上门拜访她，连忙站起迎我们进屋，并拉着我的手让我坐在她的身边。她家的墙上也挂了不少国家领导人来大寨时接见她的照片，玻璃柜里放着当年各级组织发给她的奖状、奖章、奖杯等。

说起当年，她脸上露出了无悔的笑容，并给我们介绍了墙上部分照片的来历。她虽然将近九十岁，但身体硬朗，穿着整洁，思路清晰，临走时她送我们到院子门口，我们合了影，告别时她反复说："欢迎你们再来！"

▲ 作者（左一）与大寨早期村委会干部村妇女主任宋立英合影，摄于2013年10月

离开宋立英家，我们又找到了位于大寨新村陈永贵儿子的家，想拜访一下陈永贵的夫人，可惜我们去晚了一步，她吃了午饭已上楼休息。但也凑巧，在北京工作的陈永贵小儿子、小孙女（陈永贵大儿子的小女儿）今天都回大寨了，趁国庆放假和重阳节将至之机，回来看看母亲（奶奶）的同

时，也请大寨村六十岁以上的老人在他们家大院子里过重阳节——聚餐。

我们去时聚餐刚结束，小孙女告诉我们："奶奶陪大家吃饭，时间久了有点累了，我们扶她上楼休息了。"一个将近九十岁的老人，刚上楼休息，我怎么好意思去打扰她呢？好在陈永贵的小儿子、小孙女善解人意，不但热情接待了我们，还和我们合了影。离开时，小孙女送我们到院子的大门口，笑容满面地说："谢谢你们还记着大寨，欢迎你们再来！"

出了陈永贵儿子家，我还有一桩心愿未了，那就是想拜访一下郭凤莲。她是陈永贵培养的接班人，是曾经大寨村铁姑娘队的队长，也是我在农村劳动锻炼时的崇拜偶像。又是可惜，她今天一早去昔阳城了。村里人说，她兼的职务太多，实在是太忙。又是全国人大常委会常委，又是大寨村党支部书记，还有什么企业的董事长，等等，算起来起码有二十多个职务。要不忙，她今天一定会参加陈永贵儿子为村里老人举办的重阳节聚餐活动。

千里迢迢来大寨，圆了我多少年前想看大寨的梦。离开大寨，坐在车上的我心里一直不平静，是大寨人的精神让我激动，还是陈永贵那些不平凡的事例让我感动？仔细想想应该都有。这就是我这次大寨之旅的收获吧！

# 行游祖国的西部山河

**出发，去西部！**

美丽的青海湖、圣洁又神秘的西藏、历史悠久的布达拉宫，这都是我向往的地方，有幸在 2013 年的 6 月，西部最佳的旅游时节，我与丈夫以及好朋友琳他们七个中学时要好的同学，一起踏上了西去的列车，开启了激动人心的青藏游。

6 月 10 日，我们九人团从杭州坐火车出发到兰州，在"黄河之都"的兰州度过了短暂的半天多时间。见识了六月水源充足时汹涌澎湃的黄河，见识了具有厚重历史文化价值的"天下黄河第一桥"——中山铁桥。

我们同行的娜是地方歌手，见到气势磅礴的黄河，禁不住高歌了一曲《我为黄河来》，美妙的歌声吸引了黄河边一支地方业余民乐队，他们纷纷主动为娜伴奏。黄河边留下了我们的歌声，《黄河母亲》雕像前留下了我们的身影，去市区品尝了"马子禄"正宗的兰州牛肉拉面，我们又登上了西去的列车，去西宁看青海湖，去金银滩寻找卓玛的草原和卓玛的羊群。

▲ 作者（前左三）与同出游的朋友在兰州黄河边《黄河母亲》雕像前合影，摄于2013年6月

列车到达西宁已是深夜，当地的大海旅行社接待了我们，在西宁住了半宿，第二天一早乘中巴车跟地方导游，去离西宁一百公里的青海湖。中巴车驶过之处，有很多是唐朝文成公主进蕃和亲经过的地方，这里有为纪念文成公主而建的"文成公主庙""日月山"等著名景点。跟着导游下车看，在车上听着导游讲文成公主的故事，车很快到达了青海湖。

当下车的一刹那，我像来到了仙境，只见湖面浩瀚，湖水碧蓝，湖的周边是连绵起伏的群山。远处山峰积雪皑皑，在青海湖与群山之间有大片的绿色草地，草地上随处可见走动的牛羊。湖旁有一平台，平台上矗立着一尊西王母娘娘的石像，她摊开双手，面带微笑，好像敞开胸怀迎接客人的到来。

游走在美丽的青海湖畔，我不禁又想起了"在那遥远的地方"，导游说："王洛宾和卓玛姑娘邂逅就在离这不远的金银滩草原上。"

六月的金银滩草原，草已返青、野花还没全部盛开，洁白的羊群在广袤无垠的金银滩草原上随处可见。当年，美丽纯朴的 17 岁卓玛姑娘就在这里用鞭子轻轻地抽了一下 26 岁的王洛宾，竟然给在草原上采风的王洛宾留下难以忘怀的印象，最终幻化成一首美丽的歌曲《在那遥远的地方》。

站在金银滩草原上，我边四处张望，边在想象着当年卓玛姑娘那轻轻的一鞭，那美丽动人的模样……王洛宾不愧为音乐大师，他偶至一个地方轻轻哼出一首歌，便让世界上许许多多人知道了这遥远的金银滩，还有美丽的卓玛姑娘。

带着初见青藏高原美景的兴奋，我们回到了西宁火车站，晚上终于乘上了向往已久的青藏高原列车。

### 感受青藏铁路

青藏铁路是全世界海拔最高、穿越冻土里程最长的高原铁路，创造了多项世界之最，这里每一寸铁路都凝结着中国的经济实力和过硬的科技力量，凝结着万千建设者的奉献精神和牺牲精神。乘上在这样的铁路上行驶的高原列车，既有精神层面的享受，又能慢慢适应高原反应，领略沿途青藏高原风光。

上车已是睡觉时间，漱洗完毕，我早早躺下休息，为后来的几天抗高反保存体能。也许大家都这样想，喧嚣的车厢很快安静了下来。

清晨醒来，车已到达格尔木站，吃了早饭，团友们带的扑克、手机、ipad都不玩了，全坐到了车窗边，看铁路沿线风光，因为过了格尔木，将欣赏到的是与内地风光迥异的高原景致。

果然，列车驶离了格尔木后，人烟渐稀，风景却越来越吸引人。湛蓝的天，雪白的云，辽阔的牧场，还有一条条清澈明亮的大江小河，明镜似的湖泊，望远处有巍峨壮观的雪山……坐在这趟列车上，还可以看到一道很美的风景线，那就是铁路守护者听到汽笛声，看到列车驶来，他们便立即以立正的姿势向列车敬礼。在列车上享受这份特殊的礼仪，让人感到激动，感到雪域美、人也美。

列车在中国最大无人区可可西里行驶，突然有人喊："藏羚羊!"全车厢的人立刻兴奋得拥到车窗口。我刚举起手机,因车速太快,连藏羚羊的影子也没看着,可能有人想藏羚羊想得看花了眼。列车员说:"今天的天气很难看到藏羚羊。"果然,后来我们再睁大眼,看到的只是一些野驴、野马、野兔,偶尔也有野牦牛。

我们终于安静地坐下,听着广播传来韩红的歌声:那是一条神奇的天路,把我们带进人间天堂……车窗外天路美丽的风景更加迷人。

格尔木离拉萨约有 960 公里,平均海拔超过 4000 米,本应该从列车提供的供氧设备上补充一下氧气,但我们并没有这样做,因为可可西里风景在侧的那段时间,几乎每个人都站在窗口张望、拍照。

列车长时间运行在寂寥的旷野里,人的视觉容易疲劳。于是,当列车驶近海拔 5000 多米的唐古拉站时,有人开始出现高原反应。娜、跃和我先后有不同程度的头胀头痛甚至呕吐症状。幸好,同行的其他六人为我们服务周到,关心备至,我们三人的高原反应随着拉萨的接近,海拔渐低而慢慢好转。

6 月 13 日晚上九点半,我们安全到达拉萨,23 小时的"天路"行程圆满结束,与此同时开启了我们在西藏的七日游。

## 美丽的布达拉宫

到西藏不能不去布达拉宫、大昭寺、日喀则的扎什伦布寺，因为这些著名的大寺，融合了藏族汉族以及印度佛教的建筑风格，在这里可以看到藏族人对藏传佛教的虔诚信仰。

伫立在雪域圣光之下的布达拉宫，是西藏历代达赖喇嘛居住的地方，是他们政治宗教、佛文化交流的中心。布达拉宫建在拉萨海拔 3700 多米的红山上，其中最高的宫殿有 115 米，共 13 层，是世界上海拔最高最雄伟的宫殿。

走进有三千多间宫室的布达拉宫，只见经堂殿院层层垒接，错落有致，宫内收藏了大量极为珍贵的文物，如数以万计的金质、银质、玉雕、木雕的各类佛像，近万副唐卡（佛教卷轴画），尽管最珍贵的藏品，普通游客根本看不到，但是当下所能观赏到的每一件都已经值得赞叹了。

在布达拉宫丰富的藏品中，最具规模、最为华美庄严的是安放历代达赖喇嘛遗体的灵塔，灵塔鎏金屋顶，金光闪闪，格外的富丽堂皇。

在布达拉宫，很想看看被后人称为"情僧"的六世达赖仓央嘉措的灵塔，可是布达拉宫供奉的历代达赖灵塔中，独缺六世达赖仓央嘉措。也许仓央嘉措在政治宗教领域没有多少建树，但是他敢于将自己的爱憎、苦乐、行思、感悟写成诗句，形成独特的能量，被后人传诵，同样也可以不朽于后世。

在西藏，无论是寺庙旁、街道边、山脚下或者在湖畔都能见到一手转经筒，一手不停搓念佛珠，嘴里念着经言佛语的佛教信徒。有的信徒衣衫褴褛，对佛却虔诚得让人肃然起敬。他们双手合十，一匍一起顶礼膜拜，甚至是几天几夜从遥远的乡村磕拜到拉萨城内的大昭寺。他们把一山一水、一草一木、水里的鱼、树上的鸟，都看作神灵，从不随意破坏，随意捕捉，他们把石头视为有生命、有灵性的东西，湖边、山上到处可见用大小不等的石头垒砌的玛尼堆（镇邪阻秽），在这里我们感受到了信仰的强大力量。

西藏之所以感人，是因为有很多人，无论生存条件多么差，仍相信神灵，他们把冒着生命危险挖的虫草挣的钱，大多捐给了寺庙。西藏揭去神秘的面纱，展露出的是佛性的纯净。

西藏不仅有引人赞叹的虔诚信仰，这里也有世界之巅才能造就的奇特风光。从素有"西藏江南"之称的林芝，到高海拔的湖区、山峰，西藏用它的瑰丽风景向人们展示大自然的鬼斧神工。

## 漫游西藏

在西行列车上，我们感受了绵延数百里念青唐古拉山巍峨壮观的雪山，辽阔的天然牧场，还有缺氧的味道，我想，西藏就是这样的吧！谁知到拉萨一开游，思维翻盘。旅行车行驶在拉萨去林芝的 318 国道川藏线上，感觉与想象的完全不一样，阳光温和、气候宜人，车的一侧是混合于绿色草甸的青峻山峰，另一侧是清冽明净、水流"哗哗"的尼洋河，远方还有一畈畈黄灿灿的油菜花……坐在车上好像又回到了江南，但是这里比江南多了些灵性、多了一份圣洁。

伴我们同行的尼洋河，中游有一处景观称为"中流砥柱"，这"中流砥柱"就是一块矗立在尼洋河中心的巨大岩石。湍急的尼洋河水冲击着"中流砥柱"，溅起浪花又翻滚着绕石而去。不管风吹浪打，我自岿然不动，"中流砥柱"似有一种中华民族精神，车行至此，游客们纷纷下车拍照留念。

拉萨到林芝 400 公里车程，一路美景没看够，车已到达林芝的著名景点，也是林芝市的政治、经济、文化中心——八一镇。八一镇在尼洋河畔，妩媚清澈的尼洋河水在离八一镇不远处与奔腾浑浊的雅鲁藏布江水汇合，形成了同一江水、泾渭分明的景观。八一镇四周群山环抱，草木四季常青，气候湿润，尼洋河穿城而过，山光水色相交融，蓝天与碧水相辉映，风光旖旎，这里不是江南却胜似江南。

林芝海拔只有 2900 米，优越的地理位置催生出一个生机勃勃的塞上江南。林芝的南伊沟是西藏的世外桃源。这里有大片的森林、湿地，气候条件优越，瀑布、小溪、草甸随处可见，生态保护完好，动植物资源丰富，被称为"地球上最高绿色秘境"。

南伊沟深处有个大草甸，南伊沟的"天边牧场"之名就源于此。这草甸像散落在南伊沟的一个绿色天池，密密的树林围着一个面积上万平方米的草甸。我们去时绿油油的草丛中野花开得正艳，有红的、白的、黄的、紫的……有几匹马散落在草甸中，正在悠闲地吃着草，草甸的边上有几顶炊烟袅袅的毡房。漫步在绿绒毯似的草甸上，好像徜徉在充满诗情画意的油画中。抬头蓝天白云，耳边淙淙流水，远望有皑皑雪山，脚下草地茵茵，远离尘世喧嚣，真是天上人间！

娜情不自禁地哼了一句《我要去西藏》中的歌词："风光旖旎……"我们马上附和："草色青青，到处都是我心灵的牧场……"一路风景一路笑声，南伊沟把我们美醉了！

离开林芝不是原路返回拉萨，而是要经过海拔 5013 米的米拉山口，米拉山口的山坡上拉满了许许多多的经幡和风马旗，导游说："五颜六色的经幡代表金、木、水、火、土，寓意大自然五行往复循环、经久不息，向天地昭示人们美好的精神愿望。写有六字真言（唵嘛呢叭咪吽）等经咒的各色三角布条是风马旗，象征着天、地、人、畜和谐吉祥。"米拉山口的风马旗、经幡随风飘动，这是藏族人风中的祈祷。

站在米拉山口，风很大，又缺氧又寒冷无比，我们拍了照后赶紧回到了车上。拉萨、林芝往返走不同的线路，无论是视觉还是身体感受差别都是非常大的。

从拉萨去日喀则与从拉萨去林芝的感受就截然不同了。日喀则离拉萨 270 公里，海拔 4000 米左右。旅行车离开拉萨一路向西，途中看到的尽是没有绿植覆盖的山体，山路崎岖曲折，车越往上爬我们越不敢往下看，因为往下看是深沟险壑。车在攀爬岗巴拉山口（海拔 5374 米）的过程，正是考验人抗高反耐受能力的过程，我嘴巴不断轻轻地念着"唵嘛呢叭咪吽"，边做深呼吸，唯恐自己有高原反应而影响同行朋友们的游玩兴致。

旅行车终于到达岗巴拉山口，这里是游客观赏羊卓雍措的最佳区域。羊卓雍措、玛旁措、纳木措并称为西藏三大圣湖（西藏称湖为措）。羊卓雍措湖面有 880 平方千米，呈不规则长条形。

　　站在岗巴拉山口，只见羊卓雍措四周群山连绵起伏，碧蓝的羊卓雍措像一条玉带缠绕在群山之中，碧水连着蓝天，湖光山色美极了。面对如镜子般的圣湖，不管多寒冷，是否会产生高原反应，我都要去亲近一下湖水。我慢慢地走向湖边，用双手捧起湖水亲了亲脸，似乎觉得这纯净的圣水能涤去岁月的尘埃，回复初生时的纯洁。抬头望羊卓雍措对岸那片草地的绿和不远处的雪山，真有同一湖区不同季节的感觉。

　　离开羊卓雍措，我们到了西藏第二大城市日喀则，这里有著名的扎什伦布寺。寺院依山而建，巍峨壮观，是历代班禅的驻锡地。寺院内有一尊世上最高的镀金弥勒佛，还有历代班禅的灵塔，这些灵塔中十世班禅额尔德尼·确吉坚赞的灵塔比较辉煌。因为确吉坚赞为和平解放西藏、稳定西藏、修缮扎什伦布寺作出过重大贡献，受到党中央的高度赞赏，也深受藏民爱戴。这里与布达拉宫、大昭寺一样，有许许多多信仰执着的朝圣者。

　　我们在日喀则游览了扎什伦布寺返回拉萨途经江孜时，旅行社安排我们参观位于江孜班久伦布村的"帕拉庄园"。西藏唯一保存完好的帕拉庄园，是西藏最大最奢华的贵族庄园。帕拉是个大农奴主，靠残酷剥削农奴过上富有骄奢的生活。帕拉无比奢华的住所，以及他家那些当时算得上非常洋派的生活用具（品），还有农奴猪圈似的栖身地等都保留在那儿。电影《农奴》很多内容都取材于这里。

我小时曾向往过西藏，那时看了电影《农奴》中西藏农奴主对农奴的凶残，为农奴被农奴主剥削欺压的那种惨状感到惊讶，还有对西藏独特的民俗风情感到好奇，萌发了想了解西藏的念想。游了"帕拉庄园"，解了我儿时想了解电影《农奴》真实情况的渴望。

从帕拉庄园出来，我们经过 2 个小时左右的车程，到了西藏四大高峰之一的乃钦康桑峰（海拔 7191 米）南坡的卡若拉山脚下（海拔 5100 米左右），这里有著名的卡若拉冰川。电影《红河谷》很多场景取自这里，《江孜之战》《云水谣》等著名电影也曾来这里取景。

冰川形成要有一定的条件，不但要长年累月保持极其寒冷，山要高又不能太陡，大量积雪在极其寒冷的情况下经久不化变成圆柱形状的粒雪，粒雪的硬度、紧密度发生变化引起表面及内部的整体变化，久而久之才能形成冰川。卡若拉的气候、环境、山形满足了形成冰川的条件，所以这里才会有壮观的卡若拉冰川。

卡若拉冰川从山顶云雾缥缈处一直延伸到离公路几百米

的地方，像一条白色的"巨龙"伏在山坡上，是离拉萨最近的冰川。藏族人视卡若拉冰川为神灵，在卡若拉的山脚下拉满了风马旗，祈求神圣的卡若拉冰川，保佑大地生命之水长流，人间五谷丰登。

▲ 酷似一条巨龙的卡若拉冰川，摄于2013年6月

### 热情的藏民朋友

在西藏最轻松的一天是导游带我们去藏民家参观做客，这也是我们所期待的。旅行车驶进一个环境优美的小村子边，我们下车，去做客的这户藏民家的女主人立刻笑眯眯地迎了上来，给我们每人献上象征吉祥如意的哈达，表达主人对客人的欢迎和祝福。

这户人家的大门造得很有气势，大门外堆了一堆小山似的牦牛粪干，牦牛粪堆上披满了洁白的哈达。导游说："这里家门口牦牛粪堆得越多，说明这家人越富有。"是啊，高原牦牛浑身是宝，一头牦牛价值一万多元。我们去做客的这户藏民家条件也真的是不错，两幢两层朝南的砖木结构楼房，装修得很有民族特色。楼房南边有个大院，院子周边是绿油油的庄稼和黄灿灿的油菜花。人美、环境美、我们的心情自然也美。

女主人引我们进屋后，只见长长的条桌上摆满了他们自制的食品，有酥油茶、糌粑、有煮熟的牛羊肉、牦牛肉干，还有烤土豆、青稞酒等，热情好客的女主人一个劲地叫我们放开肚子、放心品尝这些耐高寒抗缺氧的高原食品。我们端起青稞酒学着女主人的样，先用无名指蘸一点酒，再用大拇指和无名指连续弹向空中三次，以示祭天、地和祖先，而后轻呷一口，说一声"扎西德勒"就可以开餐了。

青稞酒味道真不错，清淡微甜，没有酒的呛味，烤土豆也不错又香又糯，对于奶茶糌粑就不敢恭维了，或许是口味不同，我们品尝了一下就不再尝试了。我们边吃边听着女主人和她四岁儿子"喽喽呵呵"地唱藏语歌，这四岁的小藏孩特别可爱，我们纷纷抢着抱他拍照，把带在身边所有吃的零食都掏给了他。

品尝了西藏的特色餐点后，女主人请我们换上藏服，到院子里跳锅庄舞（意为圆圈舞）。我们同行的九人手拉手围着插在牛粪上的风马旗杆，一位二十多岁的藏族小伙子和着扩音机中歌曲的节拍领着我们跳。最有意思的是留着新疆大叔式胡子的华，他穿上藏袍、戴上藏帽，后面看像个藏族汉子，前面看更像新疆大叔，再看他跳藏舞时人家甩袖子他转身，人家转身他甩袖子，手忙脚乱的样子，逗得大家笑弯了腰。我们的琳、珍、娜倒是学得挺快的，不一会就跳出了藏舞的味道，领舞的小伙子不断伸出大拇指夸她们跳得好。一圈又一圈，最后在"扎西德勒"的欢呼声中结束了我们在藏民家做客的活动。

十三天的青藏之行，我们收获的不仅仅是战胜了高原反应的欣喜，还有是亲自感受了雪域高原的风土人情与自然色彩，亲眼所见了青藏高原那美到极致、神圣到极致的草原、江河、湖泊、高山、藏传佛教宫殿，这是一次让我一生都引以为豪的旅行。

感谢好友琳的组织！感谢同行的朋友们一路对我的关心和照顾！

# 回老家过年路遇记

退休后，来北京给女儿他们带孩子有十来年了，在这十来年里，最累的却也是最向往最开心的就是回老家过年。

累，是想买到理想的火车票（车次、卧铺位等）要早早操心；随身可以带的东西有限，归整带回去的东西得花一番心思；还有是拉着行李箱，提着大包小包挤车赶车等。几年下来，我对操心买票，对人潮涌动的车站，对带着行李负重赶路挤车，真有点怕了。于是，今年女儿、女婿与外甥（姐的儿子）商量后，对于自驾车回家过年的决定，我很是赞同。

从北京到浙江的老家有 1500 公里左右的路程，我们开了一辆七人座的崭新别克牌商务车，我们一家五口加外甥夫妇俩刚好七人。车位坐满，后备厢年货也塞得满满的。有多年驾驶经验的外甥是商务车的主驾，女婿为副驾。腊月二十八一早，两家人便相聚在别克牌商务车上。

回老家过年了，外孙女想着要见到久未见面的爷爷、奶奶、姨婆、姨公等几大家的亲人了，高兴得话语不停，笑声不断。外甥和女婿想着回家过年可以与父母兄弟姐妹团聚，可以带着拜年礼去三姑六姨、伯伯、叔叔家串门拜年聚会唠嗑，也抑制不住激动的心情，油门一踩，从京城启程，我们便开始向着家的方向进发。

　　谁想到，车还没出京城，就来了个小插曲。外甥停车办点事，再启程时，发动机怎么也不给力，任凭如何摆弄就是不出声。看我们着急，一位停在路边等顾客的出租车司机赶忙上来帮忙，结果还是不行。女婿又去附近找来了一位汽车修理店的师傅。他忙碌了好一阵子，也是不见效。我们只得打电话，求助远距离外我们熟悉的朱师傅。还好朱师傅回家过年是晚上的火车，他接电话后立马开了辆小车赶了过来。

　　朱师傅曾经在部队干过汽车修理工作，转业后在一家大公司做驾驶员。他过来不一会就查找出了原因，这原因竟和前两位师傅说的一样："车的电瓶不出电。"解决的办法也与前两位师傅相同，可是效果却不一样。朱师傅动手操作了不一会，发动机就发声工作了。听到发动机声，我们高兴地跳了起来。朱师傅说："你们启程后多开一会再停，开回老家是没问题的。"他的话消除了我们的后顾之忧。坐上车，高兴之余，我们都为这事感到奇怪，是前两位师傅在操作时有疏忽或失误，还是朱师傅对处理此类问题有独到之处？修车给我们留下了一个谜。

久居都市，工作生活紧张，每天呼吸的是有混杂的空气，整个人被压抑得伸展不开。车一驶出市区，我顿时有一种"久在樊笼里，复得返自然"的畅然与欣喜。窗外的风景让人心旷神怡，车内一家人谈笑风生，好不开心！由于修车耽误了很多时间，车驶入安徽境内时天已经黑了。

虽然回家过年心切，但为了行车安全，我们改变原计划，在途中住一宿。赶路的时间宽裕了，我们决定顺路参观两个展馆：一个是淮安的名人馆，另一个是去年开始出现的热门旅游景点——扬州天宁寺万佛楼的《四库全书》陈列馆。

淮安是一座人文景观与各级文物保留较好的文化古城，1986 年被国务院批准公布为国家历史文化名城。我们参观的"淮安名人馆"是集中展示淮安历史、人文的一个展馆，很具有代表性。

坐落在清江浦区轮埠路上的"淮安名人馆"，是一幢古今结合很别致的三层楼房，展馆面积约有 2000 平方米。馆内展出的是 52 位淮安历史名人。有千古名将韩信，有汉赋大家枚乘，有抗金巾帼英雄梁红玉，有抗英英雄关天培，有

《西游记》作者吴承恩，也有新中国开国总理周恩来……走进馆里就像走进了一条群星灿烂的历史长河。

馆中对每一个名人的介绍除了精炼的文字外，还配有精美的图片和珍贵的原始照片，以及形象逼真的蜡像，充分还原了52位名人的形象与风采。特别是声、光、电等多媒体手段和场景式布置结合，比较真实地展现了当年梁红玉击鼓抗金、关天培虎门抗英、淮安军民共同抗日的英勇壮举，这生动、感人的展示，也给我们留下了深深的印象和思考。

走出名人馆，大家不约而同地赞叹道："淮安好地方，人杰地灵，人才辈出，不愧为全国历史文化名城，在此停泊参观，值！"我们车至扬州已是下午，机灵的外甥用手机很快选了个有扬州特色的餐饮店吃了中午饭，就匆忙赶去天宁寺万佛楼的《四库全书》陈列馆。

快过年了，来这里参观的人还是很多，尤以学生为最。人虽多，馆内却很安静，有种室静书香的感觉。《四库全书》是清朝由乾隆皇帝亲自主持，纪晓岚等360多位高官学者编撰，是一部将中华历朝历代文化典籍囊括在内的规模最大的丛书。

该丛书分经、史、子、集四部，故名四库。共有3500多种书，7.9万卷，3.6万余册，约8亿字，故名全书。当年奉乾隆皇帝之命，由3800多人用时十余年，先后共抄写了七部《四库全书》。其中一部在1780年藏于扬州天宁寺的文汇阁，可惜这部《四库全书》与藏书阁一起，在七十多年后毁于太平天国的战火中，成了扬州乃至国家的文化之痛。因此，扬州人一直企盼着有朝一日能修复文汇阁，重置《四库全书》。

这一盼望，也是国家和地方政府所想的。2004年由有执行能力的扬州图书文化传播有限公司承接了这场国内规模最大的《四库全书》复古工程。经过十年的努力，终于圆满复制成功，再由商务印书馆印刷出版。这复古的《四库全书》于2014年4月，陈列在原清朝收藏《四库全书》的文汇阁旧址上建起来的天宁寺万佛楼内，扬州人民的愿望终于实现。

走进万佛楼，只见楼道走廊上一盏盏宫灯高挂，室内无数个有樟木夹板的楠木书架排列有序，空气中弥漫着淡淡的书香和樟木香。扬州图书文化传播有限公司按照原藏于承德避暑山庄文津阁、现藏于北京国家图书馆中的《四库全书》的原大原色原样进行复古而成，共3.6万余册、8亿多字的文津阁本《四库全书》真切地呈现在了观众面前。只有在现场亲眼看见才真正能感受到这场文化复古工程的浩大，以及中华儿女对传统文化的传承。

　　考虑到对复古的《四库全书》的保护，馆内不允许参观者进入书架中与《四库全书》亲密接触，只有四本样书供参观者欣赏。不过，在扬州见识到了《四库全书》的真面目，还有外孙女一路来对参观的兴趣，我已是很高兴很满足了。

　　生活本来多变，静于思考、巧于安排便会丰富多彩。行车途中汽车发动机熄火，耽搁了行程时间，固然烦恼，但是安全更重要，这样思考的安排，倒得到了乘飞机坐火车所没有的收获。行行停停，走走看看，有视觉喜悦，有知识、精神上的收获。当然，最开心的还是平安回到老家过年。

　　自驾车回老家过年，难忘的路遇，难忘的收获和开心！

## 初春时节念荠菜

　　过了年，春天还没怎么露脸，不起眼的荠菜率先报春，欣欣然地从土里露出一张叶子、两张叶子……春风一吹，唰的一下，全都展开了身子，从田头、地角、路边、溪边、田埂边冒了出来。

"土融麦根动，荠菜连田肥"，长在青菜边、麦苗旁的荠菜长得又娇又嫩。收获这样的荠菜不用焯水，洗干净可以直接炒着吃。长在无遮阴地里的荠菜得益于阳光充足，更是直面了隆冬严寒，长得十分壮实。整棵荠菜叶子贴地展开，叶茎绿，叶子墨绿色中带点紫，这样的荠菜更香，食用价值也更高。

看上去显老的荠菜，捡捡，洗干净，用水一焯马上变成翠绿色了，再把焯过水的荠菜切细，和些剁碎的鲜猪肉，放点盐、黄酒、蒜、姜末等搅拌成馅，用这样的馅包的饺子、烙的饼，那真是一咬一口香，一嚼一个鲜。难怪大诗人陆游对荠菜会发出这样的感慨："日日思归饱蕨薇，春来荠美忽忘归。"明朝高濂品尝荠菜后也说："若知此物，海陆八珍皆可厌也。"

小时候，春天我经常跟着母亲去田野挖荠菜，母亲给我传授了不少挖荠菜的经验。挖荠菜要找对点，荠菜喜欢长在潮湿、向阳、疏松的泥地里。荠菜的根很长，即使很小的荠菜，根扎土仍很深，用手拔容易碎，要用镰刀或者剪刀整棵地割或剪。大多数荠菜贴地而长，有的躲在草丛中，不易被发现。想挖得多，就得把腰弯下，和地面贴近，而且心要细，眼要尖。有种野菜与荠菜长得很像，区别就是野菜的叶茎呈紫红色微上翘比较坚挺，没有香味。而荠菜的叶茎呈绿色，叶子长有绒毛，香气浓郁。贴地而长的荠菜，毛茸茸的叶子容易积尘，洗时必须细致认真。

后来我长大了，离开母亲进城读书、工作、生活，但是，挖荠菜的故乡情结始终没变。一开春，有机会便叫上丈夫、约上朋友，后来是带上孩子，开车去郊外挖荠菜。只要是我带他们去挖，准是满载而归。因为车开过之处，我望一眼就大概能够知道，这处是否有荠菜。

我们小时挖荠菜是为了填饱肚子，省粮省钱。现在挖荠菜除了有对传统的回归与认同，还有是对荠菜再认识后的时尚环保。母亲常说："正月香荠（即荠菜）喷喷香，二月香荠泡脚汤。"母亲的话有道理。荠菜味甘、性凉、无毒，是一种有丰富营养的保健菜。现代药理研究表明，荠菜具有和脾健胃、明目止血、利尿解毒等功效。鲜嫩的荠菜炒着吃、凉拌、做菜汤、做馅都可以。实在太老的荠菜可以泡水洗脸、洗脚、擦身，同样有保健的药效功能。

如今年纪大了，腰椎不好，挖荠菜成了一种奢望。望着窗外发芽的柳枝，思念郊外田野的荠菜。想着有一天我腰好了，定要再去田野寻找荠菜芳踪。

附录

# 小星星的愿望（原创）

已经有很长一段时间了，小星星们发现地球老是晕乎乎、脏兮兮的，他们纳闷地问："地球，你怎么啦，是不是生病了？"

地球喘着气说："我在发烧，浑身难受。"

"为什么呀？"小星星又问。

地球说："咳，你们看，许多工厂的烟囱喷着黑乎乎的烟；水管里流出又脏又臭的水；到处是白色垃圾；还有人们大量地用电、用车。发电、开车用的燃料，燃烧时排放出来的废气，就像给我罩了个玻璃罩，太阳的热量进得来出不去，能够'吃掉'废气的植物又在减少……我怎能不热，怎能不难受？如果老这样下去，我美丽的家园就会被毁啰！"

听了地球的一番话，小星星们很着急，一颗小星星说："地球是我们的好伙伴，大家快想办法，别让他生病。"

一颗大一点的星星说："对，我们和地球上的孩子们一样爱地球。我们不但要和地球上的人行动起来，保护水、保护空气，保护森林……我们还要经常提醒白云给地球下及时雨。"

一颗星星马上说："看，地球这么脏，现在我们就请白云给他洗洗澡。"说着，小星星们就喊了起来："白云，白云，请变化一下你的温度，让你怀里的那些小小水滴或冰晶化成雨滴，给地球洗洗澡。"

小星星们的话音刚落，天上就出现了一片片的乌云，乌云越来越多，不一会儿，雨就沙沙沙地下起来了。密密的细雨给地球痛痛快快地洗了个澡。

这时地球露出了笑脸。小星星们看见地球笑了，高兴得一蹦一跳，向地球挥挥手说："地球，我们爱你，愿我们能够经常看到你的健康和美丽！"

张榕珍

写于 2011 年 4 月

［外孙女以此内容参加"北京市第十七届孙敬修杯讲故事比赛"获幼儿组特等奖（仅一名），参加全国"第十七届孙敬修杯讲故事比赛"获幼儿组一等奖（共三名）］

## 爱的味道

（外孙女在"北京实验二小"某次国旗下的讲话内容）

上小学没几天，

妈妈接我放学的路上，

不小心，我的左脚卷入妈妈自行车后轮剐伤了，

成了小伤病员。

不能走路，一下子遇到了许多问题。

下课了，

我单脚跳到教室门口，

望着洗手间的方向，感觉那里很远，

急得差点掉眼泪。

这时，伸来一双温暖的手搂住我，

将我轻轻抱起。

"来，老师抱你去那里！"

哦，是亲爱的班主任郝老师。

靠在郝老师的肩上，

我闻到了妈妈的气息，

香香的，甜甜的，暖暖的……

一次又一次，

瘦瘦的郝老师不怕辛苦，

抱着我往返在教室、洗手间、操场之间，

往返在一节课一节课之间。

受伤的一个多月，

经常上医院换药包伤口，

落了不少课，

刘老师、李老师抽空把我揽在怀里，

给我一对一补课，

鼓励我不要怕，能赶上。

如果说老师的温暖像妈妈，

那么，同学的友爱就像兄弟姐妹。

我的伤好点了，

郭炳琳、李加好、魏熙哲等同学，

轮流扶我去操场，

体育老师搬来凳子，

让我坐在操场边上，

看同学们上体育课。

午饭时间到了，

王炳权、袁君赫、李沛源等同学，

争着帮我拿盒饭、盛菜汤，

午饭的味道好极了，我吃得特别香，

特别开心。

还有很多同学的家长，

像关心自己的孩子一样关心我。

蒋卓奇的妈妈帮我转发作业，

王硕勋的妈妈帮助转发通知，

张殷悦的爸爸开车送我回家……

金秋时节，

老师摘下校园里成熟了的枣子，

让我们带回家和家人分享。

这绵绵的、甜甜的，是爱的果实，

我把枣子送到外公外婆爸爸妈妈的嘴边，

全家人品尝了秋的收获、爱的味道。

老师的关爱、同学们的友爱，

还有那么多爸爸妈妈的关心和祝福，

让刚刚成为小学生的我懂得了，

爱的味道有多美多好。

走进美丽的校园，

就像在母亲的怀抱，

我爱实验二小，

我爱七班。

根据外孙女口述和感受，女儿执笔撰写

2011 年 11 月

## 外婆的手

（选自外孙女小学三年级时刊登在班刊上的作文）

我的外婆今年六十多岁了，听我妈妈说，我还在妈妈肚子里的时候，外婆就已经来到北京照看我们全家了。

我外婆每天总是忙忙碌碌的，眼里有干不完的活。她把家整理得干干净净，生活安排得井井有条。有一天，我边吃着外婆烧的可口饭菜，边对外婆说："外婆，你怎么这么能干呀？"外婆微笑着说："因为我有一双勤劳的手啊。"外婆的回答，让我想起了外婆的这双手。

每天外婆拉着我的小手送我上学、接我放学时，感觉她的手总是干干的、糙糙的，还有一个个的老茧。家里有洗衣机，可是外婆觉得洗衣机洗不干净，总是不怕辛苦不怕累用手搓洗。而且为了在洗衣服和洗碗时用上劲儿，她常常不戴防水手套，双手直接泡在水池子里洗啊、刷啊。阳台上常常挂满了外婆洗的衣服、床单、被罩，等等。外婆给我洗的衣服总是白白净净，穿着就像新买的一样。

外婆的这双手不但会干粗活还会干细活，她经常买来五颜六色的毛线，给我织漂亮的毛衣，毛衣上织着我喜欢的图案，如小兔子、小猫咪、小花、小公鸡等。很多人夸我外婆织的毛衣比商店买的还漂亮好看。最神奇的是，当我长个儿，衣服小了，外婆可以让衣服变大。新买的衣服太大了，外婆又能让衣服变小。所以，邻居老师总夸我穿的衣服又干净又合身。

好几次晚上醒来，我看见外婆戴着老花镜，在灯下剪剪缝缝。外婆说：自己学会缝剪又方便又省钱。所以，针线、尺子、剪刀在她手里，能把衣服变大变小。

我外婆烧饭做菜不仅色香味俱全，还特别注意营养搭配。外婆经常说早餐很重要，一定要让我们吃好。每天晚上睡觉之前，外婆会把第二天早上要烧的饭菜原材料准备好，第二天早上起来烧早饭时，就不用慌忙。早餐我们吃得好，吃得按时，我上学，爸爸妈妈上班都不会迟到。

春天的节假日，外婆和我们一起去郊游时，经常带我们全家人挖野菜。她拿着把小镰刀，那些野菜好像听她指挥似的，都跟着她的镰刀跑进了菜篮子里。

回到家里，经过外婆的这双手，这些野菜又来到了我们的餐桌上。外婆不怕辛苦，用这双手把我从小带大，用心照料着我们全家。

我爱外婆，我爱外婆这双勤劳又灵巧的手！